The Snows of Kilimanjaro and Other Stories

乞力马扎罗的雪

海明威短篇小说精选

[美] 欧内斯特·海明威 著

詹 森 译

北方联合出版传媒（集团）股份有限公司

万卷出版公司

ⓒ 海明威 2018

图书在版编目（CIP）数据

乞力马扎罗的雪 / (美) 海明威著；詹森译. — 沈
阳：万卷出版公司，2018.3（2022.4重印）
ISBN 978-7-5470-4754-5

Ⅰ.①乞… Ⅱ.①海… ②詹… Ⅲ.①短篇小说—小
说集—美国—现代 Ⅳ.①I712.45

中国版本图书馆CIP数据核字（2017）第320734号

出 品 人：王维良
出版发行：北方联合出版传媒（集团）股份有限公司
　　　　　万卷出版公司
　　　　　（地址：沈阳市和平区十一纬路25号　邮编：110003）
印 刷 者：辽宁新华印务有限公司
经 销 者：全国新华书店
幅面尺寸：145mm×210mm
字　　数：220千字
印　　张：9
出版时间：2018年3月第1版
印刷时间：2022年4月第5次印刷
责任编辑：王　越
责任校对：高　辉
装帧设计：展　志
ISBN 978-7-5470-4754-5
定　　价：38.00元
联系电话：024-23284090
传　　真：024-23284448

目　录

《首辑四十九篇》序言 [1]

前四篇小说是我新近写的。其余各篇按当初发表的次序排列。[2]

我写的第一篇小说是《在密歇根州北部》，1921 年写于巴黎。最近的一篇是《桥边的老人》，1938 年 4 月从巴塞罗那通过电报发稿。

我在马德里，除了剧本《第五纵队》，还写了小说《杀手》《今天是星期五》《十个印第安人》《太阳照常升起》的部分章节，以及《有的和没有的》的前三分之一。马德里一向是个写作的好地方。巴黎也是。在凉爽的月份里，佛罗里达州的基韦斯特也是。还有蒙大拿州库克城附近的牧场、堪萨斯城、芝加哥。还有多伦多和古巴的哈瓦那。

另外一些地方没这么好，不过也许是我们在那里的时候自己的状态就不够好。

这个集子收有各种各样的小说。但愿你会发现若干自己喜欢的。浏览之后，撇开那些已经有了些名气而被教师收入小说选本，学生不得不买来上小说课的，以及几篇自己读来总是略感不安，怀疑是否真的出于自己笔下，或者也许从什么地方听来的不谈，我最喜欢的作品，要数《弗朗西斯·麦康伯短促的幸福生活》《在异乡》《白象似的群山》《你们绝不会这样》《乞力马扎罗的雪》《一个干净明亮的地方》，以及未入他人法眼的《世界的光》。此外还有些自己喜欢的。因为我要是不喜欢，也就不会发表。

去你得去的地方，做你得做的事情，看你得看的东西，在这些过程中，你写作的工具用钝了，不快了。不过，我倒是情愿工具折弯变钝，从而知道得把它重新打磨，锻打整形，磨快锋刃，知道自己还有东西可写，而决不愿工具闪闪发亮却无话可说，保养良好却闲置不用。

现在需要再加砥砺了。但愿我活得足够长，好再写三部长篇小说和二十五篇短篇小说。我知道一些非常棒的故事。

欧内斯特·海明威

1938 年

注释：

1. 这是海明威为其第一部短篇小说全集写的序言。

2. 前四篇，指《弗朗西斯·麦康伯短促的幸福生活》《世界之都》《乞力马扎罗的雪》和《桥边的老人》。本书选译了《首辑四十九篇》中的二十六篇，次序依发表时间而定。

乞力马扎罗的雪

乞力马扎罗是座终年积雪的高山，海拔一万九千七百一十英尺，据说是非洲最高的山。[1]其西峰被马塞人[2]称为"Ngàje Naài"，即上帝的殿堂。西峰附近有只死豹子，已经冻僵风干。豹子到这么高的地方来是在找什么，没人做出过解释。

"奇怪的是伤口不疼。"他说，"这时你就知道它发作了。"

"真的吗？"

"就是这样。只是这股气味让我非常抱歉。它一定惹你心烦。"

"别这么说！求你别这么说。"

"看它们，"他说，"现在是这里的景象还是气息使得它们那么做呢？"

男人躺的帆布床处于一棵含羞草树的树荫下。从这片宽大的阴影里，他向阳光耀眼的平原望去。地上有三只大鸟踞坐，样子令人生厌。空中还飞着十几只，掠过时投下迅疾移动的影子。

"从卡车抛锚那天起它们就在那儿飞了，"他说，"今天是第一次有落下来的。起初我还非常用心地观察它们飞翔的姿态，以备写小说需要的时候用。现在想来真是可笑。"

"我希望你别这么想。"她说。

"我只是说说罢了。"他说，"我要是说说话就觉得轻松得多。可是我不想使你心烦。"

"你知道这不会使我心烦。"她说，"我是由于一点儿都帮不上你才弄得这么焦灼不堪的。我想，在等着飞机来的时候，咱们不妨尽可能轻松些。"

"或者等到飞机不来的时候。"

"说说我能做什么吧。总会有什么事是我能做的。"

"你可以把我这条腿锯掉，这样它就会停止坏死了，虽然我也拿不准。或者你可以朝我来一枪，你现在是个好射手了。我教你打枪了，对吧？"

"别这么说了。我给你读读书不好吗？"

"读什么？"

"书包里哪本咱们没读过的都行。"

"我听不进去。"他说，"说话是最轻松的。咱们吵架吧，吵起架来时间过得快。"

"我不吵架。我从来就不想吵架。咱们别再吵架了。不管心里有多烦。也许今天他们会乘另一辆卡车回来，也许飞机会来。"

"我不想动。"男人说，"现在转移也没什么意思，除了使你心里轻松些。"

"这是懦弱。"

"你就不能让人死得尽量舒服些，而非得责骂他吗？你骂我有什么用？"

"你不会死的。"

"别犯傻了。我现在就快死了。不信你问问那些狗东西。"他朝那三只讨厌的大鸟踞坐的地方望去，它们光秃秃的头缩在耸起的羽毛丛中。第四只从空中一掠而下，快步奔跑，随后摆动着放缓步伐，向另几只走去。

"它们在每个营地周围都有。你没注意就是了。你要是不自暴自弃就不会死。"

"你这是从哪儿读到的？你这个大傻瓜。"

"你还是想想另一个吧。"

"天哪，"他说，"这一向就是我的本行。"

他躺在那里，安静了一会儿，目光随后穿越平原上闪烁的热浪，投向灌木丛的边缘。在黄色的草原上，几只汤姆森瞪羚显得小而且白。远处一群斑马在绿色的灌木丛映衬下成了白色的。这是个宜人的营地，大树遮阴，背靠小山，水质优良。附近有一个近于干涸的水坑，早晨时沙鸡在那里飞翔。

"不要我给你读点什么吗？"她问道。她坐在他床边的帆布椅上。"来了阵微风。"

"不要，谢谢。"

"也许卡车会来。"

"我根本不关心什么卡车。"

"我关心。"

"你对我不在意的东西关心得也太多了。"

"并不太多，哈里。"

"喝点儿酒怎么样？"

"按说喝酒对你是有害的。《布莱克词典》³里说，禁绝一切酒类。你不该喝酒的。"

"莫洛！"他喊道。

"在，先生。"

"拿威士忌加苏打水来。"

"是，先生。"

"你不该喝。"她说，"我说你自暴自弃就是这个意思。书上说酒对你是有害的。我知道酒对你是有害的。"

"不。"他说，"酒对我有好处。"

于是现在它全完了，他想。于是现在他不会有机会完成它了。于是这就是它结束的方式，在为喝点儿酒而引发的口角中结束。自从右腿开始生坏疽⁴他就没觉得疼，而恐惧也与疼痛一并消失了。他现在感到的只是极度的倦怠和恼怒：这就是它的结束。对于这件事，现在正来临的事情，他反而无动于衷。它业已困扰他多年了，而现在它本身无足轻重。充分的倦怠可以如此轻易地导致漠然，也是够奇怪的了。

现在他永远不会写要写的东西了，它们原本是他想为了写好而留待足够了解之后再动笔的。是呀，他也无须在力图写这些东西时遭受失败了。也许永远写不出来，而这就是拖延时日，迟迟没有动笔的缘故。好了，他永远不会知道了，现在。

"但愿咱们根本没来。"女人看着他说，端着酒杯，咬着嘴唇，"在巴黎你绝不会出这种事。你一向说你喜爱巴黎。咱们本来可以待在巴黎，或者去任何地方。我本来可以去任何地方。我说过我会去你想去的任何地方。要是你想打猎，咱们本来可以到匈牙利去打猎，还会是舒舒服服的。"

"仗着你的该死的钱。"他说。

"这么说不公平。"她说，"就像是我的一样，它一向也是你的。我撇下了一切，不管上哪儿，只要你想去我就去，你想干什么我就干什么。不过但愿咱们根本没来。"

"你说过你喜爱这里。"

"你没受伤的时候我说过。可现在我恨这里。我不明白怎么非得是你的腿出这种事。咱们做了什么，要让咱们出这种事？"

"我想我做的就是，起初我划破了腿，忘记上碘酒。接着根本没有在意它，因为我从未感染过。接着，后来，它严重了，这时别的消毒剂又都用完，很可能就是使用弱酸苯酚水，致使微血管麻痹，从而生了坏疽。"他看着她，"还有什么？"

"我不是指这个。"

"要是咱们能雇个好技工，而不是那个半吊子基库尤人⁵司机，他也许就会检查机油，而绝不会让卡车的轴承烧坏了。"

"我不是指这个。"

"要是你没有离开你自己圈子里的人，旧韦斯特伯里、萨拉托加和棕榈滩⁶那些该死的家伙，而跟上了我——"

"什么话，我是爱上了你。你这么说不公平。我现在爱你。我
会永远爱你。你爱我吗？"

"不，"男人说，"我不这么想。我从没这么想过。"

"哈里，你在说什么？你昏了头了。"

"没有，我没头可昏。"

"别喝那个啦，"她说，"亲爱的，求你别喝那个啦。凡是做得
到的事咱们就得做。"

"你做吧。"他说，"我累了。"

现在，在他的脑海里，他看见卡拉加奇[7]的一个火车站。他
正背着背包站着。现在是辛普朗—东方列车[8]的前灯划破了黑暗。
当时，在撤退以后，他正要离开色雷斯[9]。这是他留待以后写的
场景之一。还有一段情景为，早晨，吃早餐的时候，向窗外望去，
见到保加利亚境内群山上的积雪，南森[10]的秘书问南森：那是不
是雪？老人望着群山说：不，那不是雪。还没到下雪的时候。秘
书于是把老人的话复述给其他姑娘：不是，你们看。那不是雪。
她们也都说：那不是雪，我们弄错了。然而那其实就是雪，南森
提出人口交换时把她们送进了冰天雪地。那年冬天她们在雪中跋
涉至死。

那年，圣诞节那一周，在高尔塔尔山谷[11]，雪也下个不停。
那年他们住在伐木人的屋子里，方形的大瓷火炉占了半间屋。他
们睡在以山毛榉树叶填充的垫子上。这时那个逃兵来了，血淋淋
的双脚踩在雪地里。他说警察随后就到。他们于是给了他羊毛袜，

并且缠住宪兵说话，直到足迹被雪掩盖。

在施伦斯[12]，圣诞节那天，皑皑的白雪是那样晶莹，从酒吧里望去刺得眼睛疼。看得见人们都在从教堂回家。就是在那里，他们扛着沉甸甸的滑雪板走上沿河的大路，路面被雪橇磨得溜光，呈尿黄色，路边是生长着松树的陡峭冈峦。就是在那里，他们从马德纳旅舍上面漫长的冰川一路滑雪下来，雪看起来平滑得像糕饼上的糖霜，溅起时轻盈得像粉末。他记得那次无声的滑行，速度之快，使人如鸟一般从天而降。

那次，暴风雪期间，他们被困在马德纳旅舍一个星期。他们就着马灯光，在劈柴的烟气中打牌。伦特先生输得越多，赌注也下得越大。最后输得精光。所有的东西，滑雪学校的钱、冬季的全部收益，直至自己的资金。他看得到伦特先生伸着长鼻子，抓起牌，然后翻开："不看[13]。"那时候总是赌博。不下雪的时候赌，雪下得太多时还是赌。他思索着这辈子消磨在赌博上的全部时间。

可是这些他连一行字都没有写。还有那个寒冷而晴朗的圣诞节，平原远方显现了群山。当天巴克驾机飞越了战线，去轰炸运送休假奥地利军官的火车。当他们四散奔逃时，巴克用机枪扫射他们。他记得事后巴克走进食堂，说起这件事。记得听众如何一声不响，后来有人说："你这个杀人不眨眼的杂种。"

他们当时杀死的那些人，与后来跟他一起滑雪的人是相同的奥地利人，不，不是相同的人。汉斯，那年整年跟他一起滑雪的人，曾在"皇帝猎人"团服役。一起到锯木厂上面的小山谷去猎兔时，他们还谈到在帕苏比奥的战斗与向佩尔蒂卡拉和阿萨洛内

-9-

的进攻,这些他连一个字都没有写。还有蒙泰科罗纳、七合一地区、阿尔谢罗之战,也都只字未写。[14]

他在福拉尔贝格和阿尔贝格住过几个冬天?四个冬天。于是他记起卖狐狸的人,当时他们走进了布卢登茨,那次是去买礼物。[15]他记起甘醇的樱桃酒的樱桃核滋味,以及在雪壳上掠过的雪粉流。记起唱着"嗨!嗬!罗利说!"滑雪,冲下最后一段坡道,径直陡然下降,接着转过三个弯滑过果园,出果园越过那道沟渠,登上客栈后面结冰的大路。记得用滑雪杖敲开滑雪板卡子,蹬掉滑雪板,把它们靠到客栈的木墙上。灯光透过窗户。窗内,在劈柴烟味和新酿酒香的温暖氛围中,人们拉着手风琴。

"咱们在巴黎住哪儿来着?"他问女人,女人正坐在他身边的一把帆布椅里,现在,在非洲。

"在克里永旅馆[16]。你知道的。"

"我怎么知道?"

"咱们总是住在那儿。"

"不,不总是。"

"在那儿和圣热尔曼的亨利四世旅馆都住过。你说过你爱那里。"

"爱就是个粪堆,"哈里说,"而我就是一只站到上面啼叫的公鸡。"

"你要是得离开人世,"她说,"是不是绝对需要把留下的一切都斩尽杀绝?我的意思是,你是不是得把一切都带走?是不是一定要把你的马、你的妻子都杀死，把马鞍和盔甲都烧掉？"

"对，"他说，"你那该死的钱就是我的盔甲。我的斯威夫特和阿穆尔[17]。"

"别这么说。"

"好吧，我不说了。我不想伤害你。"

"现在有点儿晚了。"

"好吧，我就继续伤害你。这更有意思。我真正喜欢跟你一起干的唯一的事，我现在不能干了。"

"不，这不对。你喜欢干很多事，而且你想干的每样事我也都干了。"

"啊，看在上帝的份儿上你就别吹嘘了，行吗？"

他看着她，见她在哭泣。

"听着，"他说，"你以为我这样说开心吗？我不知道自己怎么这样说。我想，这是要用毁灭来使自己活着。咱们开始聊天时我还是好好的。我没故意找碴儿吵架，而现在我疯癫得像傻瓜，对你也狠心到家了。别理我，亲爱的，我说什么你都别理。我爱你，真的。你知道我爱你。我从没像爱你这样爱过别的任何人。"

他顺嘴说出了自己用于混饭吃的那套惯常的谎言。

"你对我真好。"

"你这个坏娘儿们，"他说，"你这个有钱的坏娘儿们。这是诗。现在我浑身都是诗。腐烂和诗。腐烂的诗。"

"别说了。哈里，为什么你现在非得变成魔鬼？"

"我不愿留下任何东西，"男人说，"我不愿意在身后留下东西。"

现在是傍晚,他刚才睡着了。太阳已经落山,平原上一片阴影。一些小动物在营地附近觅食,头部匆匆起落,尾巴迅速摆动。他观察到现在它们远远地离开灌木丛。那几只大鸟不再待在地上等候,都闷闷地栖息在一棵树上,它们的同伙还有很多。他的贴身仆人正站在床边。

"夫人打猎去了,"仆人说,"先生想要什么吗?"

"不要。"

她打猎去了,想弄一点兽肉。知道他喜欢看打猎,她走得远远的,以免扰乱他视野内的这一小片平原。她总是考虑周到,他想。只要是她知道的,或是读到了的,或是听说了的。

他到她身边的时候,他已经完蛋了,这不是她的过错。女人怎么能知道你说的话都是凭空杜撰,怎么能知道你说话不过是出于习惯,是贪图安逸?自从说话不再算数之后,他以谎言对待女人,比他以往对她们说真话更见效。

与其说他撒谎,莫如说他没有真话可讲。他有过自己的生活,但它完结了。随后他再度过活,跟不同的人和更多的钱,在同一些地方中最好的地方,以及一些新的地方。

你不让自己思想,这实在是不可思议。你的五脏六腑完好,所以你不曾那样垮下来,像他们大多数人那样垮下来。而你抱定态度,自己既然现已无法再做,也就不复关心一向所做的工作了。然而,在你心里,你说自己会写这些人,写这些非常富有的人;

你说自己实际上并不属于他们，而只是他们国度里的一个间谍；你说你会离开这个国度，并且写这个国度，而且是仅有的一次由一个了解这个国度的人来写它。可是他永远不会写它了，因为每天都不动笔，耽于安逸，充当自己所鄙视的人物，从而消磨了才干，松懈了工作的意愿，最后，他完全不做工作了。当他不再工作时，他现在认识的人们都感到轻松多了。在一生的黄金时期中，他过得最快乐的地方是非洲。所以他不远万里至此，就是为了重新开始。他们这次狩猎旅行[18]是以最低限度的舒适进行的。没有艰苦，但也没有奢华。他曾设想由此即可恢复训练。由此得以在一定程度上去除心灵的脂肪，有如拳击手为了消耗身体的脂肪，到山里去劳作和训练一样。

她原本喜欢这次狩猎旅行。她说她喜爱这次狩猎旅行。凡是使之兴奋的事情，涉及变换环境，在那里有新鲜的人，有愉快的事，她通通喜爱。他也产生了工作意愿重新强烈起来的错觉。现在如果此事就这样了结——他也清楚事实就是如此——他绝不该像某种蛇那样，因为脊背被打断了就回过头咬自己。这不是这个女人的过错。跟他在一起的即便不是她，也会是另一个女人。他如果以谎言为生，就应当尽力以谎言赴死。他听到小山那边传来一声枪响。

她的枪打得非常好，这个有钱的坏娘儿们，这个他的天才的衷心守护者和毁灭者。胡说，是他自己毁掉了本身的天才。怎么能由于这个女人周到地供养了他而责怪她？他毁掉了自己的天才，由于弃之不用，由于背叛了自己和自身信仰，由于如此饮酒无度而使知觉丧失了敏锐，由于懒散，由于怠惰，由于势利，由于傲慢与偏见，由于不择手段与用尽伎俩。这算什么？一份旧书目录吗？他究竟有什么天才？就算有天才，他也没有好好运用它，而是利用它做了交易。实际情况从来不是他做了什么，而总是他能做什么。他选择了不靠钢笔或铅笔谋生，而依靠别的东西。说来也怪，不是吗？每当他爱上另一个女人时，这女人怎么总是要比上一个女人更有钱？可是当他不再爱时，当他只是在说谎时，就像对这个女人，现在——她比所有他爱过的女人都有钱，她有数都数不过来的钱，她有过丈夫和孩子，她找过情人，然而对他们不满意，她深深地爱他，把他当作一位作家，一个男子汉，一位人生伴侣，用一份引以为傲的资产来爱他——说来奇怪，当他根本不爱她，只是在说谎时，作为对她的钱的回报，他所能给予她的，居然比先前真心爱她时还多。

我们的所作所为必定都是生来注定的，他想。不管以什么为生，那就是人的天生才能所在。他毕生都在出卖生命力，以这种或那种形式。而人在没有投入全部感情时，就分外看重金钱。他发现了这一点，然而决不会写这个了，现在也不会写了。不，他不会写这个了，尽管它非常值得一写。

现在看得到她了，她在穿过开阔地向营地走来。她穿着马裤，背着来复枪，两个仆人抬着一只瞪羚跟在后面。她依然是个好看的女人，他想，她的躯体也很动人。她对床笫之事很有天赋和领会。她不是美人，然而他喜欢她的脸庞。她读过大量的书，喜欢骑马和打枪，当然，她酒喝得太多。她还比较年轻的时候丈夫就死了。

有一阵子她把全部心思都放到两个刚成年的孩子身上，而他们并不需要她，有她在身边他们就觉得非常不自在。她还致力于养马，专心于读书，也沉迷于喝酒。她喜欢在黄昏时分晚餐前读书，一边看一边喝苏格兰威士忌加苏打水。到晚餐时人已半酣，餐桌上再来瓶葡萄酒，往往就醉得足以入睡了。

那是她找情人以前的情形。有了情人之后她就不再喝那么多酒了，因为无须喝醉以便入睡。但是情人令其生厌。她嫁过一个男人，他从未让她厌烦，而这些人使她实在厌烦之至。

这时她的一个孩子由于飞机失事而死去。这一事件之后她不想要情人了，在酒已不成为其麻醉剂之时，她不得不寻求另一种生活。突然间，她被孤身独处吓得胆战心惊。不过她想要跟一个她尊敬的人在一起。

事情开始得非常简单。她喜欢他写的东西，也一向羡慕他过的生活。她认为他正是做了他想做的事情。她为了得到他而采取的步骤，以及最终爱上他的方式，都是一个常见过程的组成部分。在这个过程中，她为自己组建了新的生活，他则出售了他往日生活的残余。

他出售这个是为了换取保障，也是为了换取安逸，对此他并无否认。此外还为了什么？他不知道。他要什么她就会给他买什么。他知道这个。她还是个温柔得要命的女人。他会跟任何人一样立刻跟她上床，宁愿跟她，因为她更有钱，因为她非常可爱，懂得欣赏，而且因为她从不大吵大闹。而现在她重新组建的这种生活即将结束了，因为两个星期前，一根荆棘划破了他的膝盖，他没有给伤口涂碘酒。当时他们向前移动，打算给一群非洲水羚拍照。它们站立着，昂起头，一边注视一边嗅空气，耳朵向两侧大大张开，只消一声响动就会使之遁入丛林。一如既往，不等他拍照，它们已经飞奔而去。

现在她来到营地了。

他在帆布床上朝她转过头，"你回来了。"他说。

"我打了一只公瞪羚。"她对他说，"可以给你做一碗好汤。我还让他们捣些土豆泥拌克利姆奶粉。现在你觉得怎么样？"

"好多了。"

"这真是太好了。你知道，我想到你也许会好多了。我离开时你睡着了。"

"我睡了个好觉。你走得远吗？"

"没有，就在小山后面。我一枪就打中了这只瞪羚。"

"你的枪法棒极了，你知道。"

"我爱打枪。我已经爱上非洲了。真的。要是你平安无事，这就是我玩得最开心的一次了。你不知道跟你一起打猎有多开心。我已经爱上这个地方了。"

"我也爱这个地方。"

"亲爱的，你不知道，看到你觉得好些了有多棒。你那么难受时我真受不了。你别再那样对我说话了，好吗？你答应我吗？"

"我答应。"他说，"我记不得说了些什么。"

"你不是非得把我毁掉，是吧？我只是个爱你的中年女人，想干你想干的事。我已经被毁掉两三次了。你不会想再一次毁掉我，是吧？"

"我倒是想在床上毁掉你几次。"他说。

"好哇。那可是快乐的毁灭。咱们生来就是要这么毁灭的。飞机明天就会来。"

"你怎么知道？"

"我有把握。它是一定要来的。仆人已经把木柴全都准备好了，还有生浓烟的草。今天我又去看了一下。那里足够供飞机着陆。我们在场地两头都堆好了生烟的柴草。"

"你凭什么认为它明天会来？"

"我有把握它会的。它现在已经延误了。这样，到了城里，他们就会把你的腿治好，然后咱们就可以来些美好的毁灭。不是可怕的谈话那种。"

"咱们喝点酒好吗？太阳落山了。"

"你认为应当喝吗？"

"我想来一杯。"

"咱们就一起喝一杯吧。莫洛，倒两杯威士忌加苏打水！"她喊道。

"你最好穿上莫斯基托靴¹⁹。"他对她说。

"等洗过澡的……"

天色渐暗，他们喝着酒。正当暮色苍茫，光线不足以瞄准之际，一只鬣狗穿过开阔地，径自朝小山边跑去。

"那个狗东西每天晚上都跑过那里。"男人说，"每天晚上，两个星期了。"

"夜里嗥叫的就是它。我不在乎。尽管它们是种可恶的动物。"

他们一起喝着酒。此时他没有疼痛感，只是由于总以一个姿势躺着而觉得不舒服。仆人生起一堆篝火，光影在帐篷上跳跃。他对这种惬意的顺从的生活本来就默认，现在则能感到这种心态的回归。她对他的确非常好。今天下午他实在是狠心，也很不公平。她是个好女人，确实非同寻常。而正当此时，他突然想到自己就要死了。

这个念头带着一股冲力，不像激流，也不像疾风，而是像突如其来、无中生有的恶臭。诡异的是，那只鬣狗沿着臭气的边缘轻轻地溜过。

"怎么了，哈里？"她问他。

"没什么。"他说，"你最好挪到那一边。坐到上风去。"

"莫洛给你换药了吗？"

"换了。我眼下正在用硼酸消毒。"

"你觉得怎么样？"

"有点发抖。"

"我这就进去洗澡。"她说，"很快就会出来。我跟你一起吃晚饭，然后我们把你的床抬进去。"

这样，他自言自语道，我们成功地停止了吵架。他跟这个女人从来没有大吵大闹过，而跟爱过的那些女人吵得那般激烈，最终总是由于争吵的侵蚀，毁掉了共同怀有的感情。他爱得太深，要得太多，于是耗尽了一切。

他回想那次，争吵之后，他离开巴黎，独自待在君士坦丁堡[20]。那一阵他都在嫖妓，而仍然不能排遣寂寞，只是使孤独愈发难耐。他于是提笔给她，他的第一个情妇，那个后来离开了他的女人写信，告诉她，他是怎样始终无法断绝思念之情……他是怎样有一次在摄政饭店外面以为看到了她，以致头晕目眩、心慌意乱；他是怎样在林荫大道跟随一个看起来有些像她的女子，又不敢看清楚是不是她，生怕失去这种邂逅带给自己的感受；他睡过的每个女人是怎样只是使他更加想念她；她的所作所为又是怎样无关紧要，因为他知道自己无法消除对她的爱恋。他在会所餐馆冷静清醒地写了这封信，寄到纽约去，并请她把回信寄到他在巴黎的办公室去，以免丢失。那天晚上，他是那么想她，心中空落落的，非常难受。他在街头游荡，路过塔克西姆广场，跟一个女郎搭上了话，就带她去吃晚饭。后来到了一个地方，跟她跳舞。她跳得很糟，他就丢下她，找了个风骚的亚美尼亚娘儿们。她的肚子贴着他摆动，蹭得肚子都快烫坏了。他跟一个英国炮兵中尉起了争执，就带着她离开炮兵。炮兵把他叫到外面去。暗夜中，在鹅卵石铺地的大街上，他们打了起来。他朝炮兵的下巴狠狠地揍了两拳，可是炮兵并没倒下，这时他明白一场恶斗必不可免。炮兵打中他的身子，又打中他的眼角。他再度挥起左拳，击中了炮兵。炮兵倒向他，抓住他的上衣，扯掉了袖子。他对炮兵耳后重击两拳，接着一面推开炮兵，一面用右手把炮兵打趴下。炮兵倒下时头先磕到地面。于是他带着亚美尼亚娘儿们就跑，因为听见宪兵来了。他们上了一辆出租车，沿着博斯普鲁斯海峡开往雷米利希萨，兜了一圈，在寒冷的夜里回到城里上了床。她的身体一如她的外貌，给他以熟透了的感觉，不过柔软光滑，像玫瑰花瓣，像糖浆，肚子光滑，乳房肥大，屁股下不用垫枕头。他在她醒来之前离开。在初起的晨光下，她的样子松松垮垮，懒散之至。他出现在佩拉官饭店，一个眼圈瘀青，拎着上衣，因为少了一只袖子。[21]

当天晚上，他动身前往安纳托利亚[22]。他想起那次旅行的后一段，整天骑马穿行在长满罂粟的田野里（当地人种植罂粟以提取鸦片），这使人感到多么不可思议；最后，就好像所有的日程都是错的，他上了战场，他们跟刚到的军官一起发动了进攻。那些康斯坦丁军官[23]什么都不懂，炮兵击中了自己一方的部队，那个英国观察员哭得像个孩子。

就在那天，他第一次见到了死人，穿着白色的短裙和向上翘起的带绒球的鞋。[24]土耳其人一波波地不断涌来，他看见穿着裙子的人们在溃退。军官们朝他们开枪，接着自己也撒腿逃命。他跟英国观察员也跑掉了，跑得两肺疼痛，一嘴铜腥。他们在一些岩石后停歇，土耳其人还在一波波地涌来。后来他见到了完全想不到的事情，后来他还见到了糟糕得多的事情。所以，一旦回到巴黎，这些他都不能谈到，哪怕提起来都受不了。他经过那家餐馆时，那个美国诗人坐在里面，面前杯托[25]成堆，马铃薯脸上一副蠢相，正跟一个罗马尼亚人大谈达达运动。那个罗马尼亚人自称特里斯坦·查拉[26]，总是戴着单片眼镜，总是害头痛。这次，跟妻子回到公寓，重新爱上妻子，争吵烟消云散，怒火无影无踪。他正得意于居家的感受，办公室把他的信件送到了寓所。于是，一天早上，他写下的那封信的回信，被托在盘子上送进了门。看到信封上的笔迹，他浑身发冷，忙着把这封信塞到另一封信底下。不料妻子开口了："这信是谁寄来的呀，亲爱的？"这就成了一段初起旧情的结束。

他想起跟她们所有人在一起的好时光，还有争吵。她们总是挑最美妙的场合跟他吵架。她们为什么总是在他心情最愉快的时候跟他吵架？对此他一个字都没写过，因为起初是，他绝不愿伤害她们任何一个，后来是，似乎即便不写这个，要写的东西就足够多了。不过他总是认为，自己最终是会写这个的。要写的东西太多了。他目睹了世界变化，不仅是种种事件；尽管目睹过许多事件，观察过各色人等，然而他目睹过更微妙的变化，还记得人们在不同的时候是如何表现的。他曾经置身于这种变化之中，他观察过它，写下这种变化就是他的责任。可是现在他永远不会写了。

"你觉得怎样？"她说。这会儿她洗完了澡，从帐篷里走出来。

"挺好。"

"你现在可以吃吗？"他看见莫洛在她身后拎着折叠桌，另一个仆人端着盘子。

"我要写东西。"他说。

"你应该喝点肉汤增强体力。"

"我今天晚上就要死了。"他说，"我用不着增强体力了。"

"求你别说得这么吓人，哈里。"她说。

"你怎么不闻一闻？我现在都烂了半截到大腿了。我居然还要跟肉汤开玩笑？莫洛，拿威士忌加苏打水来。"

"请你喝肉汤吧。"她温和地说。

"好吧。"

肉汤太烫了。他只得把汤倒在杯子里拿着，等温度适合了才喝起来，直到喝完也没再乱说什么。

"你是个好女人。"他说，"别再关心我了。"

她凝视着他，她用在《马刺》和《城乡》[27]上无人不知晓、无人不喜爱的脸庞迎向他。这张脸只是由于过度饮酒而稍许减色，只是由于沉溺枕席而稍许减色，不过《城乡》不曾展示她那完美的胸部，那合用的大腿，那轻柔地爱抚人的纤纤两手。当他看着她，看到她那出了名的甜美微笑时，他感到死亡再度来临。这次没有冲力。它是一股气，犹如使烛光摇曳、火焰升高的微风。

"过一会儿他们可以把我的蚊帐拿出来挂到树上，再生堆篝火。今晚我不到帐篷里去睡了。不值得搬动了。这是个晴朗的夜晚。一点雨都不会下。"

那么，你就这样死了，死在你听不见的微弱声音中。好吧，再也不会有争吵了。这一点他可以指望。这种他从未有过的经历，现在他不会破坏。他很可能会。你破坏了所有的东西。不过也许他不会。

"你不能听写吧，能吗？"

"我从没学过。"她告诉他。

"没关系。"

没有时间了，当然，尽管好像经过了压缩，只要处理得当，只需一段文字即可将一切都写进去。

湖边的小山上，有一所原木构筑的房子，勾缝的灰泥呈白色。门边的柱子上挂着一只铃，用于召唤人们进去吃饭。房子后面是原野，原野后面是树林。一行伦巴第杨树从房子伸展到码头。还有一些杨树沿着地岬散布。树林边缘有一条路通向冈峦，他顺着这条路采过黑莓。后来木房子烧塌了，本来搁在壁炉上方鹿脚架上的猎枪也都烧毁了。火熄后，枪管、熔化在弹仓里的铅弹，还有烧坏了的枪托，散落在一堆灰上，这堆灰原本用于给做肥皂的大铁锅熬碱水。你问祖父，可不可以把枪零件拿去玩；他说，不行。你就明白，它们依然是他的猎枪。他也没买别的猎枪。他也再不打猎了。现在，房子在原地用木料重新盖起，漆成白色。从门廊上可以望见杨树和远处的湖，可是再也没有猎枪了。从前挂在木房子墙壁鹿脚上的枪管散落在灰堆上，再也没人碰过。

战后，我们在黑林山²⁸里租了一条钓鳟鱼的小溪。有两条路通向那里。一条是从特里贝格走下山谷。谷中树木茂密，夹着白色的道路。在树荫下绕过这条路，走上一条山坡小道，翻过冈峦，路过许多建有黑林山式大房子的小农场，一直走到小道和小河交叉处。那里就是我们开始钓鱼的地方。

另一条路是爬陡坡上到树林边缘，然后翻过冈峦穿过松林，走出松林到达草地边缘，下坡越过草地就到了桥边。沿着小河生长着桦树。河面不宽，毋宁说狭窄，河水清澈而湍急，在桦树根下冲出一个个小潭。在特里贝格的旅店里，店主的生意兴旺一时。这让人非常愉快，我们都成了特别要好的朋友。第二年通货膨胀，店主上一年赚的钱维持开店都不够，他于是上了吊。

你能口述这些，然而无法口述城外广场[29]的故事。在那里，卖花的当街给花儿染色，颜料流淌在公共汽车始发站的路面。老头儿和妇女总是由于喝了葡萄酒和劣质的果渣白兰地而醉醺醺的。孩子们在冷天里流着鼻涕。爱好者餐馆里充满汗臭、穷酸相和醉态。还有大众舞厅的妓女，她们就住在舞厅楼上。女管理员在她的房间里款待那个共和国卫队[30]骑兵，骑兵饰有马鬃的头盔搁在椅子上。住在舞厅对过的女人，丈夫是自行车手。那天早晨在乳品店，她打开《汽车报》[31]，看到丈夫首次参加大赛就在巴黎环城赛中名列第三时，她是多么高兴。她涨红脸，笑出声，然后跑到楼上哭起来，手里拿着淡黄色的体育报。大众舞厅女主人的丈夫开出租车。他，哈里，有一次得乘早班飞机，这个男人就来敲门叫醒他。动身前，他们坐到酒吧里的锌制桌子旁，每人喝了杯白葡萄酒。当时他熟悉这个地区的邻居，因为他们都很穷。

这个广场一带有两种人：酒鬼和体育迷。酒鬼以酗酒打发贫困，体育迷则在锻炼中忘却贫困。他们是巴黎公社社员的后代，对于他们，理解先辈的政见并不吃力。他们知道是谁射杀了他们的父兄和亲友的。当凡尔赛的军队开进巴黎，继公社之后控制了城市，任何手上长茧的、头戴便帽的，或者身上有任何其他迹象表明是劳动者的，只要抓到，一律处决。就是在这种贫困中，就是在这个地区里，在一家马肉铺和一家酿酒合作社的街对面，他走上了写作之路。在巴黎，他如此热爱的地区绝无仅有。杂乱的树木。白色灰泥墙下半截漆成棕色的老房子。圆形广场上长长的绿色公共汽车。路面洒落的染花儿的紫色颜料。从山上大坡度直通塞纳河的勒穆瓦纳枢机大街。另一条狭窄而热闹的穆费塔尔街。通往先贤祠的大街。另一条他经常骑自行车经过的大街，这个地区唯一铺了沥青的大街，路面在车胎下平滑伸展，两边是细长而高耸的房子，还有这家高高的廉价旅馆，保罗·魏尔兰[32]就是在这里去世的。他们住的公寓套房只有两个房间，所以他在这家旅馆的顶层租了个房间，每月六十法郎。他在这里写作，从这里望得到重叠的屋顶和林立的烟囱帽，以及巴黎所有的冈峦。

从公寓里只能看见那个木柴和煤炭商人的铺子。他也卖酒，劣质的葡萄酒。看马肉铺外墙的金色马头标识、橱窗里悬挂的金黄色和红色的马肉，还有漆成绿色的合作社，他们就在那儿买酒，质优价廉的葡萄酒。再就是灰泥墙壁和邻居的窗户了。夜里，有人喝多了躺在街上，在酩酊大醉（宣传要你相信这种典型的法国醉态并不存在）中呻吟抱怨。这时，邻居会打开窗户，低声交谈。

"警察哪儿去了？这浑蛋总是在用不着他的时候出现。准是在跟哪个公寓女管理员睡觉呢。找警察吧。"直到有人从窗口泼下一桶水，呻吟方才停止。"什么东西？水。哈，这可是太聪明了。"于是窗户纷纷关上。玛丽，他所住公寓的女仆，反对八小时工作制说："一个丈夫要是一直干到六点钟，他在回家路上就只能喝得有那么点醉，花钱也不会太多。可要是只干到五点钟，那他每天晚上都会喝得烂醉，你也就一个子儿都没有了。这种工时缩短，倒霉的是工人老婆。"

"你不再喝点儿肉汤吗？"这时女人问他。

"不了，多谢你。味道好极了。"

"再喝点儿吧。"

"我想喝威士忌加苏打水。"

"那对你没好处。"

"是，酒对我有害。科尔·波特[33]写过这样的歌词，还谱了曲。就是这种知识使你在生我的气。"

"你知道我喜欢你喝酒。"

"哦，是的。只是酒对我有害。"

等她走开了，他想，我就会得到我想要的一切。不是我想要的一切，而是现有的一切。唉，他累了。太累了。他要睡一会儿。他静静地躺着，死神没在这里。它准是到另一条街溜达去了。它化身为两个人，骑着自行车，毫无声息地行进在人行道上。

没有，他从没写过巴黎。没写过这个他念念不忘的巴黎。然而其余那些他从没写过的东西又是如何呢？

牧场和银灰色的鼠尾草丛，灌渠里湍急而清澈的流水，还有浓绿的苜蓿又是如何？小径蜿蜒而上，进入冈峦。夏天的牛胆小得跟鹿一样。呿喝声和持续的嘈杂，缓慢移动的庞大牛群在秋天被赶下山来时尘土飞扬。群山后方，暮色中清晰显现出那座山峰的剪影。在月光下骑马沿小径下山，山谷中一片澄明。现在他想起，穿过树林下山时，在黑暗中看不见路，就抓着马尾巴前行。这些都是他打算写的故事。

还有那个打杂的傻小子。那次把傻小子留在牧场，告诉他别让任何人拿走哪怕一把干草。从岔口来的那个老东西路过牧场，停下来想弄点饲料。傻小子以前给老东西干活时挨过打，就不肯给，老头子说要再揍他一顿。当老东西试图进入谷仓时，这孩子从厨房拿出来复枪，打死了老头子。等他们回到牧场时，老头子已经死了一星期，尸体在畜栏里冻得硬邦邦的，还被狗啃掉了一些。你则是用毯子把残余的尸身包起来，放到雪橇上捆好，让这孩子帮你拉着。你们两个蹬上滑雪板，把雪橇拉到大路上，滑行六十英里前往镇上，以便把孩子交出去。他还不知道自己会被捕呢。他以为自己尽了本分，你是他的朋友，他会得到报酬。他帮着把老头子拉进镇子，这样谁都能知道老头子向来有多坏，又是怎样下手偷不属于自己的饲料。等到行政司法官给孩子戴上手铐时，孩子无法相信，于是放声大哭起来。这是他留待写出的一个故事。他知道出自那一带的至少二十个精彩故事，而他一个都没写下来。怎么回事？

"你告诉他们怎么回事。"他说。

"什么怎么回事，亲爱的？"

"没什么。"

自从有了他，她现在酒喝得不那么多了。然而他要是活下来，他决不会写她。他现在知道这一点。也决不会写他们任何人。有钱人很乏味，他们太沉溺于饮酒，要不就是太热衷于十五子棋戏。他们很乏味，还唠唠叨叨的。他想起可怜的朱利安及其对有钱人毫无来由的敬畏，想起朱利安有一次如何写一篇小说的开头，第一句是："豪门巨富跟你我是不同的。"他想起有人如何对朱利安说过，是呀，他们有更多的钱。可是这话在朱利安听起来并不幽默。他认为他们是特别富于魅力的一族。待他发现他们并非如此时，这种看法也毁了他，正像任何其他事物毁了他一样。[34]

他一向鄙视那些被毁了的人。你无须由于理解一个事物而欣赏它。他是能够战胜一切的，他想，因为如果不在意，就没有什么能够伤害他。

好吧。现在他就不会在意死亡。他总是畏惧的一件事是疼痛。他能够跟任何人一样承受疼痛，除非持续的时间太长，折磨得受不了。但是这里有种东西曾经疼得要命，而就在觉得它在撕裂他的时候，疼痛已经停止了。

他想起多年前，那天夜里，投弹军官威廉森钻过铁丝网回阵地时，被德国巡逻队投出的手榴弹炸中。他尖叫着，央求大家把他打死。他是个胖子，热衷于离谱地显摆自己，然而非常勇敢，是个好军官。不料，当夜他在钻铁丝网时被发现。一发照明弹照亮他，他的肠子淌出来，挂到铁丝网上。在把他拉进掩体时，他还活着，他们不得不割断他的肠子。打死我，哈里。看在上帝的份儿上打死我。有一次，对于上帝从不带给你任何你无法忍受之事这句话，他们产生过争论。有个人的理论说的是，到了一定时候，痛苦自然会使你失去知觉。可是哈里始终记得威廉森，那个夜晚。知觉始终没离开威廉森。直到哈里把一直留着自己用的吗啡片全给他吃了之后，疼痛也没有马上止住。

现在，他感到的疼痛还是非常轻。如果就这样下去而不加重的话，那就没有什么可担心的了。除了他但愿有更好的同伴。

他琢磨了一下自己会乐于拥有的同伴。

不，他想，你做每件事时都做得太久，也太迟，不可能指望人们还在。人们全都离去了。酒阑席散，现在唯余你和女主人。

我对垂死感到厌倦，跟我对其他一切都感到厌倦一样，他想。

"令人生厌。"他大声说了出来。

"你说什么，亲爱的？"

"你做什么事都做得实在太久了。"

她处于他与篝火之间，他看着她的脸。她靠在椅子里，火光映在她线条悦目的脸上，看得出她困了。他听见就在火光范围之外，鬣狗发出一声嗥叫。

"我一直在写东西。"他说，"不过我累了。"

"你认为自己睡得着吗？"

"确信无疑。你为什么不去睡？"

"我喜欢跟你一起坐在这里。"

"感觉到什么奇怪的东西吗？"他问她。

"没有。只是有点困了。"

"我感觉到了。"他说。

他方才感到了死亡又一次来临。

"你知道，我唯一从未失去的东西就是好奇心。"他对她说。

"你从未失去任何东西。你是我认识的最完美的人。"

"天哪，"他说，"女人知道的东西是多么少哇。你根据什么这样说，是直觉吗？"

因为，正当此时，死神来了，把头靠在帆布床的脚上。他闻得到它的呼吸。

"绝不要相信任何关于镰刀和骷髅的说法。"他告诉她，"它完全可以是两个骑自行车的警察，或者是一只鸟。或者可以像鬣狗一样有个大鼻子。"

现在它已经挪到他的身上来了，不过已经不再具有形状。它只是占据空间。

"告诉它走开。"

它没有走开，反而挨得更近了点。

"你呼气实在是难闻。"他对它说，"你这个臭杂种。"

它仍然挨近他。现在他对它说不出话了。它发现他说不出话，就又挨近了一点。现在他试图不说话而把它赶走，可是它爬到了他身上，于是重量全压到他的胸口。它趴在那儿，他动弹不得，也说不出话来。他听见女人说："先生睡着了。把床轻轻抬起来，送进帐篷去。"

他说不出话，没法让她把它赶走。现在它趴在他身上，更加沉重，使他透不过气来。然而当他们抬起帆布床时，忽然一切正常了，重压也从胸口消失。

时间是早晨，早晨已经有一段时间了。他听见了飞机声。飞机显得很小，然后飞了一大圈。仆人们跑出来，用煤油点起火，堆上草，于是在平地两端就冒起了两大团浓烟。晨风把烟气吹向营地。飞机又盘旋了两圈，这次飞低了，接着滑翔下来，拉平，平稳地着陆。朝他走过来的是老康普顿，身着宽松长裤、花呢夹克，头戴褐色毡帽。

"怎么回事啊，老兄？"康普顿说。

"腿坏了。"他告诉他，"你要吃点儿早饭吗？"

"谢谢，喝点茶就行了。这是架'天社蛾'，你知道。我没法带上你夫人。这飞机只能坐一个乘客。你的卡车正在路上。"

海伦把康普顿拉到了一旁，在对他说话。康普顿走回来，比先前更快活。

"我们这就要把你抬进飞机去。"他说，"我还要回来接你夫人。现在我恐怕得在阿鲁沙 35 停一下加油。咱们最好现在就走。"

"不喝茶了？"

"我实际上喝不喝都行，你知道。"

仆人们抬起了帆布床，绕过几顶绿色帐篷，然后沿着岩石走出营地，前往平地，走过火堆。火堆现在耀眼地燃烧着，草全都烧光了，更兼风助火势。他们走到小飞机前。把他抬进飞机费了些事，而一进飞机他就靠在皮座椅里，伤腿直挺挺地伸到康普顿的座位旁。康普顿发动了马达，进入飞机。哈里向海伦，并向仆人们挥起手。马达的咔嗒声变成惯常熟悉的轰鸣，他们随着飞机转向而摇摆，康普顿留心着疣猪的地洞，轰鸣的飞机在火堆间的场地上颠簸着。最后颠簸一下，飞机起飞了。他看见他们都站在下面，挥着手。小山边的营地现在是扁平的。平原展开着，一簇簇的树木，灌木丛也是扁平的。而一条条野兽踏出的小径，眼下都平滑地伸向干涸的水坑。有一处新的水源，是他从未知晓的。斑马，现在只看得到小小的浑圆的脊背了。角马，一些大头的点子，形成长长的手指似的队伍越过平原，仿佛在攀登。此时飞机的影子逼近，它们纷纷散开，这时显得更小，移动也看不出奔跑。极目望去，平原现在一片灰黄。眼前是老康普顿身上花呢夹克的后背和褐色毡帽。这时他们飞过头一片冈峦。角马在往山上爬。接着他们飞过一群高山，山间是生长着绿色森林的深谷和繁盛竹林的山坡。接着又是嵌入高峰低谷的茂密森林，绵延伸展，直至他们飞过去。冈峦由此放缓，随后是另一带平原。这时天热起来，大地呈紫褐色，飞机在热气中颠簸着。康普顿回过头，看看他在飞行中的状态。接下来，前面又是黑压压的崇山峻岭。

然后他们没有往阿鲁沙去，而是转而向左飞。他了然于心，飞机的燃料够用了。他朝下看，见到一片粉红色的云飘飘洒洒，正在掠过大地，从空中望去，宛如暴风雪中突兀而至的第一阵雪，他知道那是来自南方的飞蝗。随后飞机开始爬升，看来是在往东飞。然后天色转暗，他们进入一场暴雨。雨水是如此密集，飞机好似在穿越瀑布。然后他们飞出了暴雨。康普顿转过头来，咧嘴笑着，用手指了指。于是在那里，前方，哈里满眼中的风光，像整个世界一般宽广、宏伟、高大，在阳光中洁白得难以置信，是乞力马扎罗那方形的山巅。于是他领悟，那里就是他要去的地方。

正当此刻，鬣狗停止了夜里的呜咽，开始发出奇怪的、几近人哭的声音。女人听到了，不安地辗转反侧。她并没有醒。梦中她是在长岛[36]的家里，时间为她女儿初次社交聚会的前夜。似乎她父亲也在场，表现得非常粗鲁。这时鬣狗的叫声大得吵醒了她，她一时弄不清自己身在何处，于是非常害怕。她就拿起手电筒，照向另一张帆布床。哈里睡着以后，他们把床抬进来了。她看得见蚊帐里他的躯体；可是不知怎么回事，他的腿伸了出来，在床沿耷拉着。伤口的敷料全都脱落了，她不忍再看。

"莫洛，"她喊道，"莫洛！莫洛！"

接着她说："哈里，哈里！"接着她的声音提高了，"哈里！求你醒醒。啊，哈里！"

没有应答，也听不见他的呼吸声。

帐篷外，鬣狗依然发出奇怪的叫声，她就是被它惊醒的。但是由于心脏狂跳，她听不见鬣狗的吠叫了。

注释：

1. 实际上，乞力马扎罗山顶峰的准确高度为海拔五千八百九十五米（一万九千三百四十一英尺），是非洲最高点。虽然接近赤道，但是顶峰终年积雪。山的主体由西向东，依次有希拉、基博和马文济三个高峰。

2. 马塞人，东非的游牧民族。

3.《布莱克词典》，指《布莱克医学词典》，一本普及型家用医书。

4. 坏疽，坏死的一种，可由细菌感染导致。坏死即机体局部组织或细胞死亡，功能丧失。

5. 基库尤人，肯尼亚的一个种族。

6. 旧韦斯特伯里、萨拉托加和棕榈滩，分别在美国的纽约州、加利福尼亚州和佛罗里达州，均为富人密集之处。

7. 卡拉加奇，土耳其西北部城镇。

8. 辛普朗—东方列车，即名噪一时的东方快车，欧洲的一趟国际客运列车。

9. 色雷斯，欧洲南部一地区。1922 年为希腊与土耳其两军战场。

10. 南森，挪威科学家、政治家和慈善家。在 1921—1922 年希腊—土耳其战争后曾提出人口交换计划，以解决难民问题。

11. 高尔塔尔山谷，在奥地利西部。

12. 施伦斯，奥地利西部城镇，为冬季运动中心。

13. 不看，不下与对手相同的赌注。

14. 帕苏比奥、佩尔蒂卡拉、阿萨洛内、蒙泰科罗纳、七合一地区、阿尔谢罗，均为意大利地名。

15. 福拉尔贝格、阿尔贝格、布卢登茨，均在奥地利西部，为冬季运动中心。

16. 克里永旅馆，巴黎的一家著名旅馆。

17. 斯威夫特（Swift）和阿穆尔（Armour）是当时的两家大公司，哈里由盔甲（armour）一词联想到它们，从而一并用来比喻海伦的钱。

18. 狩猎旅行，当时流行的为了猎取大型动物而进入东非的旅行。

19. 莫斯基托靴，一种靴靿宽松的靴子，裤脚可以掖进去。

20. 君士坦丁堡，伊斯坦布尔的旧称。

21. 摄政饭店、林荫大道、会所餐馆，均在巴黎；塔克西姆广场、佩拉宫饭店，均在君士坦丁堡（今伊斯坦布尔）。

22. 安纳托利亚，今日构成土耳其亚洲部分的半岛。

23. 康斯坦丁军官，康斯坦丁即希腊—土耳其战争时的希腊国王康斯坦丁一世。其军队中的军官称为康斯坦丁军官。

24. 这里描述的装束，系当时希腊山地部队的军装样式。

25. 杯托，在欧洲的餐馆里，每份酒水都是放在杯托上端来的，结账时可作为依据。

26. 特里斯坦·查拉（1896—1963），罗马尼亚裔法国诗人，达达主义的创始人之一。

27. 《马刺》和《城乡》，两份上流社会杂志。

28. 黑林山，德国西南部巴登—符腾堡州山区。下文的特里贝格为巴登—符腾堡州城镇。

29. 城外广场，在巴黎。

30. 共和国卫队，法国议会的警卫部队，军装华丽。

31. 《汽车报》，巴黎的一份体育报纸。

32. 保罗·魏尔兰，法国诗人。

33. 科尔·波特，美国作曲家，歌词作家。

34. 这段文字中的"朱利安"一名，在作品初次发表时写为斯科特·菲茨杰拉德或斯科特，即美国小说家斯科特·菲茨杰拉德；在作品纳入海明威的首部短篇小说全集时改为朱利安。

35.阿鲁沙，坦桑尼亚北部行政区。

36.长岛，在美国纽约州。

弗朗西斯·麦康伯短促的幸福生活

现在是午饭时间。他们都坐到就餐帐篷[1]的双层绿帆布篷下，装出若无其事的样子。

"你要酸橙汁还是柠檬汁？"麦康伯问。

"我要一杯吉姆利特[2]。"罗伯特·威尔逊对他说。

"我也要一杯吉姆利特。我得喝点儿。"麦康伯的妻子说。

"我觉得是该这么做。"麦康伯同意道，"告诉他调三杯吉姆利特。"

侍候吃饭的仆人已经在调了，从帆布冷藏袋里往外拎着瓶子。风在遮蔽营地的树木间吹过，瓶子在风中凝结起水珠。

"我得付他们多少？"麦康伯问。

"一英镑足够了。"威尔逊告诉他，"你不想惯坏他们吧。"

"领头的会分发？"

"当然。"

半小时前，弗朗西斯·麦康伯得胜回营，被厨子、贴身仆人、剥兽皮的和脚夫们，用胳膊和肩膀从营地边上抬往他的帐篷。扛枪人没参加这场游行。原住民仆人在门口把他放下。他与他们一一握手，接受祝贺，然后走进帐篷，坐到床上，直到妻子进来。她走进来，没跟他说话。他马上走了出去，在便携盥洗池里洗了脸和手，随后前往就餐帐篷，坐进舒适的帆布椅，享受着微风和树荫。

"你打到了你的狮子，"罗伯特·威尔逊对他说，"还是头非常棒的狮子。"

麦康伯夫人迅速看了威尔逊一眼。她极其漂亮、保养得当。五年前，凭着美貌和社会地位，她以照片为一种从未用过的美容品做广告，取得了五千美元酬金。她嫁给弗朗西斯·麦康伯十一年了。

"那是一头挺棒的狮子，是吧？"麦康伯说。这时，他的妻子盯着他。她盯着这两个男人，就像从没见过他们似的。

这个叫威尔逊的白人猎手 ³，她知道自己的确从没见过。他约莫中等个子，沙色头发，粗短髭须，脸色很红，蓝眼睛的神情极为冷漠，眼角有细微的白色皱纹，在他微笑时会愉快地加深。现在他向她微笑，于是她的目光从他脸上移向宽松的短上衣，看他溜肩膀的样子。上衣左胸袋的位置钉着四个带圈，插着四颗硕大的子弹。她的目光接着移过他棕色的大手、旧的宽松长裤、脏兮兮的皮靴，随后重新回到他的红脸膛上。她注意到他晒红的脸色止于一道白色的边缘，那是斯特森毡帽 ⁴ 形成的痕迹，帽子这会儿挂在帐篷支柱的木钉上。

"好，为打到的狮子干杯。"罗伯特·威尔逊说。他又向她微笑。她没有笑，神情怪异地盯着丈夫。

弗朗西斯·麦康伯个子很高。要是不考虑其高大，他的身材就算非常匀称。他肤色较深，头发剪得像桨手的一样短，嘴唇很薄，人们都觉得他帅气。他身着跟威尔逊的一样的狩猎旅行服装，不过，他的是崭新的。他三十五岁，身体保持得非常好，擅长场地运动[5]，钓到过不少大鱼，而他刚刚向众人显露，自己不过是个胆小鬼。

"为打到的狮子干杯。"他说，"我对你所做的事感激不尽。"

玛格丽特，他的妻子，将目光从他身上重新移向威尔逊。

"咱们别提那狮子。"她说。

威尔逊面无笑容地审视着她，她这会儿倒向他微笑了。

"这是个很奇怪的日子，"她说，"即便中午在篷布下，你不是也该戴着帽子吗？你告诉过我的，要知道。"

"是可以戴帽子。"威尔逊说。

"要知道，你有一张非常红的脸，威尔逊先生。"她对他说，又微笑起来。

"是由于喝酒。"威尔逊说。

"我看未必。"她说，"弗朗西斯喝得很多，可是他的脸从来不红。"

"今天红了。"麦康伯试着逗乐。

"没有。"玛格丽特说，"今天是我的脸红了。而威尔逊先生的脸总是红的。"

"一定是血统。"威尔逊说,"我说,你就是不愿放下我的美貌这个话题,是吧?"

"我这才刚开始。"

"咱们不说这个。"威尔逊说。

"谈话都要变得这么困难了。"玛格丽特说。

"别犯傻了,玛戈。"她的丈夫说。

"不困难。"威尔逊说,"打到了一头非常棒的狮子。"

玛戈盯着他们两个,而他们两人都看出她快要哭了。威尔逊看出这种情况挺长时间了,他怕这个。麦康伯则不再怕了。

"但愿这事没发生。哦,但愿这事没发生。"她一边说,一边朝自己的帐篷走去。她没有哭出声,但是他们看得出,在玫瑰红防晒衬衫下,她的肩膀在抖动。

"女人心焦。"威尔逊对高个子男人说,"没什么大不了的。神经紧张,还有这事那事的。"

"没什么。"麦康伯说,"我看我下半辈子都得承受这个了。"

"没用的话。咱们来杯苏格兰威士忌吧。"威尔逊说,"把整个事忘掉。反正算不了什么。"

"试试看吧。"麦康伯说,"尽管我不会忘记你为我做的事情。"

"没什么。"威尔逊说,"全都是没用的话。"

他们就这么坐在树荫里。营地安置在几棵茂盛的金合欢树下,背靠一座巨石遍地的悬崖,面临一片伸向小河的草地。河床满布巨石,河对岸的森林向远方展开。他们喝着冰得恰好的酸橙汁。在仆人安排餐桌时,两人避免目光的接触。威尔逊心里明白,仆人们现在都知道了。看到麦康伯的贴身仆人一边把饭菜放到桌上，一边以古怪的眼神看主人时，他就用斯瓦希里语⁶厉声呵斥起来。仆人面无表情，转身离去。

"你在对他说什么？"麦康伯问。

"没什么。告诉他麻利点，不然我会让他狠狠地挨个十下八下。"

"挨什么？鞭打吗？"

"那个很不合法。"威尔逊说，"按说应当扣他们的钱。"

"你还是会抽打他们？"

"哦，是的。他们要是选择控告，就能闹出乱子来。可是他们不会。他们宁愿挨揍也不愿扣钱。"

"多奇怪！"麦康伯说。

"不奇怪，真的。"威尔逊说，"你会愿意挑哪个？挨顿狠揍还是丢掉工钱？"

话一出口他就觉得不安，没等麦康伯回答便接着说："我们全都天天挨打，你知道，以这样那样的方式。"

这话还是没说好。"天哪，"他想，"我成了外交官了，不是吗？"

"是呀，我们挨打。"麦康伯说，仍然没看他，"我对狮子这事非常难受。没必要继续传播了，对吧？我的意思是，任何人都不该听到这事了，是吧？"

"你的意思是我会在马塞加俱乐部⁷说这事吗？"威尔逊现在冷冷地盯着他。威尔逊不曾料到这个。原来他不但非常胆子小，而且非常没出息，威尔逊想。直到今天我还相当喜欢他呢。可是对美国佬又如何看得透？

"不会。"威尔逊说，"我是个职业猎手。我们从来不议论主顾。对这个你大可放心。不过，要求我们不要谈论，这可是让人觉得无礼。"

他现在已经认定，撕破脸要自在得多。那样的话，他就可以独自吃饭，可以一边吃饭一边看书。他们可以吃他们的。在狩猎旅行过程中，他可以在非常正式的基础上接触他们——法国人管这叫什么来着？毕恭毕敬——这会比不得不蹚这摊情感浑水远为自在得多。他要羞辱麦康伯以便彻底撕破脸。然后他就可以一边吃饭一边看书，还可以继续喝他们的威士忌。这是表示狩猎旅行闹僵了的说法。你遇到另一个白人猎手，问他："情况怎么样？"他回答："哦，我还在喝他们的威士忌。"你就知道情况已经糟糕透了。

"对不起。"麦康伯转过他的美国人的脸看着他说。这张脸直到中年都会保持青春。威尔逊注意到他水手似的短发、俊俏的只是有点躲闪的眼睛、完美的鼻子、薄薄的嘴唇和漂亮的下巴。"对不起，我没认识到这个。有许多事我都不懂。"麦康伯接着说。

这我可怎么办呢？威尔逊想。他完全准备好立即干脆撕破脸，但是这个死皮赖脸的家伙刚侮辱完他就在向他道歉了。他又试了试。"别担心我谈论。"他说，"我得谋生啊。你知道在非洲，从没女人打不中狮子，也从没白种男人逃跑。"

"我像兔子似的逃跑。"麦康伯说。

对一个这么说话的人，现在到底该怎么办呢，威尔逊没了主意。

威尔逊用机枪手式的单调的蓝眼睛盯着麦康伯，对方则报之以微笑。要是对他受到伤害时的眼神流露不计，他的微笑倒是令人愉快。

"也许我能在水牛[8]上挽回。"他说，"我们下次是打水牛，对吧？"

"你要是喜欢就明天早上。"威尔逊对他说。也许他刚才错了。这当然是弥补的办法。关于美国人，你根本就说不准他，哪怕是一件事。威尔逊又十分同情起麦康伯来了。要是能忘掉早上的事就好了。不过，当然了，这是忘不掉的。早上的事原本就是糟糕的。

"夫人来了。"他说。她正在从自己的帐篷走过来，显得精神饱满，心情愉快，楚楚动人。她有一张非常完美的鹅蛋脸，完美得让人以为她会很愚蠢。然而她不蠢，威尔逊想，不，不蠢。

"漂亮的红脸威尔逊先生，你好啊。弗朗西斯，你感到好些了吧，我的宝贝？"

"哦，好多啦。"麦康伯说。

"这事我完全不再放到心上了。"她说，一边坐到桌旁，"弗朗西斯会不会打狮子有什么要紧？这又不是他的行当。这是威尔逊先生的行当。威尔逊先生打猎的本事真是让人难忘。你确实什么都打，是吧？"

"哦，什么都打。"威尔逊说，"就是什么都打。"她们是，他想，天下最冷酷的了。最冷酷，最残忍，最凶狠，也最迷人的。她们变得冷酷以后，她们的男人就得软下来，不然就会精神崩溃。或者她们挑选能够控制的人？她们在结婚的年纪不可能懂这么多哇，他想。他庆幸自己现已学会揣测美国女人，因为这一个非常迷人。

"我们明天早上要去打水牛。"威尔逊告诉她。

"我要去。"她说。

"别去，你别去。"

"哦，要去，我要去。我可以去吗，弗朗西斯？"

"为什么不待在营地里？"

"无论如何都要去。"她说，"我无论如何都不愿意错过今天这样的场面。"

刚才她离开的时候，威尔逊想着，刚才她去哭的时候，看起来就是个好得不能再好的女人。她看起来懂事，现实，为他和她自己痛心，还明白事情的原委。她去了二十分钟，现在回来了，不过是加了一层美国女人的残忍。她们是最可恶的女人。实在是最可恶的。

"我们明天为你另外表演一场。"弗朗西斯·麦康伯说。

"你别去了。"威尔逊说。

"你大错特错。"她对他说，"我多么想看到你再露一手哇。今天早上你真可爱。我是说，如果把野兽脑袋打碎就是可爱的话。"

"午饭来了。"威尔逊说，"你非常快活，是吧？"

"为什么不？我也不是跑到这儿来找烦闷的。"

"哦，也没烦闷吧。"威尔逊说。他看得到河里的巨石，河对面树木丛生的高高的堤岸，他回想起早上的事。

"噢，没有。"她说，"让人陶醉呢。还有明天。你不知道我有多么期待明天。"

"他在给你上大角斑羚肉。"威尔逊说。

"就是像兔子一样跳的大母牛似的东西，是吧？"

"我觉得你说的就是它们。"威尔逊说。

"肉非常好吃。"麦康伯说。

"是你打的吗，弗朗西斯？"她问。

"是。"

"它们不危险，对吧？"

"除非扑过来。"威尔逊对她说。

"我真高兴。"

"为什么不把你的泼劲儿放开点儿，玛戈？"麦康伯说，一边切开大角斑羚肉排，用朝下弯的叉子戳起一片肉，加上些土豆泥、肉汁和胡萝卜。

"我觉得能做到。"她说，"因为你把话说得这么好听。"

"今晚我们要为打到狮子喝香槟。"威尔逊说，"中午喝太热了点儿。"

"哦，狮子，"玛戈说，"我已经把狮子忘了！"

原来，罗伯特·威尔逊暗自想，她是在嘲讽。不是吗？不然难道她是想演一出好戏？女人一旦发现丈夫是个可恶的胆小鬼她会怎么做？她极其残忍，不过她们全都残忍。她们操控，当然了，要操控有时就不免残忍。不过，我对她们的恐怖手段已经看够了。

"再吃点大角斑羚肉排。"他客气地对她说。

那天下午晚些时候，威尔逊和麦康伯带着原住民司机和两个扛枪人坐汽车出去了。麦康伯夫人待在营地里。这会儿出去太热了，她说，明天清早她会跟他们去。汽车开动时，威尔逊看到她站在大树下，模样与其说是漂亮，莫如说是俏丽。她身着淡玫瑰红的卡其衫，一头黑发拢到脑后，缩成一个髻，低垂于脖颈，容光焕发。他想，她仿佛身在英国。她向他们挥手之际，汽车开了出去，穿过野草很高的洼地，转过弯，再穿过树林，进入果树丛生的小山间。

　　他们在果树丛中发现一群黑斑羚，就下了汽车，悄悄接近一只老公羚，它长着一对大大分开的长角。在足有两百码开外，麦康伯打了非常值得称道的一枪，把这只公羚撂倒了，也惊跑了羚群。它们疯狂地逃窜，舒展四肢，一纵老远，从相互的背上跃过，其难以置信，浮动飘忽，恍如人有时在梦境中所为。

　　"这一枪打得好。"威尔逊说，"它们是很小的目标。"

　　"黑斑羚的头值得⁹要吗？"麦康伯问。

　　"很名贵。"威尔逊告诉他，"像这么打你就没问题。"

　　"你认为我们明天会找到水牛吗？"

　　"可能性很大。它们清早出来觅食，运气好的话，我们可能在开阔地上遇到它们。"

　　"我想要摆脱狮子这件事。"麦康伯说，"让老婆知道自己做出这种事来实在不是太愉快。"

　　我倒是认为做出这事才会更不愉快，跟老婆不老婆的无关，威尔逊想，或者是做出这事还叨叨咕咕的。但是他说："我再也不会想这件事了。任何人头一次面对狮子都可能慌乱。这件事完全过去了。"

然而那天夜里，在篝火旁吃过晚饭，上床前喝了杯威士忌加苏打水，弗朗西斯·麦康伯躺在蚊帐中的帆布床上，听着夜间的种种声响时，这件事并没有完全过去。它既没有完全过去，也不是正在开始。它一如发生之际地存在，有的部分无可磨灭地凸显。他感到极度羞愧。可是比羞愧更甚的是，他从心里感到冰冷、空洞的恐惧。这种恐惧仍然存在，就像一个冰冷黏滑的洞，占据了他的信心本来的所在，这使他觉得十分难受。这件事现在仍然与他一同存在。

这种情况始于上一天夜间。当时他醒过来，听见河上游什么地方有狮子吼叫。吼声深沉，结尾有种咳嗽似的哼声，使之犹如就在帐篷外面。弗朗西斯·麦康伯当夜醒来，听着瘆得慌。妻子睡着了，他听得到她平静的呼吸。他没人可以告诉自己害怕，也没人跟他一起害怕。他独自躺着，不知道索马里谚语说，勇敢的人总是被狮子吓三次：第一次看到它踪迹的时候、第一次听到它吼叫的时候和第一次跟它打照面的时候。后来，太阳出来之前，他们正在外边就餐帐篷里的马灯旁吃早饭，这头狮子又吼了，弗朗西斯以为它就在营地边上。

"听起来像头老家伙。"罗伯特·威尔逊说，从熏腌鲱鱼和咖啡上抬起眼睛，"听它的咳嗽声。"

"它离得很近吗？"

"河上游一英里左右。"

"我们会见到它吗？"

"我们会去看看。"

"它的吼声传得这么远吗？听起来好像就在营地里。"

"那可传得老远了。"罗伯特·威尔逊说，"能传这么远是很奇怪。但愿是头适合射杀的狮子。仆人们说这一带有一头很大的家伙。"

"要是我来打，应当打它哪儿，"麦康伯问，"才能放倒它？"

"双肩之间，"威尔逊说，"脖子上，要是打得准的话。朝骨头打。把它撂倒。"

"但愿我能瞄得准。"麦康伯说。

"你的枪法非常好。"威尔逊告诉他，"别着急。瞄准它。打中的头一颗子弹是要紧的一枪。"

"距离得是多少？"

"没法说。这个由狮子说了算。在它近到你能瞄准了之前不要开枪。"

"在不到一百码的地方？"麦康伯问。

威尔逊迅速看了他一眼。

"一百码[10]差不多。也许得再近点儿才能打准它。不可在比这远得多的地方胡乱开枪。一百码是个适当的距离。在这个位置，你想打哪儿就能打到哪儿。夫人来了。"

"早上好。"她说，"我们要去打那头狮子吗？"

"你一吃完早饭就走，"威尔逊说，"你感觉怎么样？"

"好极了。"她说，"我非常兴奋。"

"我现在要去看看东西是不是全准备好了。"威尔逊走开去。

他离开时狮子又吼了。

"吵闹的家伙。"威尔逊说，"我们会制止这声音的。"

"怎么啦，弗朗西斯？"他的妻子问。

"没什么。"麦康伯说。

"不对，有事。"她说，"是为什么心烦？"

"没什么。"他说。

"告诉我。"她盯着他，"你感觉不好吗？"

"是那该死的吼声。"他说，"一整夜都没停，你知道。"

"你怎么不叫醒我，"她说，"我是真想听到这声音。"

"我得杀掉这可恶的东西。"麦康伯可怜兮兮地说。

"哎，你跑这儿来就是为了这个，不是吗？"

"是。可是我紧张。听着这东西吼让我紧张。"

"那好，按威尔逊说的，杀掉它，制止它吼叫。"

"是的，亲爱的。"弗朗西斯·麦康伯说，"听起来挺容易，不是吗？"

"你不害怕，是吧？"

"当然不怕。可是我听它吼了整整一夜感到紧张。"

"你会干净利落地杀了它。"她说，"我知道你会。我急不可待地要看到。"

"把你的早饭吃了我们就出发。"

"天还没亮呢。"她说，"时候不对。"

正当此时，那头狮子呜咽着，由胸腔深处发出一阵嘶吼，声音陡然变得刺耳，频率越来越高，似乎震动了空气，结尾是一声叹息，以及沉重的发自胸腔深处的哼声。

"它听起来简直就在这里。"麦康伯的妻子说。

"我的天，"麦康伯说，"我憎恶这该死的声音。"

"给人印象非常深刻。"

"印象深刻。实在可怕。"

罗伯特·威尔逊这时走来，带着他那支短短的、式样难看、口径大得惊人的点505吉布斯[11]，咧嘴笑着。

"来吧。"他说，"你的扛枪人把你的斯普林菲尔德和大枪都带上了。东西都在汽车里了。你有实心弹吗？"

"有。"

"我准备好了。"麦康伯夫人说。

"必须制止它这么大吵大闹。"威尔逊说，"你坐前边。夫人可以跟我一起坐后面这儿。"

他们登上没有车门、方形车身的汽车，在灰蒙蒙的曙光中穿过树木间，向河的上游驶去。麦康伯打开来复枪后膛，为它装填了实心弹，闭合枪栓，又扳上保险。他看到自己的手在抖。他把手伸进衣兜摸摸更多的子弹，又用手指碰碰短上衣胸前带圈里的子弹。他转过脸，见他妻子和威尔逊并坐于后座，两人都兴奋地咧嘴笑着。这时威尔逊向前探过身子，低声道："看鸟儿在飞下去。这意味着那老家伙已经离开了它捕杀的动物。"

麦康伯可以看到，在小河对面堤岸、树木上空，有的秃鹫盘旋着，有的一头扎下去。

"它可能会到这一带来喝水，"威尔逊低声说，"然后才去歇息。

盯着点。"

他们沿着高高的堤岸缓慢地行驶,这一段的小河把满布巨石的河床冲刷得很深。他们的汽车在大树间拐着弯进进出出。麦康伯正在观察对面堤岸,突然觉得威尔逊抓住了他的胳膊。汽车停下了。

"它在那里,"麦康伯听到低语,"前方右侧。下车去,干掉它。它是一头出色的狮子。"

现在,麦康伯看到了那头狮子。它站立着,近乎全为侧身,硕大的头抬起,朝他们扭过来。清晨的微风向他们吹来,拂动着它深色的鬃毛。狮子立于堤岸高处,在灰蒙蒙的晨光中现出剪影,显得形体巨大。它的肩膀厚实,桶状的躯体顺滑地鼓胀着。

"它有多远?"麦康伯一边问,一边举起来复枪。

"大概七十五码。下车去,把它干掉。"

"为什么不原地开枪?"

"不能在车上开枪打它们。"他听到威尔逊在耳边说,"下车去。它不会整天待在那里。"

麦康伯从前座边的弧形缺口迈出,踩到踏板,下到地面。狮子依然站立着,威严而冷静地望过来。在它眼中这东西只是个轮廓,庞大得像某种超级犀牛。没有人的气息传向它。它观察着这东西,硕大的头略微晃动。看着这东西它并无畏惧,只是在下去喝水前对面有这么个东西使它迟疑。这时它看到一个人影离开这东西,就转过硕大的头,摇摇摆摆地朝树后走去,此刻只听一声炸响,它感到一颗点30-06的220格令[12]实心弹狠狠地打进侧腹,扯开了胃，使它顿时感到火烧火燎的恶心。它小跑起来，脚步沉重用力，摆动着受了重伤的整个腹部，穿过树木，向高高的草丛遮蔽处跑去。这时枪声再度响起，子弹撕裂空气掠过它身边。接着又是一声枪响，它感到重重一击，子弹打中它的下肋，一直穿过去，嘴里突然涌出热乎乎的起泡的血。它朝高高的草丛飞跑过去，它可以伏在那里不被人看到，让他们带着那砰砰作响的东西走得足够近，以便扑出去抓住拿着那个东西的人。

麦康伯下车时并不曾想到狮子如何感觉。他只知道双手在发抖，离开车时两条腿几乎挪不动。大腿僵硬，不过感觉得到肌肉在跳动。他举起来复枪，瞄准狮子的头与肩连接部，扣动了扳机。什么都没发生，尽管他用力扣动，觉得手指都要断了。这时他想起保险还上着。他垂下枪，扳开保险，同时僵直地又向前迈了一步。狮子于是看到他的身影脱离车的轮廓，便转过身去小跑起来。此刻，麦康伯在开枪时，听到一声闷响，这意味着子弹打中了，可是狮子还在跑。麦康伯再开一枪，人人都看到子弹在跑动的狮子远处扬起一股尘土。他又开一枪，记着瞄低了些，这回他们都听到子弹击中了。狮子随即飞奔起来，在他推上枪栓以前钻进了高高的草丛。

麦康伯兀自站着，觉得胃里难受，握住那支斯普林菲尔德的双手还在端着，瑟瑟发抖。妻子和罗伯特·威尔逊站在身边。身旁还有两个扛枪人，用瓦坎巴语[13]叽咕着。

"我打中了它。"麦康伯说，"我打中了它两枪。"

"你打中了它的肚子，还打中了它前面什么地方。"威尔逊并不起劲地说。两个扛枪人神色非常沉重。他们现在沉默了下来。

"你本来可能杀掉它的。"威尔逊接着说,"我们得等一会儿才能进去找到它。"

"这话什么意思?"

"让它尽量消耗之后再追踪。"

"哦。"麦康伯说。

"它是一头棒极了的狮子。"威尔逊高兴地说,"尽管它跑进了一个糟糕的地方。"

"那地方为什么糟糕?"

"你得走到跟前才能看到它。"

"哦。"麦康伯说。

"走吧。"威尔逊说,"夫人可以留在汽车这儿。我们要去看一看血迹。"

"留在这儿,玛戈。"麦康伯对妻子说。他的嘴里非常干,使他说话都困难。

"为什么?"她问。

"威尔逊说的。"

"我们要去看一下。"威尔逊说,"你待在这儿。你在这儿甚至可以看得更清楚。"

"好吧。"

威尔逊用斯瓦希里语对司机说话。他点头说:"是,先生。"

随后,他们从陡峭的堤岸上走下去,攀过或绕过巨石,跨越小河,拉着露出的树根手脚并用登上对面堤岸,沿着河堤走,直至找到麦康伯打出头一枪后狮子小跑起来的地方。扛枪人用草秆指点，低矮的草上有深色的血迹，血迹一直延伸到沿河堤的树木后面。

"我们怎么办？"麦康伯问。

"没多少选择。"威尔逊说，"我们没法把汽车弄过来。堤岸太陡了。我们要等它变得僵硬一点，然后你和我进去看一看它。"

"我们不能放火烧草吗？"麦康伯问。

"草太青。"

"我们不能派赶野兽的去吗？"

威尔逊以估量的眼光端详着他。"当然我们能。"他说，"可是这有点像成心杀人。你看，我们明知道这头狮子是受了伤的。你可以追赶没受伤的狮子——它听到动静就会往前跑——可是受了伤的狮子就会扑上来。你看不到它，除非已经走到跟前。它能紧贴地面伏在隐蔽处，你会认为那里连只兔子都藏不了。你绝对不能派仆人进那里去现那个眼。准会有人受到伤害。"

"那派扛枪人呢？"

"哦，他们要跟咱俩一起去。这是他们的责任。你知道，他们接受雇用就是要做这事。尽管他们看起来不太高兴，是不是？"

"我可不愿进那里去。"麦康伯说。这话还没过脑子就脱口而出了。

"我也不愿去。"威尔逊非常爽快地说，"可是实在没别的办法。"随后，他想到了一个主意。他看了麦康伯一眼，突然发现他浑身是在如何发抖，脸上是怎样一副可怜相。

“当然了，你不是非得进去。”他说，“你知道，雇我来就是干这个的。所以我的价钱这么贵。”

“你是说你要独自进去吗？干吗不把它留在那里？”

罗伯特·威尔逊，他的全部心思都放在了狮子和狮子造成的问题上，对于麦康伯，除了注意到这人有点胆小就没多想，此刻他突然觉得好像自己开错了旅馆房门，看到了什么不堪的事似的。

“你这话什么意思？”

“干吗不把它留在那里？”

“你的意思是我们骗自己说没打中它？”

“不。只是放弃它。”

“这不行。”

“为什么不行？”

“一方面，它肯定得受罪。另一方面，别人也许会意外遇上它。”

“我明白了。”

“不过你不是非得跟它打交道。”

“我愿意。”麦康伯说，“我就是吓怕了，你知道。”

“我们进去时我会打头。”威尔逊说，“让康戈尼查看踪迹。你待在我后面，错开一点儿。我们可能听见它低声吼叫。要是看到它我们就都开枪。什么都不用担心。我会给你撑腰。实际上，你知道，你也许还是不去的好。不去会好得多。干吗不过河去跟夫人待在一起，由我来了结这件事？”

“不，我想去。”

“好吧。”威尔逊说，“不过你要是不想进去就别进去。现在这是我的责任，你知道。"

"我想去。"麦康伯说。

他们坐在树下抽烟。

"我们等着的这会儿想回去跟夫人说说话吗？"威尔逊问。

"不。"

"那我就走回去告诉她耐心些。"

"好。"麦康伯说。他枯坐着，腋下冒汗，嘴里发干，胃中觉得空空的，想要找到勇气对威尔逊说，让威尔逊独自去消灭狮子。他无法得知，威尔逊是由于自己未曾留意他先前的心理而恼火，才打发他回妻子那里去的。就在他枯坐时，威尔逊来了。"我把你的大枪带来了。"他说，"拿着。我们已经让它待一段时间了，我想。走吧。"

麦康伯接过大枪。威尔逊说："走在我后面，偏右五码左右，完全按我说的做。"接着他用斯瓦希里语对两个扛枪人说话，两人满脸阴郁。

"我们走吧。"他说。

"我能喝点儿水吗？"麦康伯问。威尔逊对年纪稍长的扛枪人说了一声，那人就从皮带上解下水壶，拧开盖子，递给麦康伯。他接过水壶，注意到它显得有多沉重，它的毡套有多粗糙扎手。他举起水壶喝水，凝视前方高高的野草和其后的平顶树木。一阵微风向他们吹来，野草在风中轻轻起伏。他看了看扛枪人，看得出扛枪人也在承受恐惧的折磨。

三十五码开外，大狮子紧贴地面趴在草丛里。它的耳朵向后扼着。它仅有的动作是长着一簇黑毛的长尾微微地上下摇摆。一到这个隐蔽的所在，它就准备做困兽之斗了。穿过滚圆腹部的伤口使它难受，穿过肺部的伤口使它虚弱，每次呼吸都带到嘴里一股稀薄的、起泡的血。它的两肋又湿又热，黄褐色毛皮上被实心弹击穿的窟窿旁叮着苍蝇。它黄色的大眼睛带着仇恨眯缝着，向前直视，只有在呼吸时痛感袭来才眨一眨，爪子抠进松散的干土。它的全身，疼痛、难受、仇恨，加上全部残余体力，都在紧绷着，完全集中起来，准备突袭。它听得到几个人在说话。它等候着，将自己的全部积聚于这种准备，只待这些人进入草丛便一跃而出。它倾听他们的声音时，尾巴变硬，上下摆动着。他们一进入草丛边缘，它就咳嗽似的哼了一声，扑了上去。

康戈尼，年长的扛枪人，领头查看着血迹。威尔逊观察着草丛的风吹草动，手中的大枪随时准备射击。第二个扛枪人向前张望，留神倾听。麦康伯靠近威尔逊，端着来复枪。他们刚跨进草丛，麦康伯就听到被血哽住的咳嗽似的哼声，看到草丛里有东西呼啦啦蹿出。他所知的下一件事是自己在逃跑，发疯似的逃跑，惊慌失措地逃进空地，逃往小河。

他听到威尔逊的大来复枪"咔—啦—轰"的一声，接着又是一声"咔啦轰"的炸响。他转身看到狮子，现在模样可怖，半个头似乎不见了，朝站在高高的草丛边缘的威尔逊爬过去。那个红脸汉子则手执那支短短的难看的枪，拉动枪栓，仔细瞄准，枪口随即发出另一声"咔啦轰"，于是爬动的狮子沉重的黄色身体僵硬了，硕大的残缺的头往前跌落。麦康伯独自站在刚才逃入的空地中，拿着上了膛的来复枪。而两个黑人和一个白人知道狮子已死，在轻蔑地回头看他。他向威尔逊走去，他的高个子全然像是对他的明白谴责。威尔逊盯着他说："要照相吗？"

"不要。"他说。

直至走到汽车前，他们一共就说了这两句话。然后威尔逊说："棒极了的狮子。仆人们会把它的皮剥下来。我们不妨待在这儿的树荫下吧。"

麦康伯的妻子没看他，他也没看她。他坐到后座她身旁，威尔逊坐到前面座位上。他眼睛一度没看妻子而手伸过去抓住她的手，但她把手抽了出去。望着河对岸扛枪人在剥狮皮的地方，他可以发现，她是看得到全部经过的。他们坐在车上，他的妻子向前伸手，把手放到威尔逊肩膀上。他转过头，她从低矮的座位上向前探身，亲了亲他的嘴。

"噢，我说。"威尔逊说，自来的红脸越发红了。

"罗伯特·威尔逊先生，"她说，"漂亮的红脸罗伯特·威尔逊先生。"

然后她又在麦康伯身旁坐定，扭头望向河对岸狮子躺着的地方。它的前腿朝天，皮已剥掉，露出白色的肌肉，肌腱分明，还有白色的鼓鼓的腹部，黑人们则在刮掉皮上的肉。最后，扛枪人带着狮皮走过来，它又湿又沉。他们把它卷起来，带着它爬进车厢后部。汽车开动，直至回到营地都没人说一句话。

这就是狮子的故事。麦康伯不知道狮子在发动袭击之前感觉如何；不知道袭击中，在初速度每小时两百英里的点 505 子弹以难以置信的冲力打到嘴上时，它感觉如何；也不知道后来，在第二下重击已打烂了后半身时，它还向那个发出震耳炸响而毁掉自己的东西爬去，是什么力量支持着它向前。威尔逊对此有所知晓，他只用一句话来表达："非常棒的狮子。"然而麦康伯同样不知道威尔逊对种种事情的感觉如何。他不知道妻子感觉如何，除了她跟他闹翻了。

　　妻子以前也跟他闹翻过，不过从未持久。他非常富有，还会更加富有。他知道她不会离开他，即便是现在。这是他真正知道的很少几件事情之一。他知道这件事，知道摩托车——这是最早的一件——知道汽车，知道打野鸭，知道钓鱼，鳟鱼、鲑鱼和大型海鱼，知道书上的性爱，许多书，太多书，知道所有的场地运动，知道狗，不太知道马，知道紧紧抓住自己的钱不放，知道他那个圈子所做的大多数其他事情，还知道妻子不会离开他。他的妻子一直是个大美人，在非洲依然是个大美人，然而在美国，要说能够离开他而过得更好，她这个美人就不够大了。她知道这个，他也知道。她已经错过了离开他的机会，他知道这个。如果他更擅长跟女人相处，她多半会担心起来，怕他另结新欢，可是她对他知道得太清楚了，同样无须对他担心。况且，他总是宽宏大量，这倘若不是最大的凶兆，似乎就是最大的优点了。

　　总而言之，他们被认为是一对比较幸福的夫妻，属于经常有传言散伙、但从未发生的那类。有如一个社交专栏作者笔下所言，他们经由狩猎旅行，为其大受羡慕和持续不断的浪漫史添加着冒险意味；他们进入这里，这个在马丁·约翰逊夫妇[14] 于如此众多的银幕上将其映出之前被认作"最黑暗非洲"的地方,追猎着狮子、水牛、大象,也为自然史博物馆收集着标本。同一个专栏作者过去至少三次报道过他们濒于分手,他们也确曾如此。然而他们总是言归于好。他们有合理的联姻基础。玛戈太漂亮了,麦康伯舍不得跟她离婚;麦康伯太有钱了,玛戈也总不愿离开他。

停止想狮子的事之后,弗朗西斯·麦康伯睡着了一会儿,醒过来,又睡着。此刻,约在清晨三点钟,他猝然被梦中满头是血的狮子吓醒。心脏狂跳之余,他竖耳静听,发觉妻子不在帐篷里的另一张帆布床上。心系此事,他睡不着,躺了两个小时。

过了很长时间之后,他的妻子摸进帐篷,撩起蚊帐,惬意地爬上了床。

"你上哪儿去了?"麦康伯在黑暗中问。

"嗨,"她说,"你醒着呢?"

"你上哪儿去了?"

"我刚出去呼吸一下新鲜空气。"

"呼吸新鲜空气,扯淡。"

"你想要我说什么,亲爱的?"

"你上哪儿去了?"

"出去呼吸一下新鲜空气。"

"这倒是这种事的新说法。你是个臭婊子。"

"啊,你是个胆小鬼。"

"没错,"他说,"那又怎样?"

"对我来说无所谓。可是请别说话了,亲爱的,因为我困得要命。”

“你以为我会忍受一切。”

“我知道你会的，心肝。”

“哼，我不会。”

“请别说话了，亲爱的。我是困得这么要命。”

“说好的不会有这种事了。你答应过不会有。”

“哦，现在有了。”她柔情地说。

“你说过我们要是做这次旅行不会有这种事。你答应过。”

“没错，亲爱的。我本来是想这么做的。可是旅行在昨天被毁了。我们不是非得说这个，是吧？”

“你有了机会就不放过，是吧？”

“请别说话了。我是困得这么要命，亲爱的。”

“我要说。”

“那就别管我，因为我要睡了。”于是她睡了。

天亮之前，他们三个人都坐在桌旁吃早饭。弗朗西斯·麦康伯发现，在自己恨过的许多人中，他最恨的是罗伯特·威尔逊。

“睡得好吗？”威尔逊以他低沉的声音问，一边往烟斗里装烟丝。

“你睡得好吗？”

“好极了。”白人猎手对他说。

你这狗东西，麦康伯想，你这狂妄的狗东西。

原来，她进帐篷时把他惊醒了，威尔逊想着，用没有表情的、冷静的眼光看着他们两人。也真是，他怎么不让妻子待在她应该待的地方？他把我当成什么，泥塑木雕的圣徒？该由他让妻子待在她应该待的地方。这是他自己的错。

"你认为我们找得到水牛吗？"玛戈问道，一边推开一盘杏。

"看运气了。"威尔逊说，对她微笑着，"你怎么不待在营地里？"

"无论如何都要去。"她对他说。

"怎么不吩咐她待在营地里？"威尔逊对麦康伯说。

"你吩咐她吧。"麦康伯冷冷地说。

"我们不要吩咐。"玛戈转向麦康伯，"也不要犯傻，弗朗西斯。"她高高兴兴地说。

"你准备好出发了吗？"麦康伯问。

"随时都可以。"威尔逊对他说，"你要夫人去吗？"

"我要不要有什么不同吗？"

见鬼，罗伯特·威尔逊想。真是活见鬼。所以事情总是会闹到这个地步。没错，事情总是会闹到这个地步。

"没什么不同。"他说。

"你确定不愿意自己跟她待在营地里，而让我出去打水牛吗？"麦康伯问。

"不能这么说。"威尔逊说，"我要是你就不会胡说。"

"我没胡说。我就是厌恶。"

"糟糕的词，厌恶。"

"弗朗西斯，请你说话尽量理智些。"他的妻子说。

"我说话真他妈太理智啦。"麦康伯说，"你吃过这么脏的东西吗？"

"吃的东西有什么不对头吗？"威尔逊平静地问。

"不比别的一切更不对头。"

"我会让你冷静下来的，年轻人。"威尔逊非常平静地说，"有个侍候吃饭的仆人懂点儿英语。"

"滚他的。"

威尔逊站起来，抽着烟斗走开，用斯瓦希里语对一个站着等待的扛枪人说了几句话。麦康伯和妻子坐在桌旁。他凝视着自己的咖啡杯。

"你要是大吵大闹我就离开你，亲爱的。"玛戈平静地说。

"不，你不会。"

"你不妨试试就知道了。"

"你不会离开我。"

"不会，"她说，"我不会离开你，而你会规矩点。"

"我规矩点？还有这么说话的。我规矩点。"

"可不是。你规矩点。"

"你怎么不努力规矩点？"

"我已经努力这么久了。太久太久了。"

"我讨厌那个红脸的畜生。"麦康伯说，"我一看见他就极为厌恶。"

"他真的非常可爱。"

"啊，闭嘴。"麦康伯几乎喊了起来。正当此时，汽车开来，在就餐帐篷前停下，司机和两个扛枪人下了车。威尔逊走过来，看着坐在桌旁的夫妻二人。

"去打猎吗？"他问。

"去。"麦康伯一边说，一边立起身来，"去。"

"最好带件毛衣。坐车会很凉。"威尔逊说。

"我会穿上皮夹克。"玛戈说。

"仆人拿来了。"威尔逊告诉她。他上车坐到司机身旁。弗朗西斯·麦康伯和妻子坐进后座，没有说话。

但愿这个愚蠢的家伙没想到一枪打碎我的后脑勺，威尔逊暗自思忖。狩猎旅行中的女人真是麻烦。

汽车在灰蒙蒙的晨光中向下行驶，在一处卵石密布的浅滩上过了河，然后爬坡，曲折登上陡峭的堤岸。威尔逊头一天就吩咐在此挖出一条路，所以他们可以开到对岸，来到这片树木散布、地势起伏的猎苑似的原野。

一个美好的早晨，威尔逊想。露水很重，车轮碾过野草和低矮灌木时，他闻得到破碎叶片的气味。一种类似马鞭草的气味。汽车驰骋于杳无人迹、猎苑似的原野，他喜欢这种清晨的露水气息、碾碎的欧洲蕨和在清晨薄雾中发黑的树干。现在他已把后座中的两人抛到脑后，一心想着水牛。他所找的水牛，白天待在植被茂密的湿地里，在那里没法打。不过在夜里，它们进入原野的空旷地带觅食。他要是能够乘车插入它们与湿地之间，麦康伯就会有很好的机会在开阔地上射击它们。他不愿跟麦康伯一起在草木稠密的地方打水牛。他根本就不愿跟麦康伯一起打水牛或其他任何野兽，然而他是个职业猎手，他此生中已经跟一些少有的人一起打过猎了。他们如果今天打到水牛，那就只差犀牛了，而这个可怜的家伙就会完成了他的危险游戏，事态就可能好起来。他不会再跟这女人有什么来往，麦康伯也会放过这件事。从种种迹象看来，他以前一定经受过许多这种事情。可怜的家伙。他一定有办法放过它。唉，这是这个可怜东西自己的大错。

他，罗伯特·威尔逊，带着一张双人帆布床参加狩猎旅行，以容纳他可能收受的艳遇。他陪过一些主顾打猎，他们来自不同国家，是一群放荡不羁、追求刺激的人。其中的女人要是没跟这个白人猎手共享过他的床，就觉得她们的钱花得不值。他与之分手以后就看不起她们，尽管里面有几个他当时还相当喜欢。不过他是靠这些人谋生的，只要他们在雇用他，他们的标准就是他的标准。

他们在所有方面都是他的标准，不过打猎除外。关于猎杀，他有自己的标准。他们要么遵从它们，要么另请高明充任猎手。他也知道，他们都为此而尊重他。尽管这个麦康伯是古怪的一个。他不古怪才见鬼。再看看他的妻子。哦，他的妻子。是，他的妻子。嗯，他的妻子。罢了，他已经把这一切都抛开了。他扫了他们一眼。麦康伯坐在那里板着脸，气冲冲的。玛戈向他露出微笑。她今天显得更年轻，更天真清新，而非那么专业的美丽。她心里的念头只有天知道，威尔逊想。昨天夜里她没多说话。想到这里，看着她觉得赏心悦目。

汽车驶上一道慢坡，在树木间穿行，随后开进一片长满茂草、北美大草原似的开阔地，沿着边缘在树荫下前行。司机放慢速度，威尔逊仔细地瞭望整个草原，连远方的边缘都不放过。他吩咐停车，用野外望远镜观察开阔地。然后他示意司机接着开。汽车缓缓行进，司机避开一个个疣猪洞，绕过一座座蚁山。这时，越过开阔地望去，威尔逊突然转头说："天哪，它们在那里！"

汽车蹿了出去，威尔逊急速地用斯瓦希里语对司机说话，而麦康伯向他所指的地方望过去，看到了三头庞大的黑色野兽，样子又长又重，几乎呈圆柱形，就像黑色的大罐车，在飞快地横穿开阔草原的远方边缘。它们飞速地跑动，脖子僵直，身子僵直。它们伸头飞奔时，他看得到它们头顶向上弯曲的宽大黑犄角。它们的头保持不动。

"那是三头老公牛。"威尔逊说，"我们要在它们跑进湿地之前截断它们的去路。"

汽车以四十五英里的时速疯狂地穿越开阔地。麦康伯注视着，水牛变得越来越大。他逐渐看得清一头庞大的公牛，它那灰色的、没有毛而结着痂的躯体，它的脖子如何与双肩紧密相连，还有闪亮的黑色犄角。它跑在另两头稍后的位置。它们持续扬起四蹄，排成一列猛冲。这时汽车摆动了一下，就像刚越过一条路。它们就要赶上了。他看得到那头公牛猛冲着的庞大身躯，牛毛稀疏的皮上的尘土，犄角根宽大的瘤节和探出的鼻孔大张的口鼻部。他正在举枪，威尔逊喊了起来："别在车上，你这蠢货！"他并无恐惧，只是讨厌威尔逊。这时汽车已经刹闸，别着劲打横滑动，将近停住。威尔逊从一边、他从另一边跳下车。脚落到还在移动的地面上，他打了个趔趄。他随即向那头奔逃的公牛开枪，听到一颗颗子弹打进它身体的闷响。公牛持续奔逃，他朝它打光了枪里的子弹，这才记起该打它的肩膀中间。手忙脚乱地重新装填子弹时，他看到那头公牛倒下了。它跪到地上，硕大的头仰着。见到另两头公牛仍在飞奔，他朝领先的那头开了一枪，打中了它。他又开了一枪，没打中。这时只听"咔啦轰"的一声爆响，威尔逊开枪了。他于是眼见领先的公牛向前倾倒，鼻子触地。

"打另一头！"威尔逊说，"现在你才是在打枪！"

另一头公牛还在以持续的动作飞奔，然而他没有打中，子弹扬起一股尘土。威尔逊也没打中，尘土如云团般升起。于是威尔逊叫道："来吧，它太远啦！"威尔逊捉住他的手臂，他们又上了汽车，麦康伯和威尔逊挂在车两边。汽车摇晃着掠过高低不平的地面，逼近那头梗着脖子持续猛冲、一味飞奔不止的公牛。

他们紧追不舍。麦康伯在装填子弹，几发子弹掉到地上，枪卡住了，他排除了故障。这时他们几乎赶上了公牛，威尔逊叫道："停车！"汽车打着滑，险些翻倒。麦康伯跳下车，向前跟跄着站住。他哗啦一推枪栓，尽可能提前地瞄准飞奔的水牛，朝滚圆的黑色脊背打了一枪，再瞄准又打了一枪，又是一枪，又是一枪。每枪都打中了，可是他看不出对水牛有任何影响。这时威尔逊开枪了，枪声震耳欲聋，他看得出公牛的摇摆。麦康伯仔细瞄准，又开了一枪，它于是倒下，跪到地上。

"好啦。"威尔逊说，"干得好。一共三头。"

麦康伯感到醉酒般的欣快。

"你开了几枪？"他问。

"就三枪。"威尔逊说，"你杀掉了第一头公牛，最大的一头。

我帮你撂倒了另两头，怕它们会逃进隐蔽处。你杀掉了它们。我不过是稍微帮了一把。你打得棒极了。"

"咱们到汽车那去吧。"麦康伯说，"我想喝口酒。"

"得先把那头水牛了断了。"威尔逊告诉他。水牛跪在地上，头猛烈地抽搐，在他们走近时瞪起深陷的小眼睛，狂怒地咆哮起来。

"注意别让它站起来。"威尔逊提醒，接着指点道，"往侧面走走，打脖子上的耳朵根。"

麦康伯仔细瞄准，朝硕大的、由于激怒而抽搐着的脖子正中开了一枪。水牛的头应声向前跌落。

"妥了，"威尔逊说，"打中了脊椎。它们看起来是真带劲啊，是不是？"

"咱们喝酒去。"麦康伯说。他这辈子都没这么痛快过。

麦康伯的妻子坐在汽车里，脸色煞白。"你真出色，亲爱的。"她对麦康伯说，"汽车开得太可怕了。"

"颠得厉害？"威尔逊问。

"真吓人，我这辈子都没受过这么大惊吓。"

"咱们都喝一口。"麦康伯说。

"好哇。"威尔逊说，"给夫人喝。"她从长颈瓶中喝了口纯威士忌，咽下去的时候打了个冷战。她把酒瓶递给麦康伯，他转递给威尔逊。

"真是刺激得吓人。"她说，"使我头疼得要命。不过我不知道你们被允许从汽车上向它们开枪。"

"没人从汽车上开枪。"威尔逊冷冷地说。

"我指的是用汽车追它们。"

"通常不会。"威尔逊说，"不过我们这么追的时候，在我看来倒是公平的。这样开车穿越布满洞穴和这样那样障碍的原野，比步行打猎要冒更多风险。每次我们开枪时，水牛愿意的话也可以攻击我们。每次机会都给了它。不过别跟任何人提这些。如果这就是你所指的，它是非法的。"

"在我看来这非常不公道。"玛戈说，"坐着汽车追捕这些走投无路的大家伙。"

"是吗？"威尔逊说。

"要是他们在内罗毕听说了这个，会出什么事？"

"一件是我会失去执照。另一件是种种不愉快。"威尔逊说，举起酒瓶喝了一口，"我就会失业。"

"真的吗？"

"对，真的。"

"嘿，"麦康伯说，一整天他头一回微笑，"现在她抓住你一个短处了。"

"你可真会说话，弗朗西斯。"玛戈·麦康伯说。威尔逊瞧着他们两个。要是一个低级男人娶了一个下流女人，他在想，他们的子女该有多卑鄙？他嘴里说的却是："我们丢了一个扛枪人。你们注意到了吗？"

"我的天，没有啊。"麦康伯说。

"他来了。"威尔逊说，"他没事。他准是在我们离开第一头公牛的时候掉下车的。"

走近他们的是那个中年的扛枪人。他一瘸一拐,身着编织帽子、卡其布短上衣、短裤和橡胶凉鞋,脸色阴郁,神态厌恶。他走上前,用斯瓦希里语对威尔逊嚷嚷着。他们都看到白人猎手的表情变化。

"他说什么?"玛戈问。

"他说第一头公牛站起来,走进灌木丛去了。"威尔逊说,声音毫无情感。

"哦。"麦康伯茫然地说。

"那么就会跟狮子完全一样了。"玛戈说道,充满预期。

"跟狮子一点儿都不会一样。"威尔逊告诉她,"你想再来一口吗,麦康伯?"

"谢谢,好吧。"麦康伯说。他等着先前有关狮子的感受归来,可是并没有。他此生第一次真正感到全无恐惧。代替恐惧的是他感到的确切的欣快。

"我们要去看看第二头公牛。"威尔逊说,"我会让司机把车停到树荫下。"

"你们去干什么?"玛格丽特·麦康伯问。

"去看一眼水牛。"威尔逊说。

"我也去。"

"走吧。"

他们三人走到开阔地上第二头水牛所在之处。它黑乎乎的一大堆,头向前搁在草地上,粗壮的犄角大大分开。

"它的头非常漂亮。"威尔逊说,"犄角尖的距离有五十英寸。"

麦康伯高兴地盯着它。

"它难看死了。"玛戈说,"我们不能到树荫下去吗?"

"当然可以。"威尔逊说。"瞧,"他对麦康伯说,一边指着,"看到那片灌木丛了吗?"

"看到了。"

"那就是第一头公牛走进去的地方。扛枪人说,他掉下车的时候,公牛是躺着的。他看到我们拼命地追,另两头水牛飞快地跑。他抬眼一看,公牛站了起来,盯着他呢。扛枪人撒腿就没命地逃,公牛离开了,慢慢走进灌木丛。"

"我们现在能进去找它吗?"麦康伯急切地问。

威尔逊用估量的眼光端详着他。这不是个奇怪的家伙才见鬼呢,威尔逊想。昨天他还怕得要死,今天成了个急不可待的斗士。

"不行,我们要让它待一会儿。"

"我们还是到树荫下去吧。"玛戈说。她脸色苍白,样子憔悴。

他们走到一棵孑然独立、枝条舒展的树下,汽车就停在那里。他们都上了车。

"它可能死在灌木丛里了。"威尔逊说,"过一会儿我们要去看看。"

麦康伯感到一种极其强烈、无关理智的快乐,对此他过去一无所知。

"我的天,这个嘛,是一场追击。"他说,"我从未体会过这样的感觉。这不是很精彩吗,玛戈?"

"我讨厌它。"

"为什么？"

"我讨厌它。"她恨恨地说，"我厌恶它。"

"你知道，我想我再也不会惧怕任何东西了。"麦康伯对威尔逊说，"我们一看到水牛并开始追赶，我的心理就发生了变化。就像堤坝决口。这是纯粹的刺激。"

"脱胎换骨。"威尔逊说，"人们会发生稀奇古怪的变化。"

麦康伯容光焕发。"你知道，我的确发生了变化。"他说，"我感到完全不一样了。"

他的妻子一言不发，奇怪地盯着他。她紧靠着椅背；麦康伯在座位上身体前倾，跟威尔逊说话；威尔逊则在前座侧过身，隔着椅背跟他说话。

"你知道，我想另打一头狮子试试。"麦康伯说，"我现在真的不怕它们了。说到底，它们还能把你怎么样？"

"就是这话了。"威尔逊说，"大不了就是杀了你。怎么说的来着？莎士比亚。说得太好啦。看看我还能不能背出来。啊，说得太好啦。有段时间我常常对自己引用这几句。我背一下看。'说实话，我不在乎。人只能死一回。我们都欠上帝一条命。无论如何，今年死了的明年就不再死。'15 太精彩了，是吧？"

说出了这种自己以之安身立命的看法，他感到很窘。不过他以前就目睹过人们成熟起来，而那总是让他感动。那跟他们的二十一岁生日全无关系。

经由一次奇怪的打猎机会，一次不容事先担心的、仓促的突然行动，给麦康伯带来了这种变化。且不论如何发生，它确定无疑地发生了。现在再来看看这个家伙，威尔逊想。他们有些人在那么长的时间里都一直是孩子，威尔逊想，有时一辈子都是。

他们五十岁时都一副孩子气。了不起的长不大的美国人。奇怪得邪门的人们。不过他现在喜欢这个麦康伯了。这个奇怪得邪门的小子很可能意味着不再当乌龟了。嘿，这可是件非常棒的事，非常棒的事。这家伙大概害怕了一辈子，不知道是什么引起的，但是现在过去了。刚才是没工夫害怕水牛。就是这么回事，加上还在生气。汽车也起了作用。汽车使打猎变得稀松平常。现在简直成为急不可待的斗士了。在战争中也看到过同样的作用。比童贞的任何损失都变化得更大。恐惧消失，犹如做了手术。另外的东西出现，取而代之。男子汉所拥有的主要的东西，使之成为男子汉。女人也知道这个。无所畏惧。

玛格丽特·麦康伯倚在后座另一角，看着他们两个。威尔逊没有变化。她眼中的威尔逊跟头一天所见无异，当时她第一次发现他的非凡才能。然而现在她看到了弗朗西斯·麦康伯的变化。

"对于即将发生的事情，你有那种快乐的感觉吗？"麦康伯问道，还在探索他的新财富。

"你不该提到这个。"威尔逊说，盯住对话者的脸，"说自己害怕倒是时髦得多。我提醒你，你还会害怕的，许多次。"

"不过你对就要采取的行动有快乐的感觉吧？"

"有，"威尔逊说，"有这种感觉。这东西翻来覆去说得太多没用。把感觉完全说没了。不管什么事情，唠叨得没完没了就失去了乐趣。"

"你们俩都在胡扯。"玛戈说，"不过是坐在汽车里追着打了几只走投无路的动物，说起话来就跟英雄好汉似的。"

"抱歉，"威尔逊说，"我空话说得太多了。"她已经为此而烦恼了，他想。

"你要是不明白我们在说什么，为什么不别插嘴？"麦康伯问妻子。

"你变得非常勇敢，突然变得非常勇敢。"他的妻子轻蔑地说，不过她的轻蔑不确定。她非常害怕某件事。麦康伯笑了，非常自然的由衷的笑。"你知道我变了，"他说，"我真的变了。"

"是不是有些晚了？"玛戈苦涩地说。因为过去许多年来她是尽了全力的，他们夫妻的现状不是一个人的错。

"对我来说不晚。"麦康伯说。

玛戈没作声，只是靠在后座角落里。

"你认为我们已经让它待了足够时间吗？"麦康伯兴致勃勃地问威尔逊。

"我们可以去看看了。"威尔逊说，"你还有实心弹吗？"

"扛枪人有一些。"

威尔逊用斯瓦希里语喊了一声。年长的扛枪人正在给一头水牛的头剥皮。他立起身，从衣兜里掏出一盒实心弹，递给麦康伯。麦康伯把枪的弹仓装满，余下的子弹放进衣兜。

"你还是用斯普林菲尔德的好，"威尔逊说，"你用惯了。咱们把这支曼利彻留在车里给夫人。你的扛枪人带着你的大枪。我有这支要命的轰天炮。现在我来跟你说说水牛。"他把这话留到最后，因为不想让麦康伯担心，"水牛过来时，会昂着头抻直了脖子冲过来。犄角根的瘤节保护着脑子，子弹打不穿。只能从鼻子直接打进去。另外只能从胸脯打进去，或者你要是在侧面，打脖子或肩膀中间。它们中了一枪而没死之后，就得费很大的事才杀得掉。不要尝试任何花样。朝最脆弱的部位射击。现在他们剥完那颗水牛头的皮了。我们出发吧？"

他招呼扛枪人，他们擦着手走过来，年纪比较大的上了车。

"我只带康戈尼。"威尔逊说，"另一个可以守在这里赶开鸟。"

汽车缓缓地穿过开阔地，向小岛似的树丛开去。那是一片草木繁茂的狭长地带，沿着穿过低洼开阔地的干涸河道展开。麦康伯感到心在怦怦地跳，嘴又干了，不过这是兴奋，不是害怕。

"它就是从这里进去的。"威尔逊说，接着用斯瓦希里语对扛枪人说，"去找血迹。"

汽车与灌木丛是平行的。麦康伯、威尔逊和扛枪人下了车。麦康伯回头看了看，见妻子也在看他，身边放着那支来复枪。他向她挥挥手，而她没有挥手作答。

迎面的灌木丛枝繁叶茂，地面干燥。中年扛枪人汗流如雨。威尔逊的帽檐压得只剩眼睛，红脖子就露在麦康伯面前。扛枪人突然用斯瓦希里语对威尔逊说了句什么就向前跑去。

"它死在那里啦。"威尔逊说，"干得好。"他于是转过身，抓住麦康伯的手。正当他们互相咧嘴笑着握手时，扛枪人疯狂地大叫起来。他们看到他侧着身从灌木丛里跑出来，快得像只螃蟹。紧接着公牛出现了，撅着鼻子，紧闭着嘴，鲜血淋漓，沉重的头直挺挺地拱出，猛冲过来。它深陷的小眼睛满布血丝，瞪着他们。威尔逊在前面，正跪着射击。在威尔逊的枪声轰鸣中，麦康伯击发时没听见自己的枪声，只看到犄角根的大瘤节碎片迸出，如碎瓦一般。水牛的头一抖，麦康伯朝大张的鼻孔再开一枪，见双角又是一抖，碎片飞溅。他现在看不到威尔逊了，水牛庞大的躯体眼见就要扑到他身上，他仔细瞄准，又开了一枪。他的枪与撅着鼻子顶上来的水牛头几乎一般高，他看得见水牛恶狠狠的小眼睛。此时水牛头开始垂下，他则觉得一道突如其来、白热炫目的闪光在头颅中迸发，而这就是他的全部感受了。

刚才威尔逊闪到一边向水牛的肩膀中间射击。麦康伯站定了朝它的鼻子开枪，每次都打高了一点，击中沉重的犄角，崩解碎裂，像击中屋瓦。麦康伯夫人在汽车上，眼见水牛马上顶到麦康伯，就用那支 6.5 曼利彻向水牛开了枪，却击中丈夫颅底以上约两英寸、略偏一侧的地方。

现在弗朗西斯·麦康伯脸朝下躺着，离水牛侧卧之处不足两码。他的妻子跪着俯身向他，身旁是威尔逊。

"我不会把他翻过来。"威尔逊说。

女人歇斯底里地哭着。

"我要回汽车里去，"威尔逊说，"那支来复枪在哪儿？"

她摇摇头，脸扭曲着。扛枪人捡起那支来复枪。

"放在那别动。"威尔逊说，接着又吩咐道，"去把阿卜杜拉找来，好让他能够见证事故现场。"

他跪下去，从衣兜里掏出手绢，盖到弗朗西斯·麦康伯躺在那里、头发剪得像水手一样短的头上。鲜血渗进干燥松散的土地。

威尔逊站起来，看到侧卧的水牛。它的四肢伸出，牛毛稀疏的腹部爬着蜱虫。"棒极了的水牛。"他的头脑下意识地估量着，"犄角尖的距离足有五十英寸，甚至更宽。更宽。"他向司机喊叫，让司机给尸体盖上毯子，守在旁边。随后他向汽车走过去，女人坐在后座角落里哭泣着。

"干的好事。"他以平板的声调说，"他本来也要离开你的。"

"别说啦。"她说。

"当然这是意外。"他说，"这个我清楚。"

"别说啦。"她说。

"别担心。"他说，"会有一些不愉快的事情。不过我会拍些照片，接受调查时会非常有用。还有扛枪人和司机的证词。你完全可以没事。"

"别说啦。"她说。

"有一大堆事要办。"他说，"我得派辆卡车到湖边去，用无线电要架飞机来，把我们三个送到内罗毕去。你怎么不下毒呢？在英国她们就这么干。"

"别说啦。别说啦。别说啦。"女人叫道。

威尔逊以单调的蓝眼睛盯着她。

"现在我说完了。"他说，"我刚才有点恼火。我已经开始喜欢你丈夫了。"

"啊，请别说啦，"她说，"请别说啦。"

"这样比较好，"威尔逊说，"说'请'比较好。现在我要不说了。"

注释：

1. 就餐帐篷，这里说的是在野外搭起的遮阳挡雨棚，有顶无墙。

2. 吉姆利特，英国喝法是金酒兑酸橙汁，美国喝法则是伏特加兑酸橙汁。

3. 猎手，这里指受雇于狩猎旅行者的职业猎手兼导游。

4. 斯特森毡帽，一种美国西部风格的宽边毡帽。

5. 场地运动，这里指会所里的壁球、手球等运动项目。

6. 斯瓦希里语，主要通行于非洲东海岸及岛屿的班图族语言。

7. 马塞加俱乐部，内罗毕的一家猎手俱乐部。

8. 这里所说的水牛与美洲野牛迥异，为好望角水牛。其身躯庞大，雄性成年者肩高一点五米，重约九百公斤。色黑；毛稀；角粗壮，向下弯曲后上扬，角尖向内，根部形成若干厚重瘤节。只有枪击要害才能猎取。受伤的水牛被视为最危险的动物之一。

9. 值得，指值得制成标本留作纪念。

10. 码为长度单位，1 码 =0.9144 米。

11. 点 505 吉布斯，一种威力极大的来复枪。狩猎旅行者可以凭爱好选择枪支，猎手却须使用具有足够杀伤力的武器。

12. 格令，重量单位，等于64.8毫克。

13. 瓦坎巴语，肯尼亚的坎巴人说的班图族语言。

14. 马丁·约翰逊夫妇，20世纪上半叶的美国探险家和纪录片摄制者。

15. 引文出自莎士比亚《亨利四世（下）》。

桥边的老人

　　一个戴金丝边眼镜的老人坐在大路旁，衣服上全是尘土。河上架有一座浮桥，大车、卡车，还有男人、女人和儿童在过桥。骡车摇晃着从桥边爬上陡峭的河堤，士兵们扳着轮辐帮助推车。卡车轰鸣着开上岸，随即扬长而去，农民们则仍在齐踝深的沙土中蹒跚。然而老人坐在那里，一动不动。他太累了，再也走不动了。

　　我的任务是过桥去，查看桥头堡，弄清敌人已经推进到什么地点。我完成了任务过桥返回。现在这里没有那么多大车了，步行者也寥寥无几，可是老人仍在原地。

　　"你从哪儿来？"我问他。

　　"从圣卡洛斯[1]。"他说，微笑着。

　　那是他的家乡，提起它使他高兴，他于是微笑起来。

　　"我在照看动物。"他解释道。

　　"哦。"我说，没怎么听明白。

　　"是的，"他说，"我留在那儿，你知道，是为了照看动物。我是最后一个离开圣卡洛斯镇的。"

他看起来既不像羊倌也不像牧人。我端详着他满是灰尘的黑衣服、挂着尘土的灰蒙蒙的脸和金丝边眼镜，问道："它们是什么动物？"

"各种动物。"他说着，摇起头来，"我只得丢下它们。"

我眺望着浮桥和风貌犹如非洲的埃布罗河三角洲原野，揣摩着现在还要多长时间眼前会出现敌人，并一直倾听着最初的响声，那会是信号，标志着称为遭遇战的莫测事件，而老人还是坐在那里。

"它们是什么动物？"我问道。

"一共有三种。"他解释说，"有两只山羊、一只猫，还有四对鸽子。"

"你只得丢下它们？"我问。

"是。因为炮击。那个上尉叫我走，因为炮击。"

"你没有家人？"我问，望着桥的另一头，那里最后几辆大车正匆匆驶下河堤的斜坡。

"没有。"他说，"只有我说的那些动物。猫嘛，当然了，不会有事。猫能照顾自己。可是我没法想象另外那些会成什么样。"

"你有什么政治见解？"我问。

"我没有政治见解。"他说，"我七十六岁了。我现在已经走了十二公里，我想我现在没法再走了。"

"这里不是久留之地。"我说，"你要是能走动，那边往托尔托萨去的岔路口有卡车。"

"我要待一会儿，"他说，"然后再走。卡车到哪儿去？"

"到巴塞罗那。"我告诉他。

"那边我没有熟人。"他说，"不过，非常感谢你。再次非常感谢你。"

他极为茫然而疲惫地盯着我，然后开口，不得不找什么人分担他的忧虑，"猫不会有事，我肯定。用不着为它不安。可是另外那些呢。现在你认为另外那些会怎样？"

"这个吗，它们八成熬得过去。"

"你是这么认为的？"

"为什么不是。"我说，一边望着对面的河堤，现在那里没有大车了。

"可是在炮击下它们怎么办呢？人家叫我走就是由于炮击。"

"你没把鸽笼锁上吧？"我问。

"没有。"

"那它们会飞。"

"是，它们当然会飞。可是另外那些呢。还是别想另外那些的好。"他说。

"你要是不动我就走了。"我催促道，"现在站起来走走看。"

"谢谢你。"他说着立起身，摇晃了几下，还是颓然向后坐到尘土中。

"我在照看动物。"他木然地说，可是不再对着我，"我只是在照看动物。"

我对他无计可施。当天是复活节，法西斯正在向埃布罗河挺进。

那是个大阴天，乌云低垂；它们的飞机没能起飞。这一点，以及猫懂得如何照顾自己，也就是这个老人所能拥有的全部幸运了。

注释：

1. 圣卡洛斯，与下文提到的埃布罗河三角洲、托尔托萨和巴塞罗那等地，均在西班牙东北部。

在密歇根州北部

　　吉姆·吉尔摩从加拿大来到霍顿湾[1]。他从霍顿老汉手上买下了铁匠铺。吉姆个子矮小，皮肤黝黑，髭须浓密，两手粗大。他擅长挂马掌，然而即使系着皮围裙也不太像铁匠。他在铁匠铺楼上住，在迪·吉·史密斯家搭伙。

　　莉兹·科茨给史密斯家干活。史密斯太太体态壮硕而面容周正。她说莉兹·科茨是她见过的最干净利落的女仆。莉兹有一双美腿，总是系着清洁的方格纹布围裙，吉姆也注意到她脑后的头发总是整整齐齐的。他喜欢她的脸，因为她的脸是那么快活，可是他从没把她放在心上。

　　莉兹非常喜欢吉姆。她喜欢他从铁匠铺走过来的样子，而且常常到厨房门口等着看他出门。她喜欢他的髭须，她喜欢他笑起来牙那么白，她非常喜欢他不像个铁匠，她喜欢迪·吉·史密斯和史密斯太太有多么喜欢他。一天，他在屋外的水盆里洗脸洗手，她发现自己喜欢的人胳膊上的毛那么黑，而胳膊没晒到之处那么白。喜欢这些使她感到好笑。

霍顿湾，这个镇子，不过是博因城和沙勒沃伊²之间大路旁的五户人家。镇上有家杂货店兼邮局，门脸故意造得高高大大的，门前也许拴着一辆马车。有史密斯家、斯特劳德家、迪尔沃思家、霍顿家和范胡森家。这些人家都处于一大片榆树林中。路面含沙量很大。路两旁都是耕地和树林。顺着路往远去是循道宗教堂，往另一个方向去则是乡办学校。铁匠铺漆成红色，面朝学校。

一条坡度很大的沙土路从山上穿过树林通向湖湾。从史密斯家的后门向外望，视线可以伸展到湖边的树林，一直看到湖湾对面。春天和夏天的景色非常美，湖湾碧蓝澄澈，而岬角外远方的湖面往往泛起细碎的白浪，那是从沙勒沃伊和密歇根湖吹来的微风使然。从史密斯家的后门，莉兹望得见运矿砂的驳船由湖里驶向博因城。凝望着它们，它们似乎一动不动；然而要是进屋去再擦干几只盘子，随后重新出来眺望，它们就会转过岬角，不见了踪影。

现在，莉兹无时无刻不在想着吉姆·吉尔摩。他则似乎并不太注意她。他对迪·吉·史密斯谈到铁匠铺，谈到共和党，也谈到詹姆斯·吉·布莱恩³。晚上，他在起居室的灯下看看《托莱多刀锋报》和《大急流城报》⁴，或是和迪·吉·史密斯一起，带着篝灯到湖湾去叉鱼。秋天，他和史密斯还有查利·怀曼驾着马车，带着帐篷、食物、斧头、来复枪和两只狗，到范德比尔特以远的松树平原去猎鹿。在他们出发前，莉兹和史密斯太太一连四天为他们做吃食。莉兹想要做些特别的东西给吉姆带去，可是到了儿也没做，因为她不敢向史密斯太太要鸡蛋和面粉，自己买的话又怕做的时候被史密斯太太发现。史密斯太太倒不会怎么样，然而莉兹就是不敢。

在吉姆去猎鹿期间，莉兹无时无刻不在想着他。他离开的日子实在难熬。由于想他，她觉都睡不好。不过她发现，想着他也挺开心的。要是由着自己就感觉更好。在他们该回来的头一天夜里，她根本就没睡着，也就是她以为自己没睡着，因为在梦中，梦见没睡跟真的没睡完全分不清。看到马车在路上驶过来，她觉得软弱无力，心中有几分难过。她急不可待地要见吉姆，似乎吉姆一回来就会万事大吉。马车在外面的大榆树下停住，史密斯太太和莉兹迎出去。男人们都长了胡子，而马车后面载着三头鹿，细长的腿僵直地伸出车厢。史密斯太太吻了迪·吉，他也拥抱了她。吉姆说了声"嗨，莉兹"，咧开嘴笑了笑。莉兹预先并不确知吉姆回来时会发生什么事情，只是深信会有点儿事。任何事都没有。男人们就是回家，仅此而已。吉姆拉下鹿身上的粗麻布袋，莉兹打量着它们。有一头是大雄鹿，从马车上拎出来又僵又硬。

"是你打的吗，吉姆？"莉兹问道。

"是。难道不棒吗？"吉姆把它背起来，送到了熏肉房。

当晚，查利·怀曼留在史密斯家吃晚饭。时间太晚，不能回沙勒沃伊去了。男人们洗过脸和手，在起居室等着开饭。

"那只瓦罐里就没剩下点什么吗，吉米？"迪·吉·史密斯问道。吉姆于是出去，到停在谷仓里的马车那里，把他们带着去打猎的威士忌酒罐拿进来。那是一只四加仑的罐子，罐底还有不少酒晃荡着。吉姆在回屋路上喝了一大口。把这么一只大罐子举起来喝里面装的东西很难。一些威士忌淌到他的衬衫前襟上。吉姆拿着罐子进来时，两个男人笑了起来。迪·吉·史密斯要玻璃杯，莉兹取了来。迪·吉倒出三大杯。

"好，为你干杯，迪·吉。"查利·怀曼说。

"为那该死的大雄鹿干杯，吉米。"迪·吉说。

"为所有我们没打中的鹿干杯，迪·吉。"吉姆说，一口干掉了杯中的酒。

"这酒爷们儿喝起来带劲。"

"一年到了这个时候，消烦解闷，再没有比得上这个的了。"

"再来一杯怎么样，哥儿几个？"

"祝你健康，迪·吉。"

"万事如意，哥儿几个。"

"来年大吉。"

吉姆感到心满意足起来。他喜爱威士忌的滋味和感觉。他为重归舒适床铺、热乎饭菜和铁匠铺而高兴。他又喝了一杯。男人们兴高采烈地进来吃饭，然而举止很是体面。端上食物后，莉兹坐到桌前跟大家一起吃。这是一顿好饭。男人们细细地品味着。晚饭后他们回到起居室去，莉兹和史密斯太太一起收拾。然后史密斯太太上楼去了，史密斯也很快出来上楼去了。吉姆和查利还在起居室里。莉兹在厨房里坐在火炉旁，装着看书，而在想着吉姆。她还不想去睡，因为她知道吉姆就会出来，她想在他走出来的时候看到他，以便能够带着对他的印象上床。

在她苦苦想着吉姆的时候，他出来了。他的两眼放光，头发有点乱。莉兹低头看书。吉姆走过来在她的椅背后站住。她能感觉到他的呼吸，然后他用双臂搂住了她。在他的双手下，她的乳房鼓胀坚实、乳头立起。莉兹吓坏了，从未有人触碰过她，不过她想："他到底是来找我了。他真的来了。"

她僵坐不动，因为她是这么吃惊而不知道除此之外该怎么办，然后吉姆把她紧紧地连椅子抱住就吻了她。这是一种如此激烈、揪心、痛苦的感觉，她以为自己受不了。她透过椅背就感受到了吉姆而她受不了，然后她内心有什么东西咔嗒一声，于是这感觉变得温暖柔和了些。吉姆把她紧紧地用力连椅子抱住，而她现在想要这样，于是吉姆耳语道："出去走走。"

莉兹从厨房墙壁的木钉上拿下外套，他们走出门去。吉姆一只胳膊搂着她，每走出几步他们就停下来紧紧相拥，吉姆还吻她。没有月亮，在齐踝深的沙土路上，他们穿过树林，朝下面湖湾边的码头和仓库走去。木桩间的水拍打着，湖湾对面的岬角一片黑暗。天虽冷，莉兹却浑身发热，因为跟吉姆在一起。他们在仓库的棚子里坐下，吉姆把莉兹拉近他。她觉得害怕。吉姆的一只手伸进她的连衣裙摸遍她的胸部而另一只手放到她膝上。她非常害怕而不知道他还要如何动作，可是她紧紧地依偎着他。然后她膝上那只感觉如此之大的手挪开又落到她大腿上，并开始往上移动。

"别，吉姆，"莉兹说。吉姆还是往上摸。

"你不可以，吉姆。你不可以。"无论吉姆还是吉姆的大手都没理睬她。

地板很硬。吉姆掀起了她的裙子并且正在极力对她做什么事。她觉得害怕可又想要它。她不得不接受它，可是它又让她害怕。

"你不可以做这事，吉姆。你不可以。"

"我一定得。我马上就。你明白我们一定得。"

"不，我们还没有，吉姆。我们一定不能。噢，这是不对的。噢，它太大让人太疼了。你不能啊。噢，吉姆。吉姆。噢。"

码头铺地的铁杉木板冰凉，又硬又粗糙，吉姆沉重地压在身上，还弄疼了她。莉兹推了推他，她被压得实在难受，动弹不得。吉姆睡着了。他不会挪动了。她从他身下挣脱，坐起来，把裙子和外套扯平，并尽量理了理头发。吉姆在睡觉，嘴巴微张着。莉兹俯身过去在他脸颊上吻了吻。他还是熟睡着。她把他的头抬起一点，摇了摇。他将头转了过去，咽了下口水。莉兹哭了起来。她走到码头边上，朝下看着湖水。湖湾中正有薄雾升起。她又冷又悲哀，感到一切都完了。她走回吉姆躺着的地方，又一次摇了摇他，确定自己弄不醒他。她哭着。

"吉姆，"她说，"吉姆。求你了，吉姆。"

吉姆动了动，又蜷紧了些。莉兹脱下外套，俯身过去给他盖上。她周到细致地为他掖好。然后她穿过码头，沿着陡坡上的沙土路走回去睡觉。来自湖湾的寒冷雾气正在穿过树林升起。

注释：

1. 霍顿，位于密歇根州西北部。

2. 博因城和沙勒沃伊，均在美国密歇根州北部。

3. 詹姆斯·吉·布莱恩，美国政治家。

4.《托莱多刀锋报》（The Tole do Blade）、《大急流城报》（The Grand Rapids Paper），均为美国报纸。

印第安人营地

另一条小船拉上湖岸。两个印第安人站立等候。

尼克和父亲跨进船艄。印第安人把船推下水，其中一个上船划桨。乔治叔叔坐在那条营船的船艄。年轻的印第安人把营船推下水，随即上船为乔治叔叔划船。

两条船在暗夜里开出。在雾中，尼克听到前面远远地传来另一条船桨架的声响。印第安人动作迅速，急切地划着桨。尼克向后靠，偎在父亲的臂弯里。湖上很冷。为他们划船的印第安人下了很大力气，不过另一条船始终处于前面，在雾中越来越远。

"咱们上哪儿去，爸？"尼克问道。

"去印第安人营地那边。有个印第安女人病得很重。"

"哦。"尼克说。

越过湖湾，他们看见另一条船停在湖滩上。乔治叔叔正在暗夜中抽雪茄。年轻印第安人把船拉上了湖滩。乔治叔叔递给每个印第安人一支雪茄。

他们从湖滩走上去，穿过一片露水浸湿的草地。年轻印第安人提着灯笼，他们跟着走。他们随后进入树林，沿着一条小路走，走上折返山间的运输原木的大路。由于两旁的树木已经砍伐，这条路敞亮得多。年轻印第安人停住脚，吹灭灯笼。他们一起沿路前行。

他们转过一个弯，一只狗吠叫着跑出来。前方闪现出灯光，那是剥树皮的印第安人住的一些棚屋。又有几只狗朝他们蹿来，两个印第安人把它们赶回了棚屋。路边最近的棚屋有灯光从窗口射出。一个老妇提着灯站在门口。

屋里，木床上躺着一个年轻的印第安女人。她在生孩子，两天了还没生下来。营地的老年妇女都一直在帮助她。男人们则离开棚屋，沿路走远，一直走到听不见她喊叫的地方，在暗夜中坐下来抽烟。尼克及两个印第安人跟着他父亲与乔治叔叔走进棚屋时，她正在尖叫。她躺在双层床的下铺，盖着被子，肚子很大，头侧向一边。上铺躺着她的丈夫。三天前，他用斧头砍伤了自己的脚，伤势很重。他正在抽烟斗，屋子里气味很糟。

尼克的父亲吩咐人在炉子上烧些水。他在等水热时跟尼克说话。

"这女人快生孩子了，尼克。"他说。

"我知道。"尼克说。

"你不知道。"父亲说，"听我说。她所经历的叫作分娩。婴儿要生下来，而她要把婴儿生下来。她浑身的肌肉都在努力把婴儿生下来。这就是她尖叫时所发生的事情。"

"明白了。"尼克说。

正当此时，女人又喊叫起来。

"噢，爸爸，你不能给她些药，让她别再尖叫吗？"尼克问。

"不能。我一点麻醉剂都没有。"他父亲说，"不过她的尖叫无关紧要。我是充耳不闻，因为无关紧要。"

上铺，女人的丈夫转身面墙。

厨房里的女人向医生示意水热了。尼克的父亲走进厨房，把大壶中约一半水倒进盆。他又解开手帕，把几样药放在壶中剩下的水里。

"这些必须烧开。"他说着，开始用从营地带来的一块肥皂，在盆中的热水里使劲洗手。尼克看着父亲的双手抹上肥皂相互搓洗。他父亲一边非常仔细地彻底洗手，一边说话。

"你看，尼克，婴儿出生时理应头先出来，但有时并非如此。并非如此的时候，就给每个人都带来了许多麻烦。也许我得给这个女人动手术。我们待一会儿就知道了。"

认为自己的手洗得足够干净了时，他就进屋着手接生。

"乔治，把被子掀过去好吗？"他说，"我不想碰它。"

后来，在他开始动手术时，乔治叔叔和三个印第安男人按住女人。她咬了乔治叔叔的手臂，乔治叔叔就说："该死的印第安婆娘！"划船送乔治叔叔来的年轻印第安人听了发笑。尼克为父亲端着盆。整个过程用了很长时间。他父亲拎起婴儿，拍打他，使他呼吸，然后把他递给老妇。

"瞧，是个男孩，尼克。"他说，"喜欢当个实习医生吗？"

尼克说："还行。"他在朝旁边看，以免见到父亲正在做的事。

"好了。就是这个。"他父亲说着，把什么东西放进盆里。尼克一眼都没看。

"现在，"他父亲说，"这里有几针要缝上。你可以看也可以不看，尼克，完全随你。我这就把切开的口缝合。"

尼克没看。他的好奇心早就消失了。

他父亲做完手术，直起身来。乔治叔叔和三个印第安男人也直起身。尼克把盆端进厨房。

乔治叔叔查看自己的手臂。年轻印第安人回味着刚才发笑。

"我会给你涂点双氧水，乔治。"医生说。他俯身观察印第安女人。现在她安静了，闭着眼睛。她的脸色非常苍白。她不知道孩子怎么样了，什么都不知道。

"早晨我要回去。"医生说，一面直起身，"到中午时护士应当从圣伊格纳斯[1]到达这里，我们需要的东西她都会带来。"

这时他感到得意，变得健谈，就像赛后更衣室里的足球队员。

"这个手术有资格上医学杂志，乔治。"他说，"用一把大折刀做剖腹产手术，再用九英尺长的渐细钓钩肠线缝合。"

乔治叔叔正靠墙站着，查看自己的手臂。

"哦，你是个了不起的人，是的。"他说。

"该看看这骄傲的父亲了。在这些小事情上，承受痛苦最大的往往是他们。"医生说，"我得说，他忍受得真是太安静了。"

他把印第安人头上蒙着的毯子揭开，手松开时湿漉漉的。他登上下铺边缘，一手提灯，朝上铺看。印第安人脸冲墙躺着。他的喉部已经割开，直至两耳。鲜血涌出，在床铺被身体压得凹下的地方积成一摊。他的头枕在左臂上。打开的剃刀锋刃向上，落在毯子上。

"把尼克带出棚屋去，乔治。"医生说。

用不着这么做了。一手提灯的父亲把印第安人的头向后拨时，尼克正站在厨房门口，对上铺的情形一目了然。

他们沿着运输原木的大路回湖边去的时候，天刚刚放亮。

"我实在是不该带你来，尼克。"父亲说，施行手术后的快慰之情无影无踪，"拉你来经历这一切真是糟透了。"

"女人生孩子总是受这么大的罪吗？"尼克问。

"不，这是非常……非常少见的。"

"他为什么自杀，爸爸？"

"我不知道，尼克。他受不了一些事，我猜。"

"自杀的男人很多吗，爸爸？"

"不太多，尼克。"

"女人多不多？"

"难得一见。"

"从来没有？"

"哦，有的。有时候也有。"

"爸爸？"

"嗯。"

"乔治叔叔去哪儿了？"

"他一定会回来的。"

"死难不难，爸爸？"

"不难。我想它是很容易的。尼克。要看情况。"

他们上船坐下。尼克在船艄，他父亲划桨。太阳正从山间冉冉升起。一条鲈鱼跃出，水面形成一圈波纹。尼克把手伸进水里。在早晨的清寒中，水里给人的感觉很暖和。

一清早在湖上端坐船艄，父亲划着船，他相当确定地觉得，自己永远不会死。

注释：

1. 圣伊格纳斯，美国密歇根州上半岛东南部城市。

医生夫妇

迪克·博尔顿从印第安营地来为尼克的父亲锯原木。他带着儿子埃迪，还有另一个叫比利·泰布肖的印第安人。他们走出树林，从后门进了院子。埃迪扛着长长的横截锯，走起来锯片在肩上呼扇呼扇，发出悦耳的声音。比利·泰布肖扛着两根方子钩[1]。迪克挟着三把斧头。

他转身关上后院门。另两个人走在前头，朝下面的湖岸走去，原木就陷在岸边的沙地里。

原木本是从大原木筏堰中散失的，这些筏堰由"魔法号"轮船拖往湖边的锯木厂。原木漂上湖滩，要是没人动，魔法轮的船员迟早会划着小船，缘湖岸一路寻来，找到原木，在每根原木的末端钉上带环的长钉，然后把它们拖下湖，编成新的筏堰。不过，林业工人也许永远都不来找它们，因为区区几根原木，不值得出动船员来搜集。要是没人来找，它们就会任凭大水浸泡，在湖滩上朽烂。

尼克的父亲一直认为事态就会如此，所以从营地雇了印第安人来，让他们用横截锯锯断原木，再用楔子劈开，分解成壁炉用的劈柴。迪克·博尔顿绕过房子，向下面的湖边走去。四根粗大的山毛榉原木几乎掩埋在沙地里。埃迪将锯的一个把挂上一棵树的树杈。迪克将三把斧头撂到小码头上。迪克是个混血儿，湖区许多农民都以为他是白人。他非常懒惰，不过一旦干起活来还是把好手。他从衣兜里掏出嚼烟，咬下一块，用奥吉布瓦语[2]跟埃迪和比利·泰布肖说话。

他们用方子钩吃住一根原木摇晃，以使之从沙中松动。他们把全身的重量都压在钩杆上。原木在沙子里活动了。迪克·博尔顿朝尼克的父亲转过头来。

"嚯，医生，"他说，"你可是偷了不老少木材啊。"

"别这么说，迪克，"医生说，"这是漂来的木头。"

埃迪和比利·泰布肖把原木从湿沙里摇晃出来，滚向湖水。

"全泡到水里。"迪克·博尔顿喊道。

"你为什么这么干？"医生问道。

"洗干净。把沙子洗掉免得伤锯。我想看看原木属于谁。"迪克说。

原木就在湖水中漂浮着。埃迪和比利·泰布肖倚着方子钩，在太阳下直冒汗。迪克跪在沙地里，端详着原木末端检尺员打下的印记。

"它属于怀特和麦克纳利。"他说完，立起身掸掉裤子膝部的沙粒。

医生很是不自在。

"那你还是别锯了，迪克。"他突然说。

"别发火呀，医生，"迪克说，"别发火。我可不管你偷谁的。这不关我的事。"

"你要是认为原木是偷来的，就别动它，带着你的家什回营地去。"医生说完，脸红了。

"别急呀，医生，"迪克说。他把烟草汁唾到原木上，烟草汁流下去，在水里化开。"你跟我一样清楚它们是偷来的。在我看来毫无区别。"

"好吧。你要是认为原木是偷来的，就拿着东西滚开。"

"我说，医生——"

"拿着东西滚开。"

"听我说，医生。"

"你要是再叫我一声医生，我就打掉你的大牙。"

"啊，不，你不会，医生。"

迪克·博尔顿盯着医生。迪克是个大块头。他知道自己块头多大。他喜欢惹是生非，他也很高兴。埃迪和比利·泰布肖倚着方子钩，盯着医生。医生咬着下唇边的胡须，盯着迪克·博尔顿。他随后转过身，朝山上的房子走去。他们从他的背影就看得出他有多么恼怒。他们都望着他上山，走进房子。

迪克用奥吉布瓦语说了一句什么。埃迪笑了，比利·泰布肖则神色严肃异常。他不懂英语，然而争吵过程中他一直都在冒汗。他身材肥胖，只长着几根髭须，像个中国佬。他拾起两根方子钩。

迪克捡起斧头，埃迪从树上摘下锯。他们动身上山，路过房子，走出后院门，进入树林。迪克走过而任院门开着。比利·泰布肖转回来把门闩上。他们穿过了树林。

房子里，医生坐到自己房间的床上，看见书桌旁地板上有一堆医学杂志，它们尚未拆封，这使他恼火。

"你不是回来工作的吧，亲爱的？"医生的妻子从她躺着的房间里问道，房间的遮阳帘是拉下的。

"不是！"

"什么事不对了？"

"我跟迪克·博尔顿吵了一架。"

"哦，"他妻子说，"但愿你没发脾气，亨利。"

"没有。"医生说。

"记住，治服己心的，强如取城。³"他妻子说。她是个基督教科学派信徒。《圣经》《科学与健康》和《季刊》就放在昏暗的房间里她床边的桌子上。⁴

她丈夫不搭腔。他正坐在床上，擦着猎枪。他推上装满沉甸甸、黄澄澄子弹的弹夹，再抽出来，子弹撒到床上。

"亨利，"他妻子喊，停了一下又喊，"亨利！"

"嗯。"医生答道。

"你没说什么话惹恼博尔顿，是吧？"

"没有。"医生说。

"为什么事心烦，亲爱的？"

"没什么大不了的。"

"告诉我，亨利。请你什么事都别打算瞒着我。为什么事心烦？"

"嗨，我治好了迪克家婆娘的肺炎，他欠了我一大笔钱。我猜他想要吵一架，这样就用不着干活抵债了。"

他妻子没说话。医生用旧布仔细地擦枪。他顶着弹簧把子弹压进弹夹，把枪搁在膝上坐着。他非常喜欢这支枪。这时他听到妻子的声音从昏暗的房间传来。

"亲爱的，我不认为，我真的不认为有谁会真的做这样的事。"

"是吗？"医生说。

"是的。我真的不相信有谁会存心做这种事。"

医生立起身，把猎枪放到镜台后的墙角里。

"你要出去吗，亲爱的？"他妻子说。

"我想我要去走走。"医生说。

"你要是看见尼克，亲爱的，对他说他母亲找他，好吗？"他妻子说。

医生出屋走进门廊，纱门在身后砰的一声关上。他听见受到惊吓的妻子大声吸气。

"对不起。"他在她拉上遮阳帘的窗外说。

"没事儿，亲爱的。"她说。

他在炎热中走出院门，沿小路走进铁杉树林。即使在这样的大热天，树林里也是凉爽的。他看见尼克靠树坐着，在看书。

"你母亲要你去看看她。"医生说。

"我想跟你一起走。"尼克说。

他父亲低头看看他。

"好。那就快走吧。"他父亲说，"把书给我。我放衣兜里。"

"我知道黑松鼠在哪儿，爸。"尼克说。

"好，"他父亲说，"咱们去看看。"

注释：

1.方子钩，锯木时使用的工具。是一根木杆，一端带活动的铁钩，用于搭住、翻动原木和方材（即方子）。

2.奥吉布瓦语，原住于北美休伦湖北岸和苏必利尔湖南北两岸的印第安人说的阿尔刚昆语。

3."治服己心的，强如取城"，典出《圣经·旧约·箴言》。

4.基督教科学派，以实行精神疗法闻名的教派。《科学与健康》是其创立者的著作。

了却一段情

　　昔日的霍顿湾是个林业镇。镇上的居民，没谁躲得开湖边锯木厂大锯的噪声。后来有一年，再也没有原木制作木材了。一些运木材的纵帆船开进湖湾，把锯木厂院子里堆放的木材装上船。所有的木材垛都搬走了。大厂房里挪得动的机械都搬出来，由原本在厂里干活的工人装上一艘纵帆船。这艘纵帆船开出湖湾，驶向开阔的湖面，满载的木材上面，还堆着两台大锯、向旋转圆锯推送原木的进料台，以及所有的滚轴、转轮、皮带和铁件。露天货舱蒙着帆布，捆扎牢靠。纵帆船鼓满风帆，驶进开阔的湖面，运走了所有曾使锯木厂成其为工厂、霍顿湾成其为城镇的东西。

　　那些住宿的平房、食堂、职工商店、工厂办公室，还有大厂房都空无一人，遗弃于湖湾岸边潮湿草地上的大片锯末中。

　　十年后，工厂荡然无存，唯余破碎的白色石灰石地基，掩映在湿地的次生林木中。尼克和玛乔丽划着小船缘湖岸而来。他们正沿着航道堤边拖着钓线捕鱼，这里的水底从浅浅的沙滩陡然下降至十二英尺的深水下。他们一路拖着钓线，前往准备投放夜间钓线捕虹鳟的岬角。

"这就是我们过去的遗迹，尼克。"玛乔丽说。

尼克划着船，凝望着绿树丛里的白色石头。

"就是这儿。"他说。

"你还记得这儿是工厂的时候吗？"玛乔丽问。

"我当然记得。"尼克说。

"看起来更像城堡。"玛乔丽说。

尼克没吭声。他们沿着岸边划，直到看不见工厂，尼克才直奔湖湾。

"鱼没咬钩。"他说。

"是。"玛乔丽说。他们钓鱼时，她始终一心扑在钓竿上，即便嘴上在说话。她就爱钓鱼，她爱跟尼克一起钓鱼。

紧挨船边，一条大鳟鱼游出水面。尼克用力划一支桨，以使小船转身，从而让远在船后的鱼饵摆动，经过鳟鱼觅食的地方。鳟鱼脊背露出水面时，米诺鱼纷纷跃起。水面浪花飞溅，犹如一团霰弹射进了水中。另一条鳟鱼游出了水，在船的另一侧觅食。

"它们在吃。"玛乔丽说。

"但是它们不咬钩。"尼克说。

他兜着圈划船，让拖着的钓线经过两条觅食的鱼，然后将船驶往岬角。玛乔丽直到船靠了岸才绕回钓线。

他们把小船拖上湖滩。尼克从船里拎出一桶活鲈鱼。鲈鱼在桶里游动。尼克双手抓住三条，把它们去头剥皮，而玛乔丽还在用双手在桶里摸，终于抓住一条，去头剥皮。尼克看着她手里的鱼。

"你不用去掉腹鳍。"他说，"做鱼饵去掉腹鳍也行，不过还是留着的好。"

他把鱼钩穿进已去皮的鲈鱼的尾巴。每根钓竿的接钩绳上都系着两只钓钩。随后，玛乔丽用牙齿衔着钓线，将船划到航道堤对面，朝尼克望去。尼克站在岸上，手持钓竿，放出绕线轮上的钓线。

"差不多了。"他喊道。

"我放下钓线吗？"玛乔丽手上拎着钓线，喊着回他的话。

"对，放吧。"玛乔丽把钓线放到船外，望着鱼饵沉入水中。

她把船划过来，以同样的方式布下第二根钓线。每回尼克都在钓竿柄上压一块沉重的冲来的木头，固定住钓竿，再用一块小木片把它撑起一个角度。他绕回松弛的钓线，使之在鱼饵落到航道的沙底后绷紧，再卡上绕线轮。鳟鱼在水底觅食，吃鱼饵时就会拉扯它，带动钓线从绕线轮里抽出，使卡住的绕线轮发出声响。

玛乔丽把船朝岬角划过去一些，以免妨碍钓线。她奋力划桨，小船直冲湖滩，带起一波波细浪。玛乔丽跨出船，尼克把小船拖上湖滩。

"怎么啦，尼克？"玛乔丽问。

"我不知道。"尼克说，一边捡木头生火。

他们用冲来的木头生了火。玛乔丽到船那里取了条毯子。晚风把烟吹向岬角，玛乔丽就把毯子铺在火堆与湖水之间。

玛乔丽背朝火堆坐在毯子上，等着尼克。他走过来，坐到她身边的毯子上。他们背后是岬角上茂密的次生林，面前是霍顿斯河口的湖湾。天色尚未全黑。火光一直照到水面。两人都看得见两根钢制的钓竿，斜着悬在暗淡的水面上。火光映在绕线轮上，闪闪发亮。

玛乔丽打开饭篮。

"我不想吃。"尼克说。

"快来吃吧，尼克。"

"好吧。"

他们默默地吃饭，一边看着两根钓竿和水中的火光。

"今晚会有月亮。"尼克说。他望着湖湾对面的小山。在天空的衬托下，山的轮廓开始鲜明起来。他知道，月亮正在山的那边升起来。

"我知道。"玛乔丽快活地说。

"你什么都知道。"尼克说。

"噢，尼克，可别这么说！求你，求你别这样！"

"我没法不说。"尼克说，"你就这样。你什么都知道。这就是问题。你知道自己就这样。"

玛乔丽一声不吭。

"我什么都教给你了。你知道自己就这样。你有什么不知道的，你说说？"

"噢，住口。"玛乔丽说，"月亮出来了。"

他们坐在毯子上，谁也不挨谁，望着月亮升起。

"你用不着胡说八道。"玛乔丽说，"究竟怎么回事？"

"我不知道。"

"你当然知道。"

"不，我不知道。"

"说吧，说出来。"

尼克冷眼望着月亮升到小山上空。

"再也没意思了。"

他不敢看玛乔丽。后来他看她。她背对他坐在那儿。他看她的背影。"再也没意思了。一点儿意思都没有。"

她一声不吭。他接着说："我觉得就好像心都死了。我不知道，玛吉。我不知道该说什么。"

他冷眼看着她的背影。

"连爱情都没意思？"玛乔丽说。

"对。"尼克说。玛乔丽站了起来。尼克坐在那里，双手抱头。

"我划船走。"玛乔丽对他喊道，"你可以绕过岬角走回去。"

"行。"尼克说，"我来帮你把船推下河去。"

"你不用过来。"她说。她已经上了船，月光照在水面的船上。尼克回来，在火边躺下，用毯子蒙上脸。他听得见玛乔丽在水上划着船。

他长时间地躺在那里。他躺着，听到比尔走动，穿过树林，走进空地。他感到比尔朝火堆走来。比尔也没碰他。

"她已经走了？"比尔说。

"走了。"尼克说，躺在那里，脸贴着毯子。

"吵了一架？"

"没有，根本没吵。"

"你觉得怎样？"

"唉，走开，比尔！走开一会儿。"

比尔在饭篮里挑了一份三明治，就走过去看钓竿了。

三天大风

尼克拐进穿过果园的上坡路时，雨停了。果子已经采摘完，秋风吹过光秃秃的枝干。路边褐色的草丛中，一只瓦格纳苹果被雨水淋得亮闪闪的，尼克停下脚捡起来。他把苹果放进麦金诺厚呢外套的口袋里。

路穿出果园，直通山顶。山顶有小屋，门廊上没人，烟从烟囱里冒出。屋后是车库、鸡笼，次生的小树犹如篱笆，倚着后面的树林。抬眼望去，那些大树在风中大幅地摆动着。这是秋天的头一场风暴。

尼克走过果园上方的空地时，小屋的门打开，比尔走了出来。他站在门廊上朝外看。

"嘿，威梅奇。"他说。

"嗨，比尔。"尼克说着走上台阶。

他们站在一起，远眺原野，俯瞰果园、路那边，遥望低处田野和伸向湖中的岬角上的树林。大风径直扑向湖面。他们看得见十里岬沿岸的浪花。

"在刮风呢。"尼克说。

"这么刮得一连三天。"比尔说。

"你爸在吗？"尼克说。

"不在。他拿着枪出去了。进来吧。"

尼克走进屋。壁炉里火势正旺，风使得炉火呼呼作响。比尔关上门。

"喝一杯？"他说。

他到厨房去，拿回来两只杯子和一罐水。尼克伸出手，从壁炉上的架子里取威士忌酒瓶。

"行吗？"他说。

"行。"比尔说。

他们坐在炉火前，喝着兑水的爱尔兰威士忌。

"有股非常棒的烟味。"尼克说，透过玻璃杯看着火。

"是泥炭味。"比尔说。

"酒里不能放泥炭。"尼克说。

"这没有任何关系。"比尔说。

"你见过泥炭吗？"尼克问。

"没有。"比尔说。

"我也没有。"尼克说。

他伸出的双脚搁在炉边，鞋在炉火前冒起水汽来。

"你把鞋脱了吧。"比尔说。

"我没穿袜子。"

"把鞋脱掉烤干，我去给你找双袜子。"比尔说。他上楼梯去阁楼，尼克听见他在上面走动的声音。楼上屋顶下是空的，比尔父子和他，尼克，有时在那里睡觉。深处是一间里屋。他们把床往后挪到雨淋不着的位置，床上蒙着橡胶布。

比尔拿着一双厚羊毛袜下来。

"秋天马上过去了，不能不穿袜子到处走。"他说。

"我真不愿再穿上。"尼克说。他套上袜子，又倒在椅子里，双脚搁到壁炉前的隔板上。

"你要把隔板压塌了。"比尔说。尼克把双脚一抢，挪到炉边。

"有什么可看的？"他问。

"只有报纸。"

"卡兹队打得怎样？"

"连着两场输给巨人队。"

"他们应该稳赢啊。"

"这是放水。"比尔说，"只要麦格劳能买通联盟里的每个好球员，就没有问题。[1]"

"他没法买通所有的人吧？"尼克说。

"他想买通的全都办成了。"比尔说，"办不成的话，他就弄得大家不满，他们只好跟他做交易。"

"比如海尼·齐姆[2]。"尼克也有同感。

"那个傻瓜对他会有很大作用。"

比尔立起身。

"他能得分。"尼克提出。炉火的热气烘烤着他的腿。

"他也是个出色的外场员。"比尔说,"不过他输掉了比赛。"

"也许是麦格劳让他输的。"尼克提出。

"也许。"比尔同意。

"总是有些事情我们不知道。"尼克说。

"没错。不过咱们虽然离得这么远,还是了解大量内幕消息。"

"就像你要是不看赛马,选马的眼力反而高许多。"

"就是这话了。"

比尔把威士忌酒瓶拿下来。他的大手握住整个瓶身,将威士忌倒进尼克伸过来的杯子。

"兑多少水?"

"照旧。"

他坐到尼克椅子旁的地板上。

"秋天的风暴到来时真好,不是吗?"尼克说。

"好极了。"

"这是一年中最好的时候。"尼克说。

"在城里待着不就等于白活了?"比尔说。

"我想看世界系列赛³。"尼克说。

"得了,它们如今总是在纽约或费城举行。"比尔说,"一点都不方便咱们看。"

"不知卡兹队会不会夺标?"

"这辈子是别想了。"比尔说。

"唉,他们得气疯了。"尼克说。

"你还记得他们在火车失事之前士气高涨的时候吗?"

“好家伙！”尼克说道，想了起来。

比尔伸手到窗下的桌子上，去取扣在桌面的书，那是他出门时放下的。他一手端杯子，一手拿书，背靠到尼克的椅子上。

“你在看什么书？”

“《理查德·费维雷尔》[4]。”

“这书我看不进去。”

“这书挺好。”比尔说，“写得不错，威梅奇。”

“你还有什么我没看过的书？”尼克问。

“你看过《森林情侣》[5]吗？”

“看过。就是那本书，写他们天天夜里上床之前，都在两人中间放把出鞘的剑。”

“是本好书，威梅奇。”

“是本很棒的书。只是我始终不明白那把剑能有什么用。它的锋刃得一直朝上，平放的话人就可以从上面滚过去，毫发无伤啊。”

“这是象征。”比尔说。

“没错，”尼克说，“可这不合实情。”

“你看过《坚忍不拔》吗？”

“好书。”尼克说，“是本真实的书。书里写他老爸始终跟着他。你还有沃波尔[6]的书吗？”

“《黑暗的森林》。”比尔说，“写俄国的。”

“他对俄国了解什么啊？”尼克问。

“不知道。这些家伙很难说。也许他小时候住那儿。他知道不少俄国内幕呢。”

"我想见见他。"尼克说。

"我想见见切斯特顿[7]。"比尔说。

"我希望他眼下在这儿,"尼克说,"咱们明天就可以带他到沃伊[8]去钓鱼了。"

"不知他喜不喜欢钓鱼。"比尔说。

"肯定喜欢。"尼克说,"他一定是把好手。你记得《飞行客栈》吗?"

"'要是下凡的天使

给你喝别的东西,

就谢谢他的好意,

再转身倒进水池。'"[9]

"没错。"尼克说,"我觉得他这人比沃波尔好。"

"哦,他人的确比较好。"比尔说。

"不过沃波尔是比他好的作家。"

"我不知道。"尼克说,"切斯特顿是文豪。"

"沃波尔也是文豪。"比尔坚持道。

"但愿他们都在这儿。"尼克说,"咱们明天就可以带他们到沃伊去钓鱼了。"

"咱们来个一醉方休吧。"比尔说。

"行啊。"尼克附和道。

"我老爹不会管的。"比尔说。

"你确定?"尼克说。

"这个我清楚。"比尔说。

"我现在就有点儿醉了。"尼克说。

"你没醉。"比尔说。

比尔从地板上立起身,伸手去取威士忌酒瓶。尼克伸过杯子。他在比尔倒酒时直盯着杯子。

比尔给他倒了半杯威士忌。

"自己兑水。"他说,"只剩一杯了。"

"还有吗?"尼克问。

"酒有的是,可我爸只让我喝打开了的。"

"这当然。"尼克说。

"他说打开酒瓶会使人成为酒鬼。"比尔解释道。

"说得对。"尼克说。这话给他以深刻印象。他先前从未想到这一点。他一向认为,只有独自喝闷酒才会成为酒鬼。

"你爸怎样?"他肃然起敬地问。

"他挺好。"比尔说,"就是有时有点儿离谱。"

"他是个很棒的人。"尼克说。他用水罐往杯子里加水。水逐渐与酒混合起来,酒多于水。

"确实是。"比尔说。

"我老爹也挺好。"尼克说。

"说得太对了。"比尔说。

"他声明这辈子都没沾过一滴酒。"尼克说,仿佛在公布一个科学事实。

"嗯,他是个大夫。我老爹是个画家。这就是不同之处。"

"他失去了不少啊。"尼克遗憾地说。

"这很难讲。"比尔说,"凡事有失必有得。"

"他自己说的失去了不少。"尼克挑明道。

"嗯,我爸也有过很不好过的时候。"比尔说。

"全都找齐了。"尼克说。

他们坐着,凝视着炉火,思索着这深奥的真理。

"我到后门廊去取块劈柴。"尼克说。他凝视炉火时注意到火势减弱了。他也想显示自己酒量不凡,不耽误事。尽管他父亲滴酒不沾,比尔自己没醉就休想灌醉他。

"拿块大的山毛榉劈柴来。"比尔说。他也存心摆出不耽误事的样子。

尼克拿了木柴,穿过厨房进屋,走过时把案子上的一只平底锅碰掉了。他放下木柴,拾起平底锅。锅里本来浸泡着杏干。他仔细地把杏干从地板上一一捡起来,有的滚到炉子下面了,他把它们都放回平底锅。他从桌旁的桶里又打了些水,加到锅里。他对自己很是满意。他完全没耽误事。

他拿着木柴进来,比尔从椅子上起身,帮他把木柴放进炉火。

"这块柴真棒。"尼克说。

"我一直留着等变天时用。"比尔说,"像这么一块木柴能烧整整一夜呢。"

"烧剩的木炭到早晨还可以用来生火。"尼克说。

"就是这话了。"比尔附和道。他们进行着高水平的交谈。

"咱们再来一杯。"尼克说。

"我想柜子里还有一瓶打开的。"比尔说。

他在墙角的柜子前跪下，取出一个四方形酒瓶。

"苏格兰威士忌。"他说。

"我会多兑些水。"尼克说。他又出去，走进厨房。他用勺子从桶里舀出清凉的泉水，倒进水罐。他回起居室时，走过饭厅里一面镜子，就照了照。他的脸显得陌生，他朝镜中的脸笑了笑，镜中的脸也朝他咧了咧嘴。他朝它眨眨眼就接着走了。这不是他的脸，不过这毫无关系。

比尔已经倒好了酒。

"好大一杯呀。"尼克说。

"咱们不嫌多，威梅奇。"比尔说。

"咱们为什么干杯？"尼克问道，举起杯子。

"咱们为钓鱼干杯吧。"比尔说。

"好哇。"尼克说，"先生们，我提议为钓鱼干杯。"

"就为钓鱼。"比尔说，"各个地方。"

"钓鱼。"尼克说，"咱们就为这个干杯。"

"这比棒球强。"比尔说。

"这没有可比性。"尼克说，"咱们怎么说到棒球上了？"

"扯远了。"比尔说，"棒球是傻子的运动项目。"

他们把杯中的酒一饮而尽。

"现在让咱们为切斯特顿干杯。"

"还有沃波尔。"尼克插话道。

尼克倒酒。比尔倒水。他们相互看着，感觉非常好。

"先生们，"比尔说，"我提议为切斯特顿和沃波尔干杯。"

"正是如此，先生们。"尼克说。

他们干了杯。比尔把杯子倒满。他们坐到炉火前的两张大椅子里。

"你非常聪明，威梅奇。"比尔说。

"你什么意思？"尼克问。

"把跟玛吉的事了断了。"比尔说。

"我想是吧。"尼克说。

"只能这么办。要是没了断，这会儿你就得回家去干活，努力攒够了钱好结婚。"

尼克不吭声。

"男人一旦结婚就彻底玩儿完。"比尔接着说，"他什么都没有了。一无所有。两手空空。他就废了。你见过结了婚的家伙。"

尼克不吭声。

"他们一眼就看得出。"比尔说，"他们都带着那种结了婚的熊样。他们废了。"

"的确。"尼克说。

"了断了兴许可惜。"比尔说，"不过你总会爱上别的人，那就没事了。爱上她们，但是别让她们毁了你。"

"是。"尼克说。

"你要是娶了她，你就得娶她全家。别忘了她妈和她嫁的那家伙。"

尼克点点头。

"想想看，他们成天在你家出来进去，星期天还得上他们家去吃饭，还得让他们来吃饭，听她母亲成天告诉玛吉做什么、怎么干。"

尼克默默地坐着。

"你脱了身实在是太好了。"比尔说，"现在她可以嫁给跟自己同类的人，安顿下来，开心度日。油跟水掺不到一起，这种事也掺不到一起，正像我不会娶为斯特拉顿家干活的艾达一样。艾达大概也喜欢这个。"

尼克一声不吭。酒意业已全消，只剩下他自己。比尔没在这里。他没坐在炉火前，明天也不会跟比尔和他爸去钓鱼，或者做任何事。他没有醉。一切都过去了。他只知道自己一度有过玛乔丽，又失去了她。她走了，是他把她打发走的。重要的只有这个。他可能永远也见不到她了。大概永远也不会。这事全完了，了结了。

"咱们再来一杯。"尼克说。

比尔倒上酒，尼克加了点儿水。

"你要是走了那条路，咱们现在就不会在这儿。"比尔说。

这话是真的。他起初的计划是回家去找个活儿干。然后计划整个冬天都留在沙勒沃伊，这样就可以接近玛吉。现在他不知道自己接着做什么了。

"咱们就恐怕连明天钓鱼都办不到。"比尔说，"你拿对了主意，是的。"

"我没办法。"尼克说。

"我知道。只能这么做。"比尔说。

"忽然一下子一切都结束了。"尼克说，"我不明白怎么回事。

我没办法。就像现在三天大风刮来，把树叶全刮掉了一样。"

"好了，事情已经了结。这才是关键。"比尔说。

"这是我的错。"尼克说。

"与是谁的错毫无关系。"比尔说。

"不，我不这么想。"尼克说。

玛乔丽走了，他很可能永远也不会再见到她了，这才是大事。他对她说过他们会如何一起去意大利，两个人会如何开心。说过他们会一起去的许多地方。现在全完了。

"只要这事了结了，就是一了百了。"比尔说，"跟你说，威梅奇，这事拖着时我是真担心。你做得对。我听说她母亲气得要命。她告诉很多人你们订了婚。"

"我们没订婚。"尼克说。

"都在传说你们订了。"

"这我没办法。"尼克说，"我们没订婚。"

"你们原来不是打算结婚吗？"比尔问。

"是。可我们没订婚。"尼克说。

"有什么不同吗？"比尔像法官似的问。

"我不知道。总有不同吧。"

"我看不出来。"比尔说。

"好了，"尼克说，"咱们来个一醉方休吧。"

"好了，"比尔说，"咱们来个真正的一醉方休。"

"咱们来个一醉方休，然后去游泳。"尼克说。

他一口喝干了。

"我对她内疚得要死，可是我能怎么办？"他说，"你也知道她母亲什么样！"

"她够可怕的。"比尔说。

"忽然一下子这事就结束了。"尼克说，"我不该说起这事。"

"不是你说起的，"比尔说，"是我说起的，现在我也说完了。咱们再也不会说起这事了。你不愿想起这事。一想就会陷进去。"

尼克先前没想起这事。它看来如此确定无疑。现在只是想想。想想使他觉得好受些。

"是，"他说，"总是有这种危险。"

现在他觉得高兴。没有任何事情是无可挽回的。他星期六晚上可以进城。今天是星期四。

"机会总是有的。"他说。

"你可得自己留神。"比尔说。

"我会自己留神。"他说。

他觉得高兴。什么事都没有完结。什么东西都不曾失去。星期六他会进城。他觉得轻松了些，跟比尔开头说起这事之前一样。出路总是有的。

"咱们拿枪到岬角找你爸去吧。"尼克说。

"好。"

比尔从墙壁的架子上取下两支猎枪。他打开一盒子弹。尼克穿上麦金诺厚呢外套和鞋。鞋烤得硬邦邦的。他还是醉醺醺的，不过头脑很清楚。

"你感觉怎样？"尼克问。

"挺棒啊。我只是刚刚有点儿醉。"比尔扣着毛衣纽扣。

"喝醉了没好处。"

"是。咱们该出门了。"

他们走出门外。大风刮得正猛。

"这种天气鸟儿会躲在草丛里。"尼克说。

他们朝下面的果园走去。

"今天早上我看见一只丘鹬。"比尔说。

"也许咱们会惊起它。"尼克说。

"这么大的风没法开枪。"比尔说。

现在来到屋外，玛吉的事也不再如此悲惨了。它甚至变得不太重要。大风把诸如此类的事都刮跑了。

"风是从大湖一直刮来的。"尼克说。

他们迎风听到一声枪响。

"是我爸。"比尔说，"他在湿地里。"

"咱们抄那条路下去。"尼克说。

"咱们走下面的草地，看看是不是惊起什么。"比尔说。

"好。"尼克说。

它现在完全不重要了。大风把它从他头脑中刮走了。他依然可以总是星期六晚上进城。有个念想真好。

注释：

1. 麦格劳，即约翰·J.麦格劳，纽约巨人队经理；联盟，指美国的职业棒球联合会。

2.海尼·齐姆，即海尼·齐默尔曼，转会到纽约巨人队的棒球运动员。

3.世界系列赛，美国两大棒球联盟年度冠军队之间的对决赛。

4.《理查德·费维雷尔》，英国作家梅瑞狄斯的小说。

5.《森林情侣》，英国作家休利特的小说。书中的一个青年断绝了与社会地位较低的女友的关系。

6.休·沃波尔，英国小说家，作品曾在英美畅销一时，包括《坚忍不拔》和《黑暗的森林》。

7.G.K.切斯特顿，英国作家，写作善用谣谚等民间语言素材等。

8.沃伊，即沙勒沃伊，密歇根州北部城镇。

9.这是《飞行客栈》中一首饮酒歌的片段。

拳 击 手

尼克站了起来。感觉还好。他顺着铁轨望去，目送守车[1]的灯光转过弯道消失。铁路两旁都是水，然后是落叶松湿地。

他摸摸膝盖，裤子剐了口，皮肤也蹭破了。两手都被擦伤，指甲嵌进沙子和煤渣。他越过轨道，走到路边，顺着慢坡下到水边洗手。他在凉水里仔细清洗，去除指甲缝间的泥沙。他蹲下去洗了洗膝盖。

那个阴损的浑蛋扳闸工。他总有一天会找到那家伙。他会重新认识那家伙。这么做很不错。

"过来，小子，"那家伙说，"我给你看样东西。"

他上了当。这玩笑开得太损了。他们休想再这样骗他。

"过来，小子，我有样东西给你。"然后砰的一拳，他就双手和两膝着地，掉到铁轨旁了。

尼克揉揉眼睛。肿起了不小一片。眼圈会是青的，没错。已经感到疼了。那个浑球儿扳闸工崽子。

他用手指按按眼睛周围肿起的地方。哦，还好，只打到一个眼眶。这是他这次受到的全部伤害。代价不算大。他希望自己能看见伤处。可是水里照不出来。天色已黑，又是前不着村后不着店的。他在裤子上擦擦手，立起身，爬上路堤，跨进铁轨。

他顺着铁轨走去。道砟铺得平平整整，走起来很容易。枕木间布满沙砾，走在上面踏踏实实的。平滑的路基犹如穿越湿地的堤道向前延伸。尼克一路前行。他得找个落脚的地方。

先前，当货车减速驶向沃尔顿枢纽站外的调车场时，尼克扒上了车。天黑下来时，尼克搭的这列货车已过卡尔卡斯卡。现在他必定离曼斯洛纳不远。[2]得在湿地里走出三四英里。他便始终踏着枕木间的道砟，沿着铁轨一路走去。湿地在升起的薄雾中若隐若现。他眼睛又疼，肚子又饿。他不停地走着，把好几英里的铁道留在身后。两旁的湿地还是一个模样。

前面有座桥。尼克走上桥，靴子踏在铁桥上发出空洞的声音。桥下的河水在枕木的缝隙间显得黑黢黢的。尼克踢到一只松动的道钉，它径直坠入水中。桥外层峦叠嶂。铁道两旁山峰耸峙，山影幽暗。顺着铁轨望去，尼克看见有堆火。

他沿着铁轨小心地向火堆走去。它处于铁道一侧，路堤下面。他看到的只是火光。铁道穿越一个山口，火光亮处现出一片空地，这片野地又隐入树林。尼克小心地走下路堤，转入树林，在林间穿过，接近火堆。这是片山毛榉林，他在树间走动时，不断踩到掉在地上的山毛榉坚果。火堆就在林边，这时很是明亮。有个人坐在火堆旁。尼克待在树后观察着。看起来他是独自一人。他坐在那儿，双手捧头，凝望火堆。尼克离开树后，走近火光。

坐着的人盯着火。尼克紧挨着他站定，他还是一动不动。

"喂！"尼克说。

这人抬眼看看。

"你在哪儿落下的黑眼圈？"他问。

"一个扳闸工给了我一拳。"

"你是从直达货车上掉下来的？"

"是的。"

"我看见那杂种了。"这人说，"他是约莫一个半小时以前经过这里的。他在车皮上走动，一边拍着胳膊唱歌。"

"这个杂种！"

"揍你准保使他觉得好受。"这人一本正经地说。

"我会揍他。"

"什么时候他经过，扔石头砸他一下。"这人提议说。

"我会抓住他。"

"你是条硬汉啊。不是吗？"

"不是。"尼克答道。

"你们这些小子都够硬。"

"我不得不硬。"尼克说。

"我也是这么说。"

这人看着尼克笑了。在火光中，尼克看到他的脸走了形。鼻子是塌的，眼睛成了两道缝，嘴唇怪模怪样。这些尼克并没一眼看清，他只是看到这人面貌怪异，被毁了容。他的脸就像团带颜色的泥子，在火光中显出一副死相。

"你不喜欢我的脸盘？"这人问。

尼克局促起来。

"哪儿的话。"他说。

"看这儿！"这人摘下帽子。

他只有一只耳朵，格外厚实，紧贴着脑袋。另一只耳朵唯余耳根。

"见过这副长相吗？"

"没有。"尼克说。这人的样子使他有点恶心。

"我能接受。"这人说，"你以为我接受不了吗，小子？"

"你肯定能！"

"他们都朝我抡拳头，"这小个子说，"他们伤不了我。"

他盯着尼克。"坐下。"他说，"想吃东西吗？"

"别麻烦了。"尼克说，"我要到镇上去。"

"听着！"这人说，"叫我阿德。"

"好吧！"

"听着，"这小个子说，"我不太对劲。"

"怎么了？"

"我疯了。"

他戴上帽子。尼克感到自己想笑。

"你很正常啊。"他说。

"不，不正常。我疯了。听着，你疯没疯过？"

"没有。"尼克说，"你怎么得了这病？"

"我不知道。"阿德说，"得这病的人自己是不知道的。你认识我，不是吗？"

"不认识。"

"我是阿德·弗朗西斯。"

"老天在上，你真的是？"

"你不相信？"

"我信。"

尼克知道，这肯定是真的。

"你知道我怎么打败他们？"

"不知道。"尼克说。

"我的心脏跳得慢。一分钟只跳四十下。摸摸脉搏。"尼克拿不定主意。

"来呀，"这人抓住他的手，"握住我的手腕。指头按这儿。"

这小个子的手腕粗壮，骨头上的肌肉鼓鼓的。尼克感到指头下他的脉搏缓慢。

"有表吗？"

"没有。"

"我也没有。"阿德说，"没个表实在不方便。"尼克放下他的手腕。

"听着，"阿德·弗朗西斯说，"再摸摸脉搏。你数脉搏，我数到六十。"

指头感受着缓慢有力的搏动，尼克数了起来。他听到这小个子慢慢数着：一，二，三，四，五……声音很大。

"六十。"阿德数完了,"这是一分钟。你数了多少?"

"四十。"尼克说。

"没错儿,"阿德高兴地说,"从来都不加快。"

有个人顺着铁道路堤下来,穿过空地走到火堆边。

"喂,巴格斯!"阿德说。

"喂!"巴格斯应道。这是个黑人的声音。看他走路的样子尼克就知道他是个黑人。他背对他们站着,朝火堆弯着腰。他直起了身子。

"这是我的朋友巴格斯。"阿德说,"他也疯了。"

"你好。"巴格斯说,"从哪儿来呀?"

"芝加哥。"尼克说。

"好地方。"黑人说,"请问尊姓大名?"

"亚当斯。尼克·亚当斯。"

"他说他从没疯过,巴格斯。"阿德说。

"他运气好。"黑人说。他在火堆旁打开一包东西。

"咱们什么时候吃饭,巴格斯?"职业拳击手问道。

"马上就吃。"

"你饿吗,尼克?"

"饿坏了。"

"听到没有,巴格斯?"

"你们的对话我大部分都听到了。"

"我问的不是这个。"

"听到了。我听到这位先生的话了。"

他正往平底锅里搁火腿片。锅烧烫了，油脂噼啪作响。巴格斯弯下黑人的长腿，蹲在火堆旁翻煎火腿片，又把鸡蛋打进锅里，两面翻着，让蛋沾上热油。

"亚当斯先生，把那袋子里的面包切下几片来好吗？"巴格斯由火边转过脸。

"好的。"

尼克把手伸进袋子，掏出一条面包。他切了六片。阿德看着他，探过身子。

"把刀子给我，尼克。"他说。

"别，别给。"黑人说，"拿住刀子，亚当斯先生。"职业拳击手坐直了。

"亚当斯先生，把面包递过来好吗？"巴格斯说。尼克递了过去。

"你喜欢用面包蘸火腿油吃吗？"黑人问。

"那还用说！"

"咱们等会儿再说。等到吃得差不多的。拿着。"

黑人铲起一片火腿，搁在一片面包上，再盖上一只煎蛋。

"请你把三明治夹好，给弗朗西斯先生。"

阿德接过三明治吃起来。

"小心别让鸡蛋淌出来。"黑人提醒道，"这个给你，亚当斯先生。剩下的给我。"

尼克咬了一口三明治。黑人挨着阿德坐到他对面。热乎乎的火腿煎蛋好吃极了。

"亚当斯先生是真饿了。"黑人说。小个子沉默着。尼克由他的姓名知道，他是昔日的拳击冠军。从黑人管了刀子的事之后，他就没再说话。

"我给你弄一片蘸足了热火腿油的面包吧？"巴格斯问。

"多谢。"

小个子白人盯着尼克。

"阿道夫·弗朗西斯先生，你来点吗？"巴格斯从锅里铲起面包给他。

阿德不答话，一味盯住尼克。

"弗朗西斯先生？"黑人柔和的声音传来。

阿德不答话，一味盯住尼克。

"我对你说话呢，弗朗西斯先生。"黑人柔和地说。

阿德还是盯住尼克。他的帽檐拉下来盖住了眼睛。尼克感到不安。

"你怎么胆敢那样干？"他的声音从帽子底下厉声喝问尼克。

"你以为自己是谁？你这个牛哄哄的杂种。没人请你，你自己就来了，还吃人家的东西。人家向你借刀子，你倒牛哄哄的。"

他瞪住尼克，脸色煞白，眼睛在帽檐下几乎看不着。

"你真是太可笑了。到底是谁请你到这儿来多管闲事的？"

"没人。"

"你算是说对了，没人请你来。也没人请你待下来。你到这里来，在我面前牛哄哄的，抽我的雪茄，喝我的酒，还牛哄哄地说话。你妄想自己能被容忍到什么程度？"尼克一言不发。阿德站了起来。

"告诉你，你这个胆小的芝加哥杂种。你的脑袋就要开花了。

你明白吗？"

尼克向后退。小个子慢慢逼上，拖着脚向前，左脚迈出，右脚也蹭着跟上。

"揍我，"他晃着脑袋，"发发狠揍我。"

"我不想揍你。"

"你休想就这么脱身。你马上就要挨顿打，明白吗？来呀，先动手打我。"

"别闹了。"尼克说。

"那好吧，你这个杂种。"

小个子低头看着尼克的双脚。黑人在他离开火堆时就跟上了。趁他低着头看，黑人站定，对准他后脑敲了一下。他向前扑倒。巴格斯把裹着布的短棍扔到草地上。小个子躺在那里，脸埋在草中。黑人抱起他，他的头耷拉着。黑人把他抱到火堆旁。他的脸很是难看，眼睛睁着。巴格斯轻轻地把他放下。

"把那桶水拎过来，亚当斯先生。"他说，"我恐怕下手重了点。"

黑人用手往这人脸上撩水，又轻轻拉他的耳朵。他的眼睛闭上了。

巴格斯立起身来。

"他没事。"他说，"没什么可担心的。对不起，亚当斯先生。"

"没关系。"尼克低头看着小个子。他看见草地上的短棍，捡了起来。它有个柔韧的柄，使起来很趁手，以旧的黑色皮革制成，重的一头缠着手绢。

"把柄是鲸骨的。"黑人笑道，"如今没人再做这东西了。我不知道你自卫的功夫如何，而且，不管怎样，也不想让你把他打伤，或者让他脸上再挂彩。"

黑人又笑了。

"你自己倒把他打伤了。"

"我知道怎么办。他一点都记不得的。他犯病的时候，我只好这么干，让他变个样。"

尼克兀自低头看着躺着的小个子。他的眼睛在火光中闭着。巴格斯给火堆添了些柴。

"不用为他担心，亚当斯先生。他这样子我先前见得多了。"

"他是怎么疯的？"尼克问。

"哦，原因很多。"黑人在火堆旁回答，"来杯咖啡怎么样，亚当斯先生？"

他递给尼克一杯咖啡，然后把他给这个昏迷的人垫在脑袋下的衣服抻平。

"一是，他挨的打太多了。"黑人呷了口咖啡，"不过挨打只是使他变得有些糊涂。二是，他妹妹做他的经纪人，他们就老是被人在报纸上添油加醋，写出一大套哥哥妹妹，她多么爱哥哥，他多么爱妹妹。后来他们就在纽约结了婚。这引起了许多不愉快。"

"这事我记得。"

"是呀。当然他们根本不是兄妹，连点儿影都没有的事。可是有许多人横竖都看不顺眼，他们就开始说三道四。一天她索性出走了，一去不回。"

他喝着咖啡，用淡红色的手掌抹抹嘴。

"他就这么疯了。再来点咖啡吗，亚当斯先生？"

"谢谢。"

"我见过她几次。"黑人接着说，"她是个非常好看的女人。看上去简直跟他像双胞胎。他要不是脸被揍扁了也不难看。"

他停下来。故事看来讲完了。

"我是在牢里遇到他的。"黑人说，"她出走以后，他老是打人，人家就把他关进牢里。我是由于砍伤一个人坐的牢。"

他笑了笑，柔声说下去：

"我一见他就喜欢上了，出狱之后就去看望他。他愿意认为我疯了，我也不在乎。我喜欢跟他在一起。我喜欢见世面，也用不着非得靠盗窃来四处走了。我喜欢像体面人一样生活。"

"那你们都干些什么？"尼克问。

"哦，什么都不干。就是到处走。他有钱。"

"他肯定挣了不少钱。"

"是的。他把钱都花光了。要不就是别人拿走了。她给他寄钱。"

他拨旺火堆。

"她是个相貌出众的女人。"他说，"看上去简直跟他像双胞胎。"

黑人俯身端详着小个子。小个子躺在那里沉重地喘着气。金黄色的头发垂在脑门上。毁了容的脸现出孩子气的宁静。

"现在我随时都可以唤醒他，亚当斯先生。你要是不介意，我希望，这个，你就走吧。我不喜欢不尽地主之谊，又怕把他唤醒再看见你。我非常不情愿敲他脑袋，可他犯病时只能这么干。我不得不有时不让他见人。亚当斯先生，你不介意，对吧，亚当斯先生？别价，别谢我，亚当斯先生。我本该提醒你小心他，可是他看起来是这么喜欢你，我就以为不会有什么问题了。你沿着铁路再走两英里左右，就会看到一个镇子。他们管它叫曼斯洛纳。再见吧。我希望留你过夜，可是实在办不到。你要不要带点火腿和面包？不要？那就带份三明治。"黑人的声音始终低沉、柔和，彬彬有礼。

"好。那么，再见吧，亚当斯先生。再见，一路顺风！"

尼克离开火堆，穿过空地，往铁道走去。走出火光所及之处，他倾听着。黑人在以低沉柔和的声音说话。尼克听不出说的什么。随后他听见小个子说："我的脑袋好痛，巴格斯。"

"一会儿就好了，弗朗西斯先生。"黑人的声音劝慰道，"喝上这么一杯热咖啡就好了。"

尼克爬上路堤，跨入铁轨。发觉手里还拿着一份火腿三明治，就把它放进了衣袋。铁轨尚未转入山间，他站在逐渐升起的坡上回望，还看得见空地上的火光。

注释：

1. 守车，列车末尾供列车职工使用的车厢。

2. 沃尔顿枢纽站、卡尔卡斯卡、曼斯洛纳，均在美国密歇根州。

小 小 说

在帕多瓦 [1]，一个炎热的傍晚，人们把他抬到屋顶上去，他于是得以俯瞰全城。燕子在空中翻飞。过一会儿，天黑了，探照灯亮起来。其他人离开房顶，带走了酒瓶。他和卢芝听得见他们在下面的阳台上。卢芝坐在床上。在这个炎热的夜晚，她感到凉爽。

卢芝一连上了三个月夜班。人们乐得让她上夜班。医院给他动手术时，她为他准备好手术台；人们讲了个是朋友还是灌肠剂 [2] 的笑话。他被麻醉了还强挺着，唯恐思维混乱、话多的时候说走了嘴。能下床拄拐杖行走后，他清晨就总是自己去量体温，好让卢芝多睡一会儿。住院的病人很少，他们都知道这事。他们都喜欢卢芝。他沿过道回病房，一路想着卢芝在他床上。

他重返前线之前，他们到大教堂去祈祷。教堂里光线暗淡，静悄悄的，有另外一些人在祈祷。他们想要结婚，可是来不及在教堂发结婚预告了，两人又都没有出生证。他们觉得好像结了婚，不过他们想让每个人都知道，这样他们就不会失去这份姻缘。

卢芝给他写了许多信，他直到停战后才收到。一下子寄到前线十五封，他按日期理顺，一口气看完。信上写的都是医院的事，写她多么爱他，没有他自己怎么没法过，还有夜里想他想得有多苦。

　　停战之后，他们说好他要回国找份工作，这样两人就可以结婚了。在他有了份好工作，能够到纽约去迎接她之前，她不会回国。不用说，他不会酗酒，也不想去见美国国内的朋友或任何人，只想找工作然后结婚。在帕多瓦开往米兰的列车上，由于她不愿马上回国，他们拌了嘴。在米兰车站，不得不告别的时候，他们吻别了，可是争执没有解决。他对这样告别感到难过。

　　他从热那亚乘船去美国。卢芝独自回到波代诺内[3]去开一家医院。那里气候多雨，有一个营的突击队驻扎在城里。冬天住在泥泞多雨的城内，营里的少校向卢芝求爱。她以前根本不了解意大利人，结果是写信到美国，说他们的恋爱不过是少男少女的情感。她感到抱歉，也知道他很可能无法理解，不过早晚会原谅她，而且感激她。让人大为意外的是，她竟打算次年春天结婚。她一如既往地爱他，不过现在意识到，他们的恋情只是少男少女之爱。她祝他前程远大，对他信心十足。她知道这么做是最好的。

　　春天里少校没跟她结婚，别的时候也都没有。卢芝寄到芝加哥去告知此事的信从未得到回音。没多久，乘出租车路过林肯公园时，由于接触芝加哥闹市区一家百货店的一个售货女郎，他染上了淋病。

注释：

1. 帕多瓦，意大利北部城市。

2. 在英语中，灌肠剂（enema）与敌人（enemy）二词仅有一个字母不同，易于混淆。

3. 波代诺内，意大利东北部城市。

士兵之家

　　克莱布斯从堪萨斯[1]一所卫理公会学院参军上了战场。有一张照片，上面是他跟学生联谊会的兄弟们，衣领的高度和式样全都一样。他 1917 年加入海军陆战队，1919 年夏天第二师撤离莱茵河时才返回美国。

　　有一张照片，上面是他跟两个德国姑娘及另一个下士在莱茵河畔。克莱布斯和那个下士的军装看来尺码太小。德国姑娘都不漂亮。画面上也见不到莱茵河。

　　克莱布斯回到俄克拉何马的家乡镇子时，迎接英雄凯旋的热潮已经过去。他回来得实在太晚了。镇上应征入伍的男人们，归来时都受到过热烈欢迎，很是喧闹了一阵。现在则出现了反作用。人们似乎认为，克莱布斯这时候才回来有些悖于常理，战争早都结束了。

　　克莱布斯在贝洛森林、苏瓦松、香槟、圣米耶勒打过仗，也参加了阿戈讷之战。[2]起初他根本不想谈到这场战争。后来他觉得需要谈，可是没人愿意听。镇上的人听过了太多的残酷故事，真实情况反而提不起他们的兴致。克莱布斯发现，想要有人听，他就得说谎才行。这么干了两次以后，连他都对这场战争起了反感，也不愿再谈到它。由于说了谎，战争中的一切经历都使他觉得厌烦。所有那些时刻，那些曾经使他想起来就能感到冷静清醒的时刻；那些如此遥远的时刻，当时他本可以干别的，而他却做了那样一件事，做了男子汉自然而然要做的唯一的事情，现在它们失去了冷静可贵的性质而烟消云散了。

他的那些谎话很是无关紧要，也就是把别人所见、所做或所听说的事情算到自己身上，以及把当兵的无人不晓的一些无稽之谈说成真事。他的谎话就连在台球房里都引不起什么轰动。关于在阿戈讷森林里发现的被铁链拴在机枪上的德国女人们的传闻，他所认识的人都耳熟能详；对于任何没被拴上的德军机枪手，他们也无法理解，或者是爱国心使之没兴趣了解，他讲的故事提不起他们的兴致。

说假话、说大话的体验使克莱布斯觉得恶心。在一个舞会上，他偶然遇到另一个真正当过兵的人。他们在更衣室里聊了一会儿。这时他感到了老兵跟其他士兵在一时的随意自在：原来自己一直处于严重的、病态的恐惧中。这样他就丧失了一切。

这段时间，夏日将尽，他每天起得很晚，起床后走到市区，去图书馆借本书，回家吃午饭，在前廊看书，直到看腻了，然后漫步穿过市区，到阴凉的台球房去，消磨一天中最热的时辰。他挺喜欢打台球。

晚上，他练习吹单簧管，在市区溜达，看书，然后睡觉。他在两个妹妹心目中依然是英雄。假如他想要，母亲甚至会把早饭端到床前。他在床上时，母亲经常来到他的房间，让他讲打仗的事给她听，不过她总是心不在焉。父亲则没什么表示。

在克莱布斯从军出征之前，家里的汽车从来不许他开。他父亲做地产生意，随时都需要汽车，以便带顾客到乡间去，给他们看所推销的农场。汽车总是停在第一国家银行大楼旁边，他父亲在二层有间办公室。现在，战争结束后，汽车还是这一辆。

镇上什么都没变，除了姑娘们长大了。然而她们生活在如此复杂的天地里，有种种既定的同盟，也有变化多端的不和，克莱布斯觉得缺乏精力和勇气闯入其中。不过他喜欢观看她们。有这么多好看的姑娘。她们大都剪短发。他离家的时候，只有小女孩才留这样的发式，要不就是开放的女郎。她们都穿着毛衣和带荷兰式圆领的连衣裙。这是流行式样。他喜欢从前廊观看她们在街对面走过。他喜欢注视她们在树荫下行走。他喜欢她们露在毛衣外的荷兰式圆领。他喜欢她们的丝袜和平底皮鞋。他喜欢她们剪短的头发和走动的姿态。

他在市区的时候，她们对他的吸引力并不特别强烈。在希腊人开的冰激凌店里见到她们时，他并不喜欢她们。他其实并不想要她们本身。她们太复杂了。他所期求的是另外某种东西。他模模糊糊地想要个女朋友，可又不想下力气去结交。他会喜欢有个女朋友，可又不想为了结交而搭上太多工夫。他不想卷进去，动心思，使手段。他不想非得去追求。他不想再说谎了。这不值得。

他不想要任何成果。他再也不想要任何成果了。他只想没有成果地生活下去。再说，他也并非当真需要女朋友。军队早已教给他了这一点。当然可以做出好像非得有个女朋友的姿态。差不多人人都这么干。然而这不是真的。你并不需要女朋友。这事很滑稽。先是一个家伙胡说姑娘对于他如何无关紧要，他从来不想她们，她们没法沾他的边。然后是另一个家伙胡说他离开姑娘就活不了，他无时无刻都需要她们，他离开她们就睡不着觉。

这些都是谎言。两种说法都是谎言。你并不需要姑娘，除非你惦记她们。这是他在军队里学的。而你迟早都会得到一个的。到你真正长大成人时总会得到一个。你用不着惦记这事。它迟早会来临。这是他在军队里学到的。

这会儿要是有个姑娘来找他而又不打算说话，他是会喜欢她的。可是在家乡这里，此事实在太复杂。他知道自己再也无法把这件事弄明白，也不值得操这份心。跟法国姑娘和德国姑娘结识就是那样。完全没有这种言语往来。你说不出很多话，也用不着说，简简单单地就成了朋友。他想念法国，接着又想念起德国来。总的来说，他更喜欢德国。他本来不想离开德国。他并不想回家。然而，他还是回来了。眼下就坐在前廊里。

他喜欢走在街对面的姑娘们。与法国姑娘或德国姑娘相比，他更为喜欢她们的样子。不过，她们的天地不是他的天地。他会喜欢拥有她们中的一个。不过这不值得。她们如此时髦。他喜欢这种时髦，让人心动。不过他不会忍受没完没了的言语往来。他找女朋友还没急切到这个程度，尽管他喜欢观看她们每个人。这不值得，不是现在这个诸事再度理顺的时候。

他坐在前廊里，读着一本谈论此次战争的书。这是本历史书，他正在查阅自己参加过的所有战斗。在读过的书里，这本最有趣味。他希望书里的地图更多些。他满心期待，等确实写得好的、带详细地图的历史书籍出版时，他要把它们读遍。现在他才真正开始了解这场战争。他本来就是个优秀的士兵。而事情对于优秀士兵来说有所不同。

他回家大约一个月之后，一天早晨，母亲走进他的房间，坐到床上。她理了理围裙。

"昨晚我跟你爸谈了谈，哈罗德。"她说，"他愿意让你晚上开车出去。"

"是吗？"克莱布斯说，他还没完全睡醒，"开车出去？是吗？"

"是的。已经有些日子了，你爸觉得晚上无论什么时候，你愿意的话都应当可以开车出去，只是昨晚我们才谈起这件事。"

"我敢打赌是你说服他的。"克莱布斯说。

"不对。是你爸提出来我们才合计的。"

"是吗？我敢打赌是你说服他的。"克莱布斯在床上坐起来。

"你下楼来吃早饭吗，哈罗德？"母亲问。

"我穿好衣服就下来。"克莱布斯说。

母亲走出房间。他洗漱，刮脸，穿衣服，可以听到她在楼下煎着什么。他下楼到餐厅吃早饭。这时妹妹拿着邮件走进来。

"喂，哈尔。"她说，"你这个大懒虫。你还起来干吗？"

克莱布斯瞧着她。他喜欢她，他最喜欢这个妹妹。

"报纸拿来了？"他问。

她把《堪萨斯城明星报》递给他。他剥去褐色的包装纸，翻到体育版。他把报纸打开折了折，靠着水壶戳起来，用餐碟挡住，以便边吃边看。

"哈罗德，"母亲站在厨房门口，"哈罗德，别把报纸弄乱了。弄乱了你爸就没法看了。"

"我不会弄乱的。"克莱布斯说。

妹妹坐到餐桌旁，在他读报时瞧着他。

"今天下午我们学校要打室内垒球了。"她说，"我会担任投手。"

"好啊。"克莱布斯说，"小胳膊能行吗？"

"我能投得比许多男生还好。我跟他们说都是你教我的。别的女生都不怎么样。"

"是吗？"克莱布斯说。

"我跟他们都说你是我的男朋友。你不是我的男朋友吗，哈尔？"

"当然是。"

"难道只由于是哥哥就不能真正做男朋友了？"

"我不知道。"

"你肯定知道。要是我长大了，你也愿意的话，哈尔，你不能做我的男朋友吗？"

"行。你现在就是我的女朋友了。"

"我真的是你女朋友吗？"

"真的。"

"你爱我吗？"

"哦，嗯。"

"你会永远爱我吗？"

"当然。"

"你会来看我打室内垒球吗？"

"也许。"

"噢，哈尔，你并不爱我。你要是爱我，就会想要来看我打室内垒球啦。"

克莱布斯的母亲从厨房走进餐厅。她端着两个盘子，一个盛着两只煎蛋和一些煎的熏咸肉，另一个盛着荞麦面饼。

"你出去一下，海伦。"她说，"我有话跟哈罗德说。"

她把蛋和熏咸肉放到他面前，又拿了罐枫糖浆给他涂荞麦面饼。然后在克莱布斯对面坐下。

"我希望你把报纸放下一会儿，哈罗德。"她说。

克莱布斯拿过报纸折起来。

"你决定了打算干什么吗，哈罗德？"母亲说，一边摘下眼镜。

"没有。"克莱布斯说。

"你不认为现在是时候了吗？"母亲说这话并没有刻薄的意味。她看来心事重重。

"我还没想过这事。"克莱布斯说。

"上帝为每个人都安排了工作。"母亲说，"在他的王国里不能有闲人。"

"我不在他的王国里。"克莱布斯说。

"我们大家全都在他的王国里。"

克莱布斯跟往常一样感到又别扭又恼火。

"我是那么为你担心，哈罗德。"母亲继续说，"我了解你必定受过的种种诱惑。我知道男人有多么经受不住。你自己亲爱的爷爷、我自己的爸爸对我们讲过内战的事，我懂得那些。我一直为你祈祷。我成天地为你祈祷，哈罗德。"

克莱布斯盯着盘子里熏咸肉上凝结着的油脂。

"你爸也很担心。"母亲接着说，"他认为你已经丧失了志向，没有明确的生活目标。查利·西蒙斯年龄跟你完全相同，有一份好工作而且就要结婚了。小伙子们都在安顿下来，他们都决心有所作为；你看得出，查利·西蒙斯那样的小伙子们早晚会真正为镇上增光。"

克莱布斯没有答话。

"别做出那种样子，哈罗德。"母亲说，"你知道我们爱你。全是为了你好，我才要告诉你实情。你爸不想妨碍你的自由。他认为应当让你开车。你要是想开车带哪个好姑娘出去，我们只会十分高兴。我们愿意你快乐。不过你得安下心来工作，哈罗德。你爸并不在乎你从干什么开始。就像他说的，所有的工作都值得尊重。可是你总得从某一样开头。他让我今天早晨跟你谈，接下来你可以到他办公室去看看他。"

"就这些？"克莱布斯说。

"是的。你难道不爱妈妈吗，亲爱的孩子？"

"不。"克莱布斯说。

母亲隔着桌子注视他。她眼睛里闪着泪光，哭了起来。

"我什么人都不爱。"克莱布斯说。

这么说没什么好处。他没法告诉她，他没法使她明白。说这样的话真蠢。只能伤了她的心。他走过去握住她的胳膊。她双手掩着脸哭泣。

"我不是那个意思。"他说，"我只是对有的事生气。我不是说不爱你。"

母亲继续哭。克莱布斯搂住她的肩膀。

"你不能相信我吗，妈？"

母亲摇摇头。

"请你，妈，请你……请你相信我。"

"好吧。"母亲哽咽着说，抬起眼睛看他，"我相信你，哈罗德。"

克莱布斯吻了吻她的头发。她仰起脸对着他。

"我是你妈。"她说，"你还是个小娃娃的时候我贴心抱着你。"

克莱布斯感到难受，隐隐约约的恶心。

"我知道，妈。"他说，"为了你我会尽力做个好孩子。"

"你愿意和我一起跪下来祈祷吗，哈罗德？"母亲问道。

他们在餐桌旁跪下，克莱布斯的母亲祈祷着。

"现在你来祈祷，哈罗德。"

"我不会。"克莱布斯说。

"试一试，哈罗德。"

"我不会。"

"你要我替你祈祷吗？"

"好的。"

于是母亲替他祷告，然后他们立起身，克莱布斯吻了吻母亲，走出屋子。他尽量这样做，以免自己的生活复杂化。然而，这并没有触动他的心。他为母亲感到难过，她使他说了谎。他会到堪萨斯城去找个工作，她也就会因而觉得安心。还会有一场哭泣诉说，也许在他离家之前。他不会到父亲的办公室去。他会敷衍了事。他只想生活过得顺利些。以前就是这样过的。唉，无论如何，现在这样的生活一去不返了。他会到校园去，去看海伦打室内垒球。

注释：

1. 堪萨斯州位于美国中部。

2. 贝洛森林、苏瓦松、香槟、圣米耶勒、阿戈讷，五处都是第一次世界大战的战场，均在法国。

埃利奥特夫妇

    埃利奥特夫妇为怀上孩子而非常努力。只要埃利奥特夫人挺得住，他们就经常努力。他们结婚后在波士顿努力，眼下出行时在轮船上也努力。不过他们在船上不是非常努力，因为埃利奥特夫人晕船很严重。她晕船了，而她晕船时晕得跟南方女人一样。出生于美国南部的女人就是这样。跟所有的南方女人一样，埃利奥特夫人一晕船便很快垮掉，受不了夜间行船、早晨又起得太早。船上许多人把她当成埃利奥特的母亲。另一些知道他们结了婚的人则认为她即将得到孩子。实际上她四十岁。她刚踏上旅途就一下子变老了。

    先前她显得年轻得多。事实上，埃利奥特娶她时她显得宛如尚未成年。埃利奥特是在她干活的茶室结识她的，交往了挺长时间，一天晚上吻了她，又经过几星期的求爱才娶到。

    婚娶之时，休伯特·埃利奥特在哈佛读法学研究生课程。他是诗人，年收入近万元。他速度非常快地写篇幅非常长的诗。他二十五岁，在娶埃利奥特夫人之前从未跟女人上过床。他想要保持纯洁，从而能将心灵和身体的同样纯洁给予妻子，对妻子也有此种期望。他对自己说这是过正直的生活。在吻埃利奥特夫人之前，他爱上过各种各样的姑娘，总是或早或晚告诉她们自己一直守身如玉。这些姑娘几乎都对他失去了兴趣。姑娘们明知一些男人龌龊不堪的过往，但还会跟他们订婚和成亲，这种做法使他深感意外，以致真正被吓坏了。一次，他试着警告一个相识的姑娘，说自己几乎有证据表明，她的心上人在大学时是个无赖，惹得姑娘简直让他下不来台。

埃利奥特夫人名叫科妮莉亚。她教过他叫她卡卢蒂娜，这是她在南方娘家的小名。婚后，他把科妮莉亚带到家里时，他母亲哭了。不过在得知他俩将到国外去生活时，她又非常高兴。

他对科妮莉亚说自己如何为了她而保持童子之身时，她说："你这个可爱的乖孩子。"把他搂得格外紧。科妮莉亚也是纯洁的。"再像刚才那样亲亲我。"她说。

休伯特对她解释，他学会那么接吻，是曾经听人讲过一个故事。他醉心于他俩的实践，于是两人极力发挥。有时他们吻到一起很久，科妮莉亚会要他再对她说，他为了她而一直保持童贞。这个说法总是再度点燃她。

起初休伯特并没想娶科妮莉亚。他从未将她视为对象。她曾经是他那么好的朋友。后来有一天，在茶室里，她的女友在店堂迎客，他俩则待在后面的小间里，随着留声机播放的音乐起舞。她抬起头凝视他的眼睛，他就吻了她。他始终想不起来，究竟是什么时候下决心要结婚的。总之他们成了亲。

他们在波士顿一家旅馆里度过新婚之夜。两人都感到索然无味，不过科妮莉亚到底是入睡了。休伯特睡不着，几度迈出房门，在旅馆走廊里踱来踱去，身着崭新的耶格浴衣，那是他为新婚旅行而购置的。踱步时，他看到各个房间门外放着一双双大小不一的鞋子。这使他不禁怦然心动，急忙回到自己的房间，然而科妮莉亚业已睡熟。他不愿叫醒她，于是很快一切平复如常，他也就安安稳稳地进入了梦乡。

次日他们去拜见他的母亲，又过一天就乘船前往欧洲了。在船上努力怀上孩子是有可能的，然而科妮莉亚无法过多尝试，尽管他们盼孩子要超过天下任何东西。他们在瑟堡[1]上岸，随后到了巴黎。他俩在巴黎努力怀上孩子。他们接着决定到第戎[2]去，那里的大学开暑期班，同船赴欧的旅客也有一些已经去了。在第戎，他们发现无事可做。好在休伯特正在写大量的诗，科妮莉亚则为他打字。它们都是篇幅非常之长的诗。他非常严格，决不容许打错，要是有一处差错，就会让她把整整一页重打。她哭过好多次。离开第戎之前，他俩为怀上孩子几次三番地努力。

两人回到巴黎，船上结识的朋友也大都回来了。他们对第戎厌烦了，而不管怎样，现在他们将可以夸口说，离开哈佛或哥伦比亚或沃巴什之后，[3]自己曾在科多尔[4]南部的第戎大学进修过。他们许多人本来更想到朗格多克、蒙彼利埃或佩皮尼昂去，[5]如果那里有大学的话。可是这些地方都太远了。从巴黎去第戎只要四个半小时，火车上还有餐车。

此后，他们都泡在圆顶咖啡馆里，而避开街对面的罗通德咖啡馆，因为那里充斥着外国人。几天后，埃利奥特夫妇从《纽约先驱报》上的广告得知，在图赖讷⁶有一所别墅出租，便租下了它。此时，埃利奥特结交了一些朋友，他们都欣赏他的诗作。埃利奥特夫人也已说服他，邀请她先前在茶室共事的女友从波士顿来做客。女友到达后，埃利奥特夫人高兴多了，两人多次哭作一团。女友比科妮莉亚大几岁，称科妮莉亚为"心肝"。她也出身于历史悠久的南方家庭。

　　他们三人，以及埃利奥特的几个朋友（他们管他叫休比），南下前往图赖讷的别墅。他们发现图赖讷一马平川，气候炎热，非常像堪萨斯。这时埃利奥特已经写出很多诗，足以编成集子了。他打算在波士顿出版，业已给出版商寄去支票，也签了合同。

　　没多久那几个朋友就掉头回巴黎去了。图赖讷原来与初步印象并不一致。埃利奥特的朋友们很快就都离开巴黎，跟随一个富有的未婚青年诗人，到特鲁维尔⁷附近一处海滨胜地去了。在那里他们都非常快活。

　　埃利奥特继续待在图赖讷的别墅里，因为租期为整个夏天。在热烘烘的大卧室里硬邦邦的大床上，他和埃利奥特夫人为怀上孩子而非常努力。埃利奥特夫人正在学打字的指法，不过她发现，指法虽可加快速度，也会造成更多错误。实际上，这时所有的手稿都由女友打字了。她打得非常整洁，效率又高，而且看来乐此不疲。

　　埃利奥特喝白葡萄酒上了瘾，独自住在另一个房间里。他熬夜写大量的诗，早晨显得精疲力竭。埃利奥特夫人和女友现在同睡一张中世纪大床。她俩多次哭作一团。晚上，他们坐在花园里一棵悬铃木树下，一起吃饭。热乎乎的风吹拂着，埃利奥特喝白葡萄酒，埃利奥特夫人和女友聊天，他们都煞是快活。

注释：

1.瑟堡，法国西北部港市。

2.第戎，法国中东部城市。

3.哈佛、哥伦比亚、沃巴什，美国三所高等学校的名称。

4.科多尔，法国中东部省份。

5.朗格多克、蒙彼利埃、佩皮尼昂，均在法国南部。

6.图赖讷，法国中部一地区。

7.特鲁维尔，法国西北部城镇。

雨中的猫

　　住在旅馆里的美国人只有两个。他们出入房间经过楼梯时，一路遇到的人都不认识。他们的房间在二层，朝向大海。对面还有公园和战争纪念碑。公园里有高大的棕榈树和绿色的长椅。天气好的时候，那里总是有个支起画架的画家。画家喜欢棕榈树的长势，以及面向公园和大海的各个旅馆鲜艳的色彩。意大利人从很远的地方到来，仰望战争纪念碑。碑以青铜铸就，在雨中闪闪发光。天下着雨。雨水从棕榈树滴落。石子路上汪成一片片积水。海水在雨中形成一道长长的波浪闯来，又顺着海滩滑落，从而再度在雨中形成一道长长的波浪涌起闯来。停在战争纪念碑旁边广场上的汽车都开走了。广场对面，一个侍者站在餐馆门口，望着空旷的广场。

　　美国夫人站在窗边眺望。室外，就在窗子底下，有只猫蹲伏在一张水淋淋的绿色桌子下面。猫在尽力蜷缩，以免被雨水淋到。

　　"我要下去捉那只小猫。"美国夫人说。

"我去捉。"她丈夫在床上说。

"不，我去捉。外边那只可怜的小猫在桌子底下一心躲雨。"

丈夫继续看书，躺在床尾，靠在两只枕头上。

"别淋湿了。"他说。

夫人走下楼。她经过办公室时，旅馆主人站起来，朝她欠欠身。他的写字台处于办公室另一端。他是个老头儿，个子很高。

"下雨了。[1]"夫人说。她喜欢旅馆老板。

"是，是，夫人，坏天气。[2]天气非常糟糕。"

他站在昏暗的房间另一头的写字台后面。夫人喜欢他。她喜欢他无论接受任何抱怨时的极度认真的态度。她喜欢他的尊严。她喜欢他愿意为她效劳的态度。她喜欢他意识到身为经营者的态度。她喜欢他沧桑凝重的面孔和一双大手。

她一面觉得喜欢他，一面打开门向外张望。雨下得更大了。一个披着橡胶斗篷的人正穿过空旷的广场朝餐馆走去。猫大概就在右边一带。也许她可以沿着屋檐下走过去。当她站在门口时，一把伞在身后张开。原来是照料他们房间的女仆。

"一定不能让你淋湿。"她微笑着，说意大利语。当然了，是旅馆老板派她来的。

由女仆打着伞遮挡，她沿碎石路走到自己房间窗下。桌子立在那里，在雨中淋成鲜绿色，然而猫不见了。她顿时大失所望。那个女仆抬头看着她。

"您丢了什么东西啦，夫人？[3]"

"这里有只猫。"年轻的美国夫人说。

"一只猫？"

"是，猫。[4]"

"一只猫？"女仆笑起来，"雨里的一只猫？"

"是呀。"她说，"在这桌子底下。"又说，"啊，我多么想要它。我想要只小猫。"

她说英语的时候，女仆的脸绷紧了。

"来，夫人。"她说，"我们必须回里面去，你要淋湿了。"

"我觉得也是。"年轻的美国夫人说。

她们沿着碎石路往回走，进了门。女仆待在门外把伞收拢。年轻的美国夫人经过办公室时，老板[5]在写字台那边向她欠欠身。年轻夫人有时心里感到非常卑微而拘谨。这个老板使她感到非常卑微而同时确实了不起。她一时感到极其了不起。她走上楼。她打开房门。乔治躺在床上，看着书。

"捉到猫了吗？"他问道，放下书本。

"它走了。"

"不知道走到哪儿去了？"他说，不看书了，休息一下眼睛。

她坐到床上。

"我是这么想要它。"她说，"不知道我为什么这么想要它。我想要那只可怜的小猫。做一只待在外面淋着雨的可怜的小猫可不是好玩的。"

乔治又看起书来。

她走过去，坐到梳妆台的镜子前，拿起手镜照自己。她端详着自己的侧影，先看一边，又看另一边。然后端详后脑和脖子。

"要是我把头发留起来，你不认为这会是个好主意吗？"她问道，重新审视自己的侧影。

乔治抬起头看她的脖颈，头发剪得很短，像男孩子的。

"我喜欢这样子。"

"我对它是这么腻烦。"她说，"我是这么腻烦样子像男孩子。"

乔治在床上换了个姿势。从她开始说话，他的目光就不曾离开她。

"你看起来真是漂亮极了。"他说。

她把镜子放到梳妆台上，走到窗边向外望。天色逐渐转暗。

"我想要把头发往后梳得又紧又光滑，在脑后扎个大髻，可以让我摸摸。"她说，"我想要有只小猫坐在腿上，我抚摩时就呜呜叫。"

"是吗？"乔治在床上说。

"我还想要用自己的银餐器在餐桌上吃饭,我还想要点上蜡烛。我还想要现在是春天，我还想要对着镜子梳头，我还想要只小猫，我还想要些新衣服。"

"噢，住口，找点东西读吧。"乔治说。他又在看书了。

他妻子在朝窗外望。这时天很暗了，雨仍在打着棕榈树。

"不管怎样，我想要只猫。"她说，"我想要只猫。要是不能有长头发或者任何乐趣，总可以有只猫。"

乔治没在听。他在看他的书。他妻子朝窗外望，广场上已经亮起灯。

有人敲门。

"请进。[6]"乔治说。他从书本上抬起头。

门口站着女仆。她紧紧地抱着一只大花猫，又猛然撒开手。

"对不起，"她说，"老板让我把这猫给夫人送来。"

注释：

1. 原文为意大利语。

2. 原文为意大利语。

3. 原文为意大利语。

4. 原文为意大利语。

5. 原文为意大利语。

6. 原文为意大利语。

禁 渔 期

佩杜奇为旅馆花园整地,挣到四个里拉,用来喝了个昏天黑地。他见一位年轻先生沿小路走来,神秘地对他说话。年轻先生说自己还没吃午饭,不过吃完饭就可以出发。过四十分钟,或者一个小时。

他对午后的差使信心满满,又神秘兮兮,使得桥边酒店的店家又赊给了他三瓶白兰地。这天有风,太阳从云后露出来又隐没,消失在微雨中。最适宜钓鳟鱼的日子。

年轻先生走出旅馆,问钓竿的事。他妻子带着钓竿跟来是否可以。"可以。"佩杜奇说,"让她跟着咱们吧。"年轻先生回到旅馆,对妻子说了。他和佩杜奇上了路。年轻先生肩上背着一只背包。佩杜奇看见,这位先生的妻子跟丈夫一样年轻,穿着登山靴,戴着蓝色贝雷帽,出门跟着他们沿路而行,拿着钓竿,拆卸开的,分在双手里。佩杜奇不喜欢她落在后面。"小姐[1]," 他叫道,对年轻先生眨眨眼,"上这儿来和我们走吧。夫人[2],上这儿来。咱们一起走吧。"佩杜奇想要他们三个人一起沿着科尔蒂纳[3]的街道走。

年轻先生的妻子落在后面，有几分不高兴地跟着。"小姐[4]，"佩杜奇温和地叫道，"上这儿来和我们在一起吧。"年轻先生回头看了看，大声说了句什么。他妻子不再落后，走了上来。

他们穿过镇上的大街，佩杜奇见到谁都故意打招呼。"早上好，阿尔图罗！"[5]一边伸手触触帽边。从法西斯咖啡馆出来的那个银行职员瞪着他。人们三五成群，站在店铺门前瞪着他们三个。他们走过新旅馆工地，衣服上沾着石粉的工人们在打地基，只是抬眼看了看他们。没人对他们说话或有任何表示，只有镇里的那个乞丐，瘦削衰老，胡须沾着口水，在他们路过时摘了摘帽子。

一家商店的橱窗里摆满了瓶装酒。佩杜奇停下来，从旧军服里面的口袋掏出空酒瓶。"来点喝的，给夫人买些马尔萨拉[6]，来一些，来些喝的。"他用酒瓶比画着。一个好日子。"马尔萨拉，你喜欢马尔萨拉吗，小姐[7]？来点儿马尔萨拉？"

年轻先生的妻子不高兴地站着。"你只好依他的了。"她说，"他的话我一句都不懂。他喝醉了，是吧？"

年轻先生显得没听佩杜奇的。他在寻思：佩杜奇怎么点得出马尔萨拉？这可是马克斯·比尔博姆[8]喝的酒啊。

"钱[9]，"佩杜奇终于说道，拉着年轻先生的袖子，"里拉[10]。"他笑了，不愿明说可又需要使年轻先生付诸行动。

年轻先生拿出皮夹子，给了他一张十里拉的钞票。佩杜奇迈上台阶，走到这家国内外酒类专营店的门口。门是锁着的。

"它两点钟才开门呢。"一个过路人不屑地说。佩杜奇走下台阶。他觉得挂不住。"没关系,"他说,"咱们可以到康科迪娅去买。"

三人并着肩,沿路前往康科迪娅。康科迪娅的门廊上堆着生锈的雪橇。年轻先生在门口问:"你想要什么酒?[11]"佩杜奇把折了又折的十里拉钞票交给他。"没说的。"他说,"什么都行。"他磨不开了,"马尔萨拉,也许。我不懂。马尔萨拉?"

康科迪娅的店门在年轻先生跟妻子身后关上了。"三杯马尔萨拉。"年轻先生对糕点柜台后面的姑娘说。"你是要两杯吧?"她问。"不,"他说,"有一杯给一个老头[12]。""哦,"她说,"一个老头。"她笑起来,取下马尔萨拉酒瓶。她把三份泥浆似的酒倒进三只杯子里。他妻子坐到一排报纸夹子旁的桌边。年轻先生把一杯马尔萨拉放到她面前。"你不妨喝了它,"他说,"也许会使你好受些。"她坐在那里盯着杯子。年轻先生端着给佩杜奇的一杯走到门外,可是不见他的人影。

"不知道他上哪儿去了。"他端着酒回到糕点店说。

"他想要一夸脱酒。"他妻子说。

"四分之一升多少钱?"年轻先生问那姑娘。

"白葡萄酒?一里拉。"

"不,马尔萨拉。把这两杯也倒进去。"他说,一边把自己的一杯和佩杜奇的一杯都交给她。她借助漏斗倒满了四分之一升量杯。"装到瓶子里好带走。"年轻先生说。

她就去找瓶子。她觉得很逗乐。

"很抱歉让你这么不愉快,蒂妮。"他说,"很抱歉午饭时我那么说。咱俩都是在从不同的角度讲同一件事。"

"没有关系，"她说，"完全没有关系。"

"你太冷了吧？"他问，"再穿件毛衫就好了。"

"我都穿三件毛衫了。"

那姑娘拿了个细长的棕色酒瓶进来，把马尔萨拉倒进去。年轻先生又付了五里拉。他们走出门。那姑娘被逗乐了。佩杜奇正在背风的一侧走来走去，拿着钓竿。

"走吧。"他说，"我拿钓竿。被人看见钓竿有什么关系？没人会找咱们麻烦的。科尔蒂纳没人会来找我任何麻烦。我认识镇政会的人。我当过兵。这个镇里的人都喜欢我。我卖青蛙。要是禁止钓鱼怎么办？没什么事儿。没事儿。没麻烦。大鳟鱼，我告诉你们。多得很。"

他们下山朝河走去。镇子落在他们后面。太阳隐没，飘起了微雨。"你们看，"路过一所房子时，佩杜奇指指门口一个姑娘说，"我的女儿。"

"他的医生，"年轻先生的妻子说，"他有必要让咱们看他的医生吗？[13]"

"他是说他的女儿。"年轻先生道。

那姑娘在佩杜奇指点之际进了屋。

他们下了山，穿过田野，转而沿着河堤走。佩杜奇眉飞色舞，无所不知地喋喋不休。三人并肩而行时，年轻先生的妻子在风中闻到了佩杜奇呼出的酒气。他有一回还用胳膊肘捅了捅她肋部。佩杜奇有时用丹佩佐方言说话，有时用蒂罗尔[14]人的德语方言。

他拿不准年轻先生及其妻子更懂哪一种，所以两种话都说。不过由于年轻先生说"是，是"[15]，佩杜奇就决定完全说蒂罗尔话。其实，年轻先生和他妻子一句也听不懂。

"镇里人人都看见咱们拿着这些钓竿走过。眼下咱们八成被渔场警察盯上了。但愿咱们别惹上这份麻烦。这个可恶的老糊涂又醉得这么厉害。"

"你当然不会因磨不开而干脆回去，"他妻子说，"你当然只得挺着。"

"你怎么不回去？回去吧，蒂妮。"

"我要跟你在一起。要是你坐牢，不如我们都坐。"

他们拐了个急弯，走下堤岸。佩杜奇站在河边，外套在风中飘动，朝河比画着。河水夹带泥沙，颜色浑浊。右边有堆垃圾。

"用意大利语对我说。"年轻先生说。

"半小时。半个多小时。[16]"

"他说至少还要半个小时。回去吧，蒂妮。不管怎样，这么大的风你会冷。天气太坏，反正咱们也不会有什么乐趣。"

"好吧。"她说，随后爬上长满了草的堤岸。

佩杜奇在下面河边，直到她几乎翻过堤顶看不着了，他方才注意到。"夫人！[17]"他叫道，"夫人！小姐！[18] 您别走哇。"

她继续翻过堤坝顶部。

"她走了！"佩杜奇说。他大为惊讶。

佩杜奇解开扎住分节钓竿的橡皮带，着手连接一根钓竿。

"可是你说还要走半小时的。"

"哦，是呀。再走半小时很好。这儿也好。"

"真的？"

"当然。这儿好，那儿也好。"

年轻先生在堤岸上坐下，连接起一根钓竿，安上绕线轮，把钓线穿过导线环。他觉得不自在，唯恐随时会有个渔场看守或民团成员从镇里来到河堤上。他看得见镇里的房屋和露出山丘边缘的钟楼。他打开接钩绳盒子。佩杜奇弯下腰，用又扁又硬的拇指和食指去拈，潮湿的接钩绳被抠得乱成一团。

"你有铅坠子吗？"

"没有。"

"必须有些铅坠。"佩杜奇急了，"必须有铅坠[19]。铅坠。一点儿铅坠。就放在这儿。就放在钓钩上边，不然鱼饵就会浮在水面上。必须有这个。就一点儿铅坠。"

"你带没带？"

"没有。"他绝望地翻遍口袋，连军服里面口袋的布屑间都没放过，"一个都没有。咱们必须有铅坠。"

"那我们钓不成鱼了。"年轻先生说，拆开钓竿，把钓线从导线环里绕回，"明天找些铅坠再钓吧。"

"不过听我说，亲爱的[20]，必须有铅坠。钓线会浮在水面上。"佩杜奇眼见着好日子化为乌有，"必须有铅坠。一点儿就行。你的钓鱼家什倒是崭新的，就是没有铅坠。我本来可以带些来。你还说你样样齐全。"

年轻先生望着被融雪弄得浑浊的河水。"我知道。"他说，"明天找些铅坠再钓吧。"

"早上几点？告诉我。"

"七点。"

太阳露出来了。天气暖和宜人。年轻先生感到轻松。他不再违法了。他坐在堤岸上，从衣袋里掏出那瓶马尔萨拉，递给佩杜奇。佩杜奇递回去。年轻先生喝了一口，又递给佩杜奇。佩杜奇再次递回去。"你喝，"他说，"你喝。这是你的马尔萨拉。"年轻先生又喝了一小口，随后把瓶子送过来。佩杜奇一直紧盯着瓶子。他一把接过瓶子掉转瓶口，喝酒时脖子褶皱上的灰色毛发拂动，两眼盯住褐色细长瓶子的瓶底。他全喝了。太阳在他畅饮时照耀着。天气真好。真是个大好的日子，总之，好极了。

"听着，亲爱的！[21] 早上七点。"他管年轻先生叫"亲爱的"好几回了，一点儿事都没有。上好的马尔萨拉。他眼睛闪亮。这样的日子就在面前。明早七点就会开始。

他们动身上山朝镇子走去。年轻先生走在前面。他上到半山腰了。佩杜奇朝他喊起来。

"听我说，亲爱的，你能好心给我五里拉吗？"

"今天用吗？"年轻先生皱着眉问。

"不，不是今天。今天给我，明天用。我要为明天准备各种东西。面包啊，香肠啊，奶酪啊，咱们大家吃的好东西。你，我，还有夫人[22]。钓鱼的饵，用米诺鱼，不只是蚯蚓。也许我还可以买些马尔萨拉。五里拉置办齐全。好心给五里拉。"

年轻先生仔细看看皮夹子，拿出一张一里拉和两张二里拉的钞票。

"谢谢你，亲爱的。谢谢你。"佩杜奇说，口气一如卡尔顿俱乐部²³会员接过同伴递来的《晨邮报》。这才是过日子。他再也不去旅馆花园，用粪叉打碎结冻的粪肥了。生活正在展开。

"那就七点钟见吧，亲爱的。"他拍拍年轻先生的背说，"七点整。"

"我可能不去了。"年轻先生把皮夹子放回衣袋说。

"什么？"佩杜奇说，"我会弄到米诺鱼的，先生²⁴。香肠，各种东西。你，我，还有夫人。咱们三个。"

"我可能不去了，"年轻先生说，"八成不去了。我会在旅馆老板那里留话的。"

注释：

1. 原文为意大利语。

2. 原文为意大利语。

3. 科尔蒂纳，即科尔蒂纳丹佩佐。意大利北部一城镇，为旅游胜地。

4. 原文为意大利语。

5. 原文为意大利语。

6. 马尔萨拉，意大利马尔萨拉产的白葡萄酒。

7. 原文为意大利语。

8. 比尔博姆，英国漫画家和作家。1910年后定居意大利。

9. 原文为德语。

10. 里拉（lira）（1861—2002），意大利、梵蒂冈、圣马力诺多国的货币单位。

11. 原文为德语。

12. 原文为意大利语。

13. 在英语中，"女儿"和"医生"发音相近。

14. 蒂罗尔，奥地利西部一州，北与德国接壤，南与意大利相连。

15. 原文为德语。

16. 原文为意大利语。

17. 原文为德语。

18. 原文为德语。

19. 原文为意大利语。

20. 原文为意大利语。

21. 原文为意大利语。

22. 原文为意大利语。

23. 卡尔顿俱乐部，伦敦的一家老牌的绅士俱乐部。

24. 原文为意大利语。

越野滑雪

缆车又颠了一下，停了下来。再也过不去了，雪严严实实地堆积在轨道上。肆虐于山间的狂风把雪的表层吹成硬实的壳。正在行李车厢里给滑雪板上蜡的尼克见状，便把脚上的滑雪靴伸进靴夹，牢牢地卡住。他斜着跳下车厢，落到坚实的雪地上，做了个跳转动作 [1]，随即蹲伏下来，拖着滑雪杖，一溜烟儿地滑下山坡。

在他下方，乔治的身影在白雪上时起时伏，随后消失了。尼克顺着大起大落的山坡滑下去时，急速的行进和猛烈的俯冲攫取了他的心灵，他忘却其余，但觉身体在奇妙地飞翔和下坠。他滑上一段略微升起的坡地，随即又下降，下降，冲下最后一个长长的陡坡，越来越快，越来越快，积雪似乎从他脚下溅落。他蹲下身子，以致几乎坐到滑雪板上，极力降低重心，只见飞雪犹如扬沙激起，他知道速度是太快了。不过他稳住了。他不会失控跌倒。不料有一片被风刮进洼地的松软的雪绊住了他，滑雪板磕磕碰碰，他连着翻了几个跟头，觉得就像只中枪的兔子，然后动弹不得，双腿交叉，滑雪板朝天，鼻子耳朵都灌满了雪。

乔治站在坡下稍远处，噼里啪啦地拍掉防风衣上的雪。

"你的样子真漂亮，尼克。"他向尼克叫道，"那是可恶的软雪。把我也同样绊了一跤。"

"在峡谷滑雪是什么样的？"尼克仰面躺着踢蹬滑雪板，爬了起来。

"你得一直靠左滑。那是飞快的下滑，到谷底时得来个急转[2]，因为有道栅栏。"

"等一会儿咱们一起去滑。"

"不，你快先滑吧。我想看你滑下峡谷。"

尼克·亚当斯赶上并超过了乔治，宽大的后背和金黄的头发上还沾着少许雪。此时他的滑雪板开始在坡道边缘滑动，他随即陡然冲下去，晶莹的雪粒摩擦得沙沙作响。他时上时下地掠过起伏的峡谷，宛如浮沉于其间。他保持靠左滑。最后，在冲向栅栏时，他紧紧地并拢双膝，像拧螺丝一样扭转身体，带动滑雪板向右急转弯，扬起一阵雪雾，然后逐渐减速，与山坡和铁丝栅栏平行滑动。

他向山上望去。乔治正以屈膝姿态[3]滑下来。一条腿弯着在前，另一条腿拖着在后。两支滑雪杖扬起，似昆虫纤细的腿，杖尖着地时雪花四溅。最后，他一腿屈膝一腿拖曳，整个身形蹲伏着，以一个潇洒的右转兜了过来，双腿前后叉开，身体抗拒着转弯探出，滑雪杖如两个光点画出弧线，一切都笼罩在激起的雪雾中。

"我就怕急转。"乔治说，"雪太深了。你做得真漂亮。"

"我的腿做不了屈膝转。"尼克说。

尼克用滑雪板把栅栏顶上的铁丝压低，让乔治滑过。尼克跟着他下坡滑到大路上。他们沿路屈膝滑行，冲进一片松林。路面变成光亮的冰层，被拖原木的马队污染了，黄褐杂陈。滑雪者沿路边的雪地滑行。大路忽然下降伸向小河，然后又笔直上坡。透过树林，看得见一幢长长的房子，屋檐低矮，饱经风雨。从树间看，房子泛着黄。走近则看到窗框涂成绿色，油漆剥落。尼克用一支滑雪杖敲开靴夹的卡子，蹬掉滑雪板。

"咱们还是带着它们上去吧。"他说。

他扛着滑雪板爬上坡度很大的路，靴跟的铁钉吃住结冰的脚窝。他听见乔治紧跟着，气喘吁吁，靴跟踩地。他们把滑雪板靠在客栈墙外，相互拍掉裤子上的雪，跺去靴子上的雪，走了进去。

客栈里光线很暗。一只大瓷炉在屋角发出亮光。天花板低矮。深色的桌子沿四壁排开，酒渍斑斑，桌旁是光滑的长凳。两个瑞士人坐在炉边，抽着烟斗，喝着浑浊的新酒。尼克和乔治脱去夹克衫，在炉子另一边靠墙坐下。隔壁房间的歌声停止，一个系蓝围裙的姑娘由房门走进来照料他们。

"一瓶锡永酒。"尼克说，"行不行，吉基？"

"行啊。"乔治说，"对于酒你比我在行。我什么酒都喜欢。"

姑娘出去了。

"没什么真正比得上滑雪，对吧？"尼克说，"长途滑雪后头一次歇下来时的感觉就是如此。"

"嘿，"乔治说，"实在妙不可言。"

姑娘把酒拿来了，可是他们打不开瓶塞。最后，还是尼克打开了。姑娘出去了，他们听见她在隔壁房里用德语唱歌。

"酒里那些瓶塞碎屑没关系。"尼克说。

"不知她有没有糕点。"

"咱们问问看。"

姑娘走进来，尼克注意到她的围裙隆起，掩盖着怀孕的腹部。不知她先前进来时我怎么没看出来，他想。

"你唱的是什么？"他问她。

"歌剧，德国歌剧。"她没心思谈论这个话题，"你们要吃的话，我们有苹果馅卷饼。"

"她不太客气呀，对不？"乔治说。

"哦，算了。她不认识咱们，也许寻思咱们要拿她唱歌逗她呢。她大概是从北方讲德语的地方来的，为待在这里心烦，又还没结婚肚子里就有了孩子，所以心烦。"

"你怎么知道她没结婚？"

"没戒指啊。见鬼，这里的姑娘都是弄大了肚子才结婚的。"

门开了，一伙从大路那头来的伐木工人走进来，在屋里跺掉靴子上的雪，身上冒着水汽。女招待给这伙人送来三升新酒，他们分坐两桌，抽着烟，不吭声，摘了帽子，有的靠着墙，有的趴在桌上。屋外，拉运木雪橇的马偶尔一仰头，铃铛就发出清脆的叮当声。

乔治和尼克心情愉快。两人很合得来。他们知道还要滑回去。

"你得什么时候回学校？"尼克问。

"今晚。"乔治答，"我得赶十点四十分从蒙特勒 4 开出的车。"

"但愿你能留下，明天咱们就能去登特杜吕施山 5 滑雪了。"

"我得上学呢。"乔治说，"嗨，尼克，你难道不希望咱们能在一起闲逛吗？带上滑雪板，乘上火车，专挑好地方滑雪，滑完了再换地方，住旅店，一直穿过奥伯兰，上瓦莱，玩遍恩加丁，背包里只带修理工具、换洗衣服和睡衣。学校什么的统统去他的。6"

"对，还要走遍黑林山。嗨，真是好地方。"

"就是你今年夏天钓鱼的地方，不是吗？"

"是。"

他们吃着苹果馅卷饼，喝掉了剩下的酒。

乔治仰身靠墙，闭上眼睛。

"喝酒总是让我有这种感觉。"他说。

"感觉不好？"尼克问。

"不。感觉好，只是怪。"

"我明白。"尼克说。

"当然。"乔治说。

"咱们再来一瓶？"尼克问。

"我不喝了。"乔治说。

他们坐在那儿，尼克双肘撑在桌上，乔治往墙上颓然一靠。

"海伦快生孩子了吧？"乔治说，身子离开墙，俯向桌上。

"是啊。"

"什么时候？"

"明年夏末。"

"你高兴吗？"

"是啊。眼下。"

"你打算回美国去吗？"

"我觉得是这样。"

"你想要回去吗？"

"不。"

"海伦呢？"

"不。"

乔治默默坐着。他瞧瞧空酒瓶和空酒杯。

"真要命，不对吗？"他说。

"不。算不上。"尼克说。

"为什么？"

"我不知道。"尼克说。

"你们在美国会不会一起滑雪？"乔治说。

"我不知道。"尼克说。

"山不多。"乔治说。

"不，"尼克说，"岩石太多。树木也太多，而且都太远。"

"是。"乔治说，"加利福尼亚就是这样。"

"是。"尼克说，"我到过的地方处处都是这样。"

"是。"乔治说，"都是这样。"

瑞士人站起身，付完账，走了出去。

"咱们是瑞士人就好了。"乔治说。

"他们都有大脖子病。"尼克说。

"我不信。"乔治说。

"我也不信。"尼克说。

他们笑了起来。

"也许咱们再也没机会滑雪了，尼克。"乔治说。

"咱们一定得滑。"尼克说，"要是不能滑就太不值了。"

"咱们要滑，好。"乔治说。

"咱们一定得滑。"尼克附和道。

"希望咱们能就此说定了。"乔治说。

尼克站起身。他把防风衣扣紧，朝乔治弯下身子，拿起靠在墙上的两支滑雪杖。他把一支滑雪杖戳在地上。

"说定了没什么好处。"他说。

他们开了门走出去。天气非常冷。雪的表层结成坚硬的壳。大路直通山上，进入松林。

他们把靠在客栈墙上的滑雪板拿起来。尼克戴上手套。乔治已经朝大路走去，扛着滑雪板。现在，他们要一起滑回家了。

注释：

1. 跳转动作，在陡峭、狭窄的区域滑雪时采用的技巧。

2. 急转，高速滑行中滑雪板保持平行的转弯。

3. 屈膝姿态，滑雪时屈膝转弯的动作。滑雪板一前一后，双脚用力一实一虚。

4. 蒙特勒，瑞士西部城镇。

5. 登特杜吕施山，在瑞士西南部。

6. 奥伯兰、瓦莱、恩加丁，均在瑞士。

我　老　爹

　　我想，现在看来，我老爹天生就是个胖子的料，你随处可见的那种平平常常、圆圆滚滚的小胖子。不过他当然从没达到那个程度，也就是最近才有点儿偏胖。而且这也算不上他的缺点，赛马中他只参加障碍赛，体重大些也无妨。我还记得他在两件线衣上套一件胶布衫，外面再套一件大运动衫，拉我在正午前火热的太阳下陪他跑步的做法。也许，清晨四点钟刚从托里诺[1]赶来，他就会乘出租汽车赶到拉佐养马场，牵出一匹马试着骑一趟。这时草木还蒙着露水，曙光也不过初现。我帮他脱掉靴子，他则穿上一双胶底鞋和那一层层衣服，我们就开始锻炼。

　　"来吧，小子，"他说，一边在骑师更衣室门前走来走去，跃跃欲试，"咱们行动吧。"

　　于是我们也许先绕着内场慢跑一圈，由他打头，他跑得有模有样。然后我们拐出大门，沿着林荫路跑下去，那几条路都是从圣西罗通往这里的。上路时我跑到前面，我可以跑得相当轻松。

回头看看，只见他紧跟在后面，悠然地跑着。没过多长时间，我再回头看，他就开始冒汗了。他大汗淋漓，依然穷追不舍，紧盯着我的后背。不过，一旦发现我在看他，他就咧嘴笑道："出了不少汗吗？"我老爹咧嘴一笑，谁见了都没法不咧嘴笑的。我们不停地跑着，直奔山间而去，于是我老爹就大叫一声："嗨，乔！"我回头一看，他正坐在一棵树下，解下系在腰上的毛巾，擦拭满脖子的汗。

我于是走回来，坐到他身边。他从衣兜里掏出根绳子，在阳光中跳起绳来。汗水从脸上涌出，他在白色的尘土中跳着，绳子啪嗒嗒、啪嗒嗒、啪嗒、啪嗒、啪嗒地响。阳光更热了，他在一段路面上起起落落，越发来劲。哈，看我老爹跳绳也算一大乐趣了。他可以飞快地把绳子抡得呼呼作响，也可以放慢下来跳得有滋有味。哈，意大利佬瞧着我们的样子真值得一看。有的时候，他们赶着白色大公牛拉的车进城，路过时就盯着我们。他们真的像把我老爹当疯子似的。他把绳子抡得呼呼地响起来，直到他们停下脚呆呆地瞅着他，然后想起来对牛吆喝一声，用赶牛棒捅一下重新上路。

我坐在那里，看他顶着火热的太阳锻炼，打心眼里喜欢他。他实在让人开心。他跳得如此卖力，结束时照例飞快地抡一下绳子，让脸上的汗像水一样抖落，然后把绳子朝大树一扔，走过来坐到我身边，后背靠树，把毛巾和一件运动衫围到脖子上。

"肯定降体重，乔。"他说着往后一靠，闭上眼睛，又深又长地吸着气，"不如当年了。"他随即站起身，还没凉快下来，我们就一路慢跑回养马场了。这是减轻体重的办法。他始终担着心。大多数骑师单凭骑乘，就差不多能把想减的体重减下来。骑师每骑一回马体重降大约一公斤，而我老爹算是戒了酒的，不这么锻炼体重就减不下来。

我记得有一回在圣西罗，一个为布佐尼赛马的骑师，小个子意大利佬雷戈利，穿过围场出来，到饮品柜台喝冷饮。他刚量完赛后体重，悠然地用鞭子敲着靴子。我老爹也刚量完赛后体重，挟着马鞍出来，脸色发红，面容疲惫，胖得连绸子赛马服都显得不合身。他站在那里望着年轻的雷戈利起身走向门外的饮品柜，又帅气又青涩。我问："怎么啦，爹？"因为我以为也许是雷戈利冲撞了他什么的。而他只是望着雷戈利，说了句"唉，去他的"，就继续往更衣室去了。

说起来，假如我们住到米兰，在米兰和托里诺赛马的话，也许就会太平无事了，因为如果真有容易赛马的场地的话，那就是这两个地方了。参加了一场意大利佬认为惊心动魄的越野障碍赛之后，我老爹在获胜马的马房里下马时说："轻而易举呀，乔。"我有一回问过他。他说："这个场地本身就适宜赛马。你要重视的是马的步法，步法一乱跳越障碍就危险了，乔。我们在这里不讲究步法，障碍也并不真正难以跳越。然而成问题的总是步法，而不是障碍。"

圣西罗是我所见过的最棒的赛马场，可是我老爹说这种生活牛马不如。奔走于米拉菲奥雷和圣西罗之间，几乎天天都参赛，每隔一夜都要乘一次火车。

我对马也很着迷。每当马出场，沿着跑道走向起跑标，那景象真是吸引人。骑师握住缰绳，也许放松一点，让它们略为纵跳，看着就像踏着舞步，有板有眼。而马一旦到达出发栅栏，就使我越发紧张。尤其在圣西罗，有那么一大片绿油油的内场，远处还有连绵的群山，胖乎乎的意大利发令员提着大鞭子，骑师抚弄着马，这时栅栏骤然提升，铃声响起，马全都腾跃而出，然后逐渐拉成一串。谁都知道马群涌出的情景。如果手持望远镜站在看台上，就只见它们猛冲疾进。这时铃声响了起来，仿佛无止无休，它们在弯道飞掠而过。在我看来，这样的场面举世无双。

不过有一天，在更衣室里，我老爹换上日常衣服时说："这些破烂货全都算不上马，乔。在巴黎那边，人家会把那种劣马都宰了，剥皮剁蹄。"那天是他赢得商业大奖赛的日子，兰托尔纳像拔出瓶塞似的冲过了最后一百米。

商业大奖赛刚结束我们就不再参赛，离开了意大利。出走之前，在廊街[2]里，我老爹和霍尔布鲁克，还有一个不断用手绢擦脸的戴草帽的意大利肥佬，坐在餐桌边争执起来。他们都说法语，那两个人缠着我老爹说什么事。我老爹最后一言不发，只是坐在那儿注视着霍尔布鲁克。那两个依然缠着他，先是这个人说，接着那个人说，肥佬还老是插霍尔布鲁克的话。

"你出去给我买份《运动员报》好不好，乔？"我老爹说，递给我两个索尔多[3]，目光却没有离开霍尔布鲁克。

我于是走出廊街，到斯卡拉歌剧院前买了份报，回来在稍远些的地方止步，因为不想插嘴。我老爹正靠着坐在椅子上，凝视眼前的咖啡，摆弄着匙子。霍尔布鲁克和肥佬都站着，肥佬一边擦脸，一边摇头。我走了过去。我老爹就像那两个人没站在那儿似的说："要份冷饮吗，乔？"霍尔布鲁克低头盯着我老爹，慢慢地、一个字一个字地说："你这个狗娘养的。"然后和肥佬从餐桌间走了出去。

我老爹坐在那儿，居然还对我微笑着，然而他的脸色发白，显得极其难受。我感到害怕，从心里难受，因为我知道出了事，我不明白怎么竟有人可以骂我老爹是狗娘养的，而又一走了之。我老爹翻开《运动员报》，研究了一会儿让步赛，然后说："在这个世界上有不少事都得逆来顺受，乔。"回到住处，我们收拾出一只皮箱和一只手提箱，其余物品在特纳养马场前面通通拍卖了。三天后，我们乘上从都灵开往巴黎的火车，离开米兰，一去不返。

清晨，火车开进巴黎一个长长的、脏兮兮的车站，我老爹告诉我这是里昂车站。巴黎是个大而无当的城市，仅次于米兰。看上去像是在米兰，每个人都在往某个地方去，全部有轨电车都往某个地方开，没有什么混乱，其实巴黎是乱成一团的，他们又根本不梳理。不过我倒喜欢上巴黎了，至少是某些部分，比如它拥有一些天下最好的赛马场。看上去似乎正是混乱维持着一切运转。而唯一能指望的事是公共汽车每天都会出车，开上所跑的线路，不顾一切地开上线路。我始终未能真正地充分了解巴黎，因为只是每星期跟我老爹从迈松⁴到巴黎一两次。他总是和迈松的一帮人待在歌剧院旁的和平咖啡馆里，我想那是巴黎最热闹的地方之一。不过说起来，巴黎这么大的城市居然会没有一条廊街，这很奇怪，不是吗？

这样，除了尚蒂伊[5]那帮人，几乎所有人都住到了迈松—拉斐特，在梅耶尔夫人经营的公寓里。作为居住的地方，迈松大概是我此生所见最棒的一处。镇上倒没有这么好，可是挨着一个湖，还有一片很棒的森林。我们几个半大小子，常去那里玩上一整天。我老爹给我做了一把弹弓，我们用它打到不少野物，不过，最好的是一只喜鹊。有一天，小迪克·阿特金森用弹弓打到一只兔子。我们把它放在树下，大家围坐，迪克抽了几支烟，不料兔子突然跃起，夺路而逃，窜进树丛，我们追过去，可是找不着。嘿，我们在迈松玩得真是开心。梅耶尔夫人经常把中午的食物作为早餐给我吃，因为我会出去一整天。我很快就学会了讲法语，法语很容易学。

我们一住到迈松，我老爹就写信到米兰去要他的执照。他很是担心，直到执照寄来才踏实了。他常常和那帮人泡在迈松的巴黎咖啡馆里，战前他在巴黎当骑师时认识的人有许多住在迈松。他们有不少时间闲坐，因为就骑师而言，赛马饲养训练场的工作到早上九点时就都做完了。他们早晨五点半钟把第一批马牵出来遛，八点钟遛第二批。那意味着早早就得起，睡得也要早。如果骑师还为别人赛马，他就不能好酒贪杯。因为他要是年轻，驯马师就总是盯着他，而他要是不年轻，就得总是自己加小心。所以，骑师不工作的时候，多半就跟那帮人泡在巴黎咖啡馆里。他们能够一坐两三个小时，面前放着味美思酒和汽水之类的饮料，谈天说地和打台球。那里有些像个俱乐部，或者米兰的廊街。只是并不真的像廊街，因为在廊街，人人一向都是顺路去的，而且每人都坐在餐桌旁。

于是，我老爹顺利地拿到了执照。他们二话不说就把执照直接寄了给他。他参加了几回赛马，在亚眠和北部之类地方，不过似乎没得到聘用。人人都喜欢他。我只要上午走进咖啡馆，就会看见有人在跟他喝酒，因为我老爹不吝啬，不像那些在1904年圣路易斯[6]世界博览会上赛马挣到第一块美元的大部分骑师。我老爹跟乔治·伯恩斯开玩笑时就会说这话。不过看来人人都避免给我老爹赛马机会。

我们天天开车离开迈松，前往任何举行赛马的地方，那是最有乐趣的事了。那年夏天，参赛的马从多维尔回来时我很高兴，即使这意味着我不再到林子里去玩了，因为后来我们就开车到昂吉安、特朗布莱或圣克卢[7]去，在教练和骑师的看台上观看它们。我准是跟那帮人一起出去时懂得了赛马的，而乐趣就在于天天都去。

我记得有一次到圣克卢去。那里有场二十万法郎的大奖赛，七匹马参赛，其中"沙皇"是获胜的大热门。我跟我老爹一起转到围场去看参赛的马，都是些前所未见的骏马。沙皇是一匹高大的黄马，看来纯粹是为赛马而生的。我从没见过这么好的马。它正被牵着绕场而行，低着头。当它经过时，我看得目瞪口呆，它是这么英姿勃发。从没见过如此神气、精壮、天生适合奔跑的马。绕场行走时，四足落地恰到好处，沉静周到，从容不迫，显得心中有数，不乱动，不竖立毛发发威，也不像那些注射了兴奋剂待售的劣等赛马,眼中带着戾气。旁观者如此众多,我再也看不着它,只见得到它走过时的腿和闪现的黄色身影,我老爹开始挤出人群,我跟着他,往后面树丛中的骑师更衣室走。那里也有一大群人围着,不过门口戴圆顶礼帽的人向我老爹点了点头,我们就进去了。里面的人四处坐着,换着衣服,把衬衫从头上套下去,蹬上靴子,满屋子热乎乎的汗气和搽剂味,门外则是窥视的人群。

我老爹走过去,坐到正穿裤子的乔治·加德纳身边说:"什么消息,乔治?"口气平平常常,因为追问也全无用处——乔治不是能够告诉他,就是不能告诉他。

"它不会赢。"乔治慢条斯理地说,一边弯腰扣马裤的扣子。

"谁会?"我老爹说,身子凑过去以免被人听到。

"基尔屈班。"乔治说,"要是它赢了,给我留点赚头。"

我老爹嗓门不大不小地对乔治说了句什么,乔治则说:"千万别照我说的下注。"如开玩笑一般。我们就走出去,挤过整个窥视的人群,一直走到一百法郎的投注机那里。不过我知道有某种大事即将发生,因为乔治就是沙皇的骑师。途中我老爹拿了张黄色的赌注赔率表,上面印着起始价。沙皇只是投十赔五;随后的塞菲西多特投一赔三;表上排第五的这匹基尔屈班是投一赔八。我老爹在基尔屈班身上押了五千法郎赌它跑第一,又投了一千法郎赌它跑第二。然后我们绕到大看台后面,登上楼梯,找到座位看赛马。

我们被挤得紧紧的。开头是个身着长外套的人,头戴灰色高帽,手执折起来的鞭子出场;接着是一匹接一匹的马,驮着骑师,每匹马两侧都有个马童牵着笼头，一路走来，跟着打头的老家伙。那匹高大的黄马沙皇领先。第一眼看它并非显得如此高大，待见到它腿的长度，整个体态，走动姿势，人们方才醒悟，天哪，我从没见过这样一匹马。乔治·加德纳骑着它，缓步而行，跟在那老家伙后。戴着灰色高帽的老家伙一路走来，像个马戏班子班主。沙皇后面，在金色的阳光下稳稳走来的，是一匹好看的黑马，马头轮廓精致，汤米·阿奇博尔德骑着它。黑马后面还有一连五匹马。全体列成一队，缓缓走过大看台和称重处。我老爹说黑马就是基尔屈班。我端详了一阵，它是匹受看的马，是的，不过跟沙皇没法比。

　　沙皇走过时人人都对它欢呼，它真是一匹骏马。马队绕过草坪到达赛马场的另一边，又回到赛马场的这一头。马戏班子班主让马童一一放手，以使马在看台边疾驰而过，前往起跑标，让观众都可以好好看看它们。锣声响起时，马几乎还没到起跑标处。可以看见它们都远远地在内场那一边，成群跑出第一圈，宛如许多小小的玩具马。我从望远镜里观察它们，沙皇落在后面很远，一匹栗色马领着头。它们一路疾驰，绕过来，蹄声轰响着掠过。经过我们面前时，沙皇落在后面，这匹基尔屈班则在前边，跑得稳稳的。嗨，它们路过时真是惊心动魄，你还得目送它们跑远，越来越小，在弯道处都挤到一起，又绕过来，冲进直道。你感到越来越想叫骂起来。它们终于跑上最后一圈，这匹基尔屈班闯入直道，遥遥领先。观众个个神色怪异，有气无力地念叨着"沙皇"。马群蹄声动地，进入直道。这时有个身影脱颖而出，进入我的望远镜视野，犹如一道带马头的黄色条纹。人人都大叫起"沙皇"来，就像疯了一样。沙皇跑得比我这辈子见过的任何马都快，赶上了基尔屈班。骑师用刺棒死命催促，基尔屈班跑出了一匹黑马所能达到的最高速度。它们一时间并驾齐驱，然而沙皇大步流星，显得加倍地快，乃至领先——不过它们闯过决胜标时恰好并驾齐驱。而显示号码时，第一个是二号马，这就意味着基尔屈班赢了。

我心中战栗不已，但觉得不可思议。这时我们随着人流挤下楼去，站到标出兑付基尔屈班彩金的牌子前。说实在的，看赛马时我都忘了我老爹在基尔屈班身上押了多少钱。我是如此衷心地希望沙皇跑第一。不过，现在一切全都过去了，知道我们押对了获胜马感觉很棒。

"这场赛马难道不是太棒了吗，爹？"我对他说。

他后脑勺上扣着圆顶礼帽，神情有些怪异地看着我。"乔治·加德纳是个很棒的骑师，是的。"他说，"的确得是个了不起的骑师，才控制得住沙皇那匹马不让它获胜。"

我当然一直知道这事有门道。可是我老爹就这么把事说穿了，一下子使我觉得这事完全没了意思，从此我再也找不回真正的兴致。当他们在牌子上标出名次，兑付彩金的铃声响起，我们看见基尔屈班对投注十法郎兑付六十七个半法郎[8]，甚至这时我也感到没劲儿。周围的人都在说："可怜的沙皇！可怜的沙皇！"我就心想，但愿我是个骑师，这样就能替下那狗娘养的，骑上那匹马比赛。把乔治·加德纳当成狗娘养的倒是有趣，因为我一向喜欢他，他还对我们透露了获胜马，可我觉得他就是这么个人，是的。

这场赛马之后，我老爹有了一大笔钱，从此他就经常上巴黎去。如果在特朗布莱看赛马，一帮人回迈松途中他就会在巴黎市内下车。他和我坐到和平咖啡馆前面看人来人往。在那里坐着很有意思。行人川流不息，各色人等凑过来兜售商品，我爱跟我老爹在那里闲坐。那是我们感到其乐无穷的时候。有人上前兜售趣味兔子，捏一个球，兔子就会跳。他们走上前来时我老爹就跟他们开玩笑。他讲法语能够讲得跟英语一样好。那伙人都认识他，因为骑师总是看得出来——而且那时我们老是坐在同一张餐桌旁，他们也就习惯于见到我们在那里。那里有人兜售征婚启事，还有姑娘兜售橡皮蛋，一捏就会钻出一只公鸡来。还有一个形象猥琐的老家伙走来走去，拿着巴黎明信片，逢人就给人家看，当然是谁都不买，他就转回来，亮出那沓明信片的反面，都是淫秽画面，于是有不少人掏出钱买下。

嗯，我还记得经常走过的有意思的人们。到了吃晚饭的时候，姑娘们就物色带她们去吃饭的人。她们跟我老爹搭话，他则用法语对她们说些玩笑话，她们就拍拍我的头走开了。一次，有个美国女人带着个少女坐在邻桌，她们都在吃冰点心。我不断地看那姑娘，她长得好看极了。我对她笑，她对我笑。不过，故事也就是仅此而已。因为我天天盼望这母女俩，想出种种办法打算对她说话，只是不知道能不能结识她，她母亲会不会让我带她去欧特伊[9]或特朗布莱，然而此后再也没见到她们任何一个。不管怎样，我想，就是见到也不会有什么用，不管怎样。因为回顾之下，我记得我想出的对她说话的最好办法，不过就是"恕我冒昧，不过也许我能为你推荐一匹今天在昂吉安的获胜马"。到头来,也许她会把我当成打探赛马情报的,而不是真的要为她推荐获胜马。

我们坐在和平咖啡馆那里,我老爹和我,我们对那招待影响挺大,因为我老爹喝威士忌,一杯五法郎,这就意味着清点杯托结账时可观的小费。我老爹喝得比我过去所见的都多,不过他现在根本不当骑师了,而且他说喝威士忌能降体重。然而我注意到他体重是在增加,是的,也无所谓。他脱离了远在迈松的那帮旧友,似乎就喜欢跟我在林荫道边闲坐。不过,他每天都在赛马场下注。要是当天赌输了,末场之后他就觉得有些失意,直到我们坐到常坐的桌边,他喝下头一杯威士忌,心情才好起来。

他边喝边看《巴黎体育报》,一边不忘抬眼看着我说:"你那姑娘呢,乔?"我告诉过他那天邻桌少女的事,他就拿这事逗我。我听了就脸红,不过喜欢由于她而被逗,这让我美滋滋的。"留神看住了,乔。"他说,"她会回来的。"

他就一些事向我提问,有些事我说了他就笑。于是他就讲起往事来。讲到在埃及赛马,讲到我母亲去世前在圣莫里茨冰上赛马,讲到战争期间在法国南部的常规赛马,没有酬金,没有赌注,没有观众,什么都没有,只是保持训练。骑师催马玩命地跑的常规赛马。哈,我可以听我老爹讲上个把钟头,尤其在他喝下几杯之后。他对我讲他小时候在肯塔基打浣熊的情形,以及在美国落到一片惨淡的地步之前的往昔。他说:"乔,等咱们挣到一大笔钱,你就回美国去上学。"

"既然在美国一片惨淡,那我干吗还回去上学?"我问他。

"那是两码事。"他说。于是让招待过来，清点杯托付账，然后我们乘出租汽车到圣拉扎尔车站，坐火车去迈松。

一天在欧特伊，一场越野障碍赛马拍卖会后，我老爹花三万法郎买下了获胜马。他不得不竞了竞价以便成交，养马场则最终放了手，于是我老爹一周内就获得了这匹马的执照和彩衣。哈，我老爹成了马主人，我真得意。他跟查尔斯·德雷克订好马厩位置，不再到巴黎去，重新开始锻炼和出汗降体重，他和我就是整个赛马训练班子。我们的马名为吉尔福德，爱尔兰种，是匹帅气可爱的跳越障碍马。我老爹盘算，由他自己训练并骑着参赛是笔非常好的投资。我满意极了，认为吉尔福德是跟沙皇一样的好马。它是匹优秀、可靠的跳越障碍马，一匹栗色马。要是在平坦的场地纵马奔驰，它的速度飞快。它还是一匹英俊的马。

嗨，我真是喜欢它啊。头一回跟我老爹参赛，它就在两千五百米跳栏赛中跑了个第三。我老爹在单间赛场马房下了马，浑身是汗，兴高采烈，径自去称赛后体重了。我为他感到骄傲，仿佛这是他初次参加赛马似的。要知道，当一个人很长时间都没参加赛马时，你是无法确信他曾经驰骋赛场的。现在情况完全不同了。因为在米兰时，即便是大赛，对我老爹看来也没什么影响，他即便获胜也不觉得兴奋什么的。而现在的事态是，赛前我简直睡不着觉。我知道我老爹也很兴奋，尽管他不露声色。为自己而参赛可是大不一样。

吉尔福德和我老爹第二回上场是在欧特伊，一个下雨的星期天，参加的是马拉奖赛马，为四千五百米越野障碍赛。吉尔福德一出场，我就拿着我老爹给我买的看他们的新望远镜，在看台上欢腾雀跃。他们在场地远端那边出发，栅栏处那里出了点乱子。有匹戴着眼罩的马在大闹，腿立起打转，还一度撞破栅栏。不过我看得见我老爹，身着我们的彩衣——有个白十字的黑色夹克，戴黑帽，骑在吉尔福德背上，用手拍着它。随后他们一纵身就起跑了，隐没到树丛后。一时锣声大作，投注站的窗口则嘎嘎地拉下。天哪，我是如此激动，简直不敢看他们。不过我把望远镜对准他们会从树丛后显现的位置。随后他们出现了，穿黑衣的老爹处于第三位。他们全都掠过障碍，如鸟儿一般。接着他们又不见踪影，随即蹄声轰响着现身，奔下山坡，全都跑得优雅、轻快而从容，连续地稳稳地跃过栅栏，又扎扎实实地从我们面前跑过。他们连在一起，跑得如此之稳，看上去简直好像能从他们背上走过去。接着群马腹部擦着高大的双排树篱障碍跃过，有什么东西倒下。我看不出是哪匹马，不过它立刻站起来，自如地跑起来。赛场上他们仍然连接着，掠过长长的左转弯道进入直道。他们跳过石墙，争先恐后地一路冲向正对看台的大水沟。我见他们接近，就向经过的我老爹欢呼。他领先大约一个马身，飞奔而过，轻捷如燕。他们正跃向水沟。他们成群跳过水沟的大树篱，这时出现冲撞，两匹马朝旁边逸出，离开水沟，继续奔跑。另有三匹马撞倒在一起。我看不到我老爹在哪里。一匹马自己以膝部撑起身，骑师抓住缰绳，跃上马背，继续猛冲以争取第二名的奖金。另一匹马自己站起来跑开，甩着头，马缰悬挂，飞奔而去，骑师步履蹒跚地走到靠围栏的跑道边。接着吉尔福德滚到一侧，甩掉我老爹后爬起，靠三条腿跑起来，一只折断的前蹄晃荡着。剩下我老爹无力地仰卧在草地上，满脸是血。我奔下看台，闯进人堆，挤到栏杆边。一个警察抓住我不放。两个大个子担架员冲出去抬我老爹。在赛马场另一边，我望见三匹马，首尾相连地跑出树丛，跳过障碍。

他们把我老爹抬进来时他已经死了。在一个医生把一样东西塞在耳朵上听他心脏时，我听见跑道远处一声枪响，意味着他们把吉尔福德打死了。他们把担架抬进医院里时，我躺到我老爹身边，抓住担架，哭哇哭哇。他脸色这么白，就此去了，死得这么惨。我不禁觉得，要是我老爹死了，也许他们用不着射杀吉尔福德。它的蹄子说不定会长好的。我不知道。我是这样爱我老爹。

这时进来两个人。其中一个拍拍我的后背，就过去探看我老爹，接着拉下一条床单，蒙到他身上。另一个用法语打电话，叫救护车来把他送到迈松去。我禁不住哭哇哭哇，哭得有些透不过气来。乔治·加德纳进来，挨着我坐在地上，搂住我说："来吧，乔，老弟。站起来，咱们要出去等救护车了。"

乔治和我出去，走到大门口。我竭力止住哭叫。乔治用他的手绢擦去我脸上的泪水。人群走出大门时，我们稍为往后站了站。我们等候人群出大门时，有两个人停在我们身旁。其中一个数着一沓投注票说："这回可好，巴特勒遭了报应，玩儿完了。"

另一个人说："他就是遭了报应我也毫不同情，这个骗子。他是操纵马才遭报应的。"

"可不就是。"数马票的人说，把一沓马票撕成两半。

乔治·加德纳盯着我，看我是不是听见了。我当然听见了。

他就说："别信那些赌棍的话，乔。你老爹是个很棒的人。"

可是我说不好。他们的话好像不是白说的。

注释：

1.托里诺，即都灵，意大利西北部城市。托里诺为其意大利语名称。

2.廊街，米兰著名的商业区，街道上空覆盖着天棚。

3.索尔多，意大利钱币。

4.迈松，全名迈松—拉斐特，巴黎西北部城镇。

5.尚蒂伊，巴黎北部城镇，有著名赛马场。

6.圣路易斯，美国密苏里州东部城市。

7.圣克卢，巴黎西郊城市，有著名赛马场。

8.基尔屈班的赔率为投一赔八；实际按投一赔六点七五兑付，是扣除了税费。

9.欧特伊，巴黎一区域，有著名赛马场。

大双心河 ¹（之一）

　　火车在轨道上继续开行，转过林木烧毁了的山丘中的一座，看不见了。尼克在捆起来的帐篷和铺盖上坐下来，这是行李员从行李车门里扔出来的。镇子已经没了，什么都没了，除去铁轨和过了火的乡野。沿着塞尼镇 ²一条街曾有十三家酒馆，现已了无踪迹。府邸旅馆的屋基凸起于地面。基石被火烧得迸裂破碎。这就是塞尼镇的全部残留，连土地的表层都被烧毁了。

　　尼克凝视着一片烧光了的山坡，原以为看得到那里散布着镇上的房屋。然后他沿着铁轨走到河上的桥边。河还在。河水冲到桥桩上打着漩。尼克俯视清澈的、由于河底卵石的映衬而呈褐色的河水，观看水流中摆动着鳍稳住自己的鳟鱼。他看到它们倏然转弯变换位置，以便在激流中再度稳定下来。尼克的目光久久没有收回。

　　他观看它们以吻部迎向水流，稳定自己。由于透过水潭光滑而凸起的表面一望到底，深处激流中的许多鳟鱼略显变形。水面顺滑地涌向原木垒成的桥桩，受到阻挡而涌起。水潭底下有大鳟鱼。尼克起初没看到它们。后来他才发现它们藏在潭底。在水流激起的一阵阵变幻的沙砾迷雾中，大鳟鱼着意在砾石潭底稳定自己。

尼克从桥上俯视水潭。这是个大热天。一只翠鸟朝上游飞去。尼克很久没有观看小河和欣赏鳟鱼了，这下看了个心满意足。在翠鸟的身影移向上游时，一条大鳟鱼以一个拉长的斜角朝上游蹿去。不过它的身影只是标记出了这道斜线。当它跃出水面，现身于阳光下时，这身影就消失了。随后，大鳟鱼穿过水面回到河里时，它的身影仿佛随着水流漂下，悠然无碍，漂到桥下。它在老地方绷紧身体，迎向流水。

尼克的心随着这条鳟鱼的移动抽紧。往日的感受全都涌上心头。

他转身向下游望去。河流伸展开去，以卵石为底，点缀着浅滩和大石头，在流到一处悬崖脚下转弯之处有个深潭。

尼克踏着枕木往回走，走到他放包裹的地方，铁路边的灰烬中。他很愉快。他理了理捆包裹的带子，收紧背带，把包裹甩到背上，双臂穿过肩带圈，还用前额顶住宽宽的额带圈，以便为双肩分担一些分量。然而包裹还是太沉，实在是太沉了。他把皮制的钓竿袋拿在手里，身体前倾，让包裹的重量压到肩头，沿着跟铁路平行的大路走去，将焚毁的镇子留在身后的热浪中。他随后走近一个小丘，两侧是被火烧得伤痕累累的高山。他走下这条路，绕过小丘，踏上返回乡野的大路。他沿路而行，感到沉重的包裹勒在肩上的疼痛。路一直在上升。走上坡路很是辛苦。尼克肌肉发痛，天气又热，但他感到愉快。他感到自己已经抛开了一切，无须思索，无须动笔，无须做其他事。万事通通抛到了脑后。

自打他下了火车，行李员把他的包裹从敞开的车厢门扔出来，情况就不同了。塞尼镇烧了，乡野烧成一片白地，无复原貌。然而这没有关系。不可能一切都被烧毁。他懂得这一点。他沿着大路前行，在烈日下冒着汗，一路爬坡，跨越将铁路与遍布松树的平原隔开的一脉山丘。

大路不停地伸展，偶有下坡，但总体是向上的。尼克继续登高。大路跟过了火的山坡平行延伸了一程后，终于到了山顶。尼克向后靠到一截树桩上，从包裹带中解脱身体。在他面前，纵目望去，但见遍布松树的平原。左面，烧毁的乡野止息于一脉山丘下。前方，群岛般的深色松林隆起在平原上。左面的远方是那道河流。尼克的目光顺着它移动，看见河水在太阳下闪烁。

他面前唯有这片遍布松树的平原，一直伸向远方。远方有一抹青山，标志着苏必利尔湖³边的高地。他简直看不清它们，在平原上空炽热的日光中，它们显得模糊而迢递。他若是过于定睛瞩望，它们便不见了。可如果只是随意望去，它们就在那里，那些高地上的远山。

尼克靠着烧焦的树桩坐下，抽起香烟来。他的包裹搁在树桩顶上，随时可以背起，上面有个由他后背挤压而成的凹陷处。尼克坐着抽烟，眺望着山野。无须拿出地图。根据河流的位置，他知道自己位于何处。

他抽着烟,双腿伸直,注意到一只蚂蚱正沿着地面爬,爬上他的羊毛短袜。这只蚂蚱是黑色的。他刚才沿着大路走,爬坡的时候,曾惊动了土里的许多蚂蚱。它们全是黑色的。不是那种大蚂蚱。大蚂蚱长着黄黑两色或红黑两色的翅膀,起飞时翅膀从黑色翅鞘中伸出,呼呼扇动。这些只是平常的蚂蚱,不过颜色都是烟黑的。尼克在路上时曾经为之纳罕,不过没有细想。此刻,他端详着这只黑蚂蚱——它在用分成四瓣的口器啃着他袜上的毛线,领悟到它们是由于生活在过了火的土地上才全变成黑色的。他看出火灾必是上一年发生的,然而这些蚂蚱现在都成为黑色的了。不知道它们会保持这样子多久。

他小心翼翼地伸出手,抓住蚂蚱的翅膀。他把它翻过身来,它的腿都在空中划动。他看它以环节构成的腹部。是的,腹部也是黑色的,浅灰的背部和头部闪闪发亮。

"继续飞吧,蚂蚱。"尼克说,第一次大声说出话来,"飞到别处去吧。"

他把蚂蚱抛到空中,看它飞到大路对面一个烧焦的树桩上。

尼克站起身来。后背靠向立在树桩上的沉重包裹,双臂穿进背带圈。他背着包裹站在山脊上,目光越过山野,望向远方的河流,然后离开大路,走下山坡。脚下的地面很好走。在下坡两百码处,火烧过的区域结束了。等待他的是没脚踝的香蕨木,以及一丛丛短叶松。再往后则是一大片山野,连绵起伏,高低错落。脚下是沙地。四野复归勃勃生机。

尼克依据太阳保持方向。他知道要去河边什么地方,便继续穿越遍布松树的平原。他登上小丘，望见前方还有其他小丘。有时从一个小丘顶上，望见右侧或左侧有大片茂密的松林。他折下几枝石南似的香蕨木，插在包裹带子下。它们受到挤压摩擦，他就一路闻着香味。

跨越这高低不平、没有树荫的平原，他又累又热。他知道随时都可以向左转而抵达河边。距离不会超过一英里。不过他坚持向北走，以便在一天的行程中尽可能到达上游更远处。

行走中，尼克一度望见一大片松树，耸立在他正在跨越的起伏高地上。他走下坡，随后逐渐登高走到坡顶，转身朝松林走去。

松林中没有灌木丛。树干径直向上或相互倾斜。树身笔直，褐色，无枝。树枝只长在树顶。一些树枝交错着，向褐色的林地投下浓密的阴影。树林四周有一圈空地，呈褐色，尼克走在上面软绵绵的。这是松针累积而成的，扩展到树枝的覆盖范围之外。树长高了，树枝也升到高处，把这片它们一度用以阴影覆盖的空地留给了阳光。在这片扩张林地的边缘，香蕨木地带对比分明地展开。

尼克卸下包裹，在树荫中躺下。他仰卧着，抬眼望向松林的树梢。他四肢伸展，脖颈、背和腰都放松了。后背贴在地上觉得适意。他抬眼透过树枝望了望天空，然后闭上眼睛。他张开眼睛，又抬眼望着。高处的树枝间鼓荡着风。他又闭上眼睛，就睡着了。

尼克醒来，身体僵硬麻木。太阳几乎落下了。他背上包裹，觉得沉重，带子也勒得很痛。他背着包裹弯下腰，拎起皮制的钓竿袋，走出松林，跨过香蕨木洼地，朝河边走去。他知道距离不会超过一英里。

　　他走下一面满是树桩的山坡，进入一片草地。草地尽头便流淌着那条河。尼克很高兴到了河边。他穿过草地朝上游走去。走动中裤腿被露水打湿。炎热的白天一过，便迅速形成很大的露水。河水无声无息，流得又急又稳。尼克走到草地边缘，看好一个可供宿营的高地。攀登前他朝下游望去，看鳟鱼从河里跃起。日落后有昆虫从河对面的湿地飞来，鳟鱼出水是为了捕食它们。尼克穿过河边这一小段草地时，鳟鱼就在高高地跃出水面了。此刻他朝下游望时，昆虫必定散落河面，因为河上到处都有鳟鱼不断捕食。放眼望去，但见鳟鱼纷纷跃起，在河面形成无数圆环，宛如下起了雨。

　　沙质土的高地林木葱茏，俯瞰着河边草地、一带长河和对岸的湿地。尼克放下包裹和钓竿袋，物色平坦的地面。他饥肠辘辘，但想要搭好帐篷再做饭。在两棵短叶松之间有块地很平。他从包裹里拿出斧子，剁掉两条冒出的树根，从而平整出足够睡觉的地方。他用手抹平沙土，并把丛生的香蕨木通通连根拔掉。双手沾上香蕨木的气味很好闻。他抹平拔去香蕨木的土地，不想让毯子下有隆起之处。平整好地面，他打开三条毯子。一条对折铺到地上，再蒙上另两条。

　　他用斧子从一个树桩上砍下一片带光泽的松木，劈成固定帐篷用的木钉。他要做得又长又结实，以便牢固地敲进地面。帐篷已从包裹里拿出，摊在地上，靠在一棵短叶松上的包裹显得小了许多。横梁以绳索充当。尼克把绳子一头系在一棵松树的树身上，拎着另一头把帐篷从地上拉起来，系到另一棵松树上。帐篷悬挂着，像一块帆布晾到晒衣绳上。尼克用一根砍下的杆子撑起帆布后面，再用木钉固定边缘，搭成帐篷。他用木钉把四边绷紧，用斧头的钝面把它们深深地敲进地面，直到绳圈陷进土里，帆布绷得如鼓面一般。

在帐篷的开口处，尼克安上一块纱布挡蚊子。他从包裹里拿了些东西，从挡蚊布下钻进帐篷，把东西放在帐篷斜面下的床头。光线透过棕色的帆布。帐篷里有股好闻的帆布气味。已经有种神秘而亲切的意味了。尼克爬进帐篷时心里很愉快。全天里他并非不快，只是这会儿有所不同。现在事情都办完了。这是早晚要办的事，现在办完了。这趟旅行很辛苦，他非常疲乏。这事办完了。他建立了营地。他安顿了下来。什么东西都侵犯不到他。这是个扎营的好地方。他就在这儿，在这个好地方。他待在自己建成的家里。现在他饿了。

他从纱布下爬了出来。外面相当暗了。帐篷里还要亮些。

尼克走到包裹前，从包裹底部翻出一个纸包，里面是些钉子。他摸出一根长钉，捏紧了，用斧头的钝面轻敲，钉进一棵松树。他把包裹挂在钉子上。他的用品全在包裹里。它们现在离开地面，得到了防护。

尼克饿了。他不相信自己有过比这更饿的时候。他打开一听豆子猪肉罐头和一听意大利式细面条罐头，倒进煎锅里。"我既然愿意把这种东西背来，我就该着吃。"尼克说。他的声音在暗下来的林中听起来显得奇怪。他不再说话了。

尼克用斧子从一个树桩上砍下几大片松木，生了一堆火。他在火上支起一个铁丝烤架，用靴跟把它的四条腿踩进地面，把煎锅搁在烤架上加热。他更饿了。豆子和面条热了。尼克把它们搅和到一起。它们开始沸腾，一些小气泡费力地冒出，香味四溢。尼克拿出一瓶番茄酱，切了四片面包。这会儿小气泡冒得快了。尼克在火边坐下来，端下煎锅。他把约一半食物倒在白铁盘里。食物在盘子里慢慢铺开。尼克知道它太烫。他加了些番茄酱。他知道豆子和面条还是太烫。他看了看火，又看了看帐篷，他可不想烫着舌头，彻底毁掉这顿享受。多少年来，他从没好好享受过煎香蕉，因为始终等不及它们凉透了。他的舌头非常怕烫。他非常饿。在几乎全暗的暮色里，他望见河对岸湿地有薄雾升起。他又看了一眼帐篷。一切都很好。他从盘子里舀了满满一匙送到嘴里。

"基督啊，"尼克说，"耶稣基督啊。"他愉快地含糊说道。

尼克把整盘东西吃完了才想起面包。他把第二盘跟面包一起吃了，把盘子抹得锃亮。在圣依格那斯车站餐厅喝了杯咖啡、吃了个火腿三明治之后，他一直没吃东西。这是种非常好的体验。他曾经这样饿过，但当时没法填饱肚子。如果愿意，他本可以几小时前就扎营的。这条河边多的是宿营的好地点。不过这样才美呢。

尼克在烤架下面塞进两大片松木。火苗蹿了起来。他忘了准备煮咖啡的水。他从包裹里拿出折叠帆布桶，走下小丘，跨过草地边缘，到达河边。对岸笼罩在茫茫白雾中。他跪到岸边，把帆布桶浸进河里，膝下的草又湿又冷。桶鼓胀起来，被水流有力地拖曳着。水冰凉冰凉的。尼克把桶漂洗了一下，装满水拎到营地。离开河，水不那么凉了。

尼克又钉了根大钉子，把盛满水的桶挂起来。他用咖啡壶舀了半壶水，给烤架下的火加了些木片，然后放上咖啡壶。他记不得自己是用什么方法煮咖啡的了。他记得为此跟霍普金斯争论过，但是记不得自己赞成哪种方法了。他决定把咖啡煮沸。这时他想起来，这是霍普金斯的方法。他一度事事都跟霍普金斯争论。等待咖啡煮沸的时候，他开了一小听糖水杏。他喜欢开罐头。他把糖水杏都倒在白铁杯里。他一边守着火上的咖啡，一边喝糖水杏的甜汁。先是小心地喝，以免洒出来，然后边喝边想事情，把杏吸进嘴里吃下去。它们比新鲜杏好吃。

咖啡在他的守望中煮沸了。壶盖顶起，咖啡和渣子从壶边淌下来。尼克把壶从烤架上拿下来。这是霍普金斯的胜利。他在吃杏用的空杯子里放了糖，然后从壶里倒出一些咖啡，让它在杯里冷却。咖啡壶太烫，不好倒，他就用帽子包住壶把。他根本不会让帽子浸在壶里，第一杯也不会。应当始终听霍普金斯的，霍普值得尊重。他是个非常认真的咖啡爱好者。他是尼克所知最认真的人。不是庄重，是认真。这是很久以前的事。霍普金斯说话不动嘴唇。他打过马球。他在得克萨斯赚到了几百万元。他借车钱去芝加哥，这时电报来了，说他的第一口大油井出油了。他本可以打电报要钱的，但这样就太慢了。他们管霍普的女友叫金发维纳斯。霍普不在意，因为她并不是他真正的女友。霍普金斯非常自负地说，他们没有谁会拿他真正的女友开玩笑。他是对的。电报到时霍普金斯已经走了。这是在黑河边。过了八天电报才送到他手上。霍普金斯把点 22 口径的柯尔特自动手枪送给尼克，把照相机送给比尔，作为对他的永久纪念。他们打算第二年夏天还要一起去钓鱼。这个吸毒鬼⁴发了财。他会买一条游艇，大家一起沿着苏必利尔湖的北岸航行。他很激动，不过是认真的。他们道了再见，都感到不是滋味。旅行就此结束。他们再也没见过霍普金斯。这是很久以前在黑河边上的事。

尼克喝了咖啡，按照霍普金斯的方法煮的咖啡。这咖啡很苦。尼克笑了。这给这段故事提供了个很好的结尾。他的头脑开动起来，但他知道自己可以制止它，因为他很累了。他倒掉壶里的咖啡，把壶里的咖啡渣抖落到火堆里。他点起一支香烟，进了帐篷。他脱掉鞋子和长裤，坐在毯子上，用裤子卷起鞋当枕头，然后钻到毯子里。

透过帐篷的开口，他注视着火堆的光，夜风在吹着火。这是个宁静的夜。湿地万籁无声。尼克在毯子下舒适地伸展身体。一只蚊子在他耳边嗡嗡作响。尼克坐起来，划了根火柴。蚊子停在他头顶的帆布上。尼克把火柴猛地伸向它。蚊子在火中发出嘶的一声，听着很是解气。火柴灭了。尼克又躺下来，盖上毯子。他转向一侧，闭上眼睛。他困了，觉得睡意袭来。他在毯子下蜷起身子，酣然入睡。

注释：

1.大双心河，在美国密歇根州，流入苏必利尔湖。

2.塞尼镇，地处大双心河边。

3.苏必利尔湖，在美国和加拿大交界处，北美五大湖中最大者。

4.原文为 Hop Head。在美国俚语中 hophead 意为吸毒成瘾者，尼克以此诙谐地指称霍普。

大双心河（之二）

　　早晨，太阳升起，帐篷里热了起来。尼克从张在帐篷开口处的挡蚊纱布下爬出来，观看早晨的光景。爬出时草碰到他的手，湿漉漉的。他拿着长裤和鞋子。太阳刚从小丘后升起。眼前是草地、河流和湿地。河对面湿地的绿野上点缀着桦树。

　　清晨的河水清澈明净，平滑地快速流动着。下游约两百码处，有三根原木拦腰搁置于河上，挡住的河水平稳增高，漫过它们。在尼克观看时，一只水貂从原木上跨过河去，钻进湿地。尼克感到兴奋。他由于清晨和河流而感到兴奋。他但觉躁动而无心吃早饭，不过知道一定得吃。他生了一小堆火，架上咖啡壶。

　　水在壶中煮着，他拿了只空瓶，走过高地边缘，下到草地里。草场被露水打湿，尼克想在太阳把草晒干前捉蚂蚱，用来做鱼饵。他找到了许多合意的蚂蚱。它们躲在草茎根部。有时附着于草茎上。它们沾满露水，又湿又冷，在太阳晒热身体之前无法跳跃。尼克捡拾着，专挑中等大小的褐色蚂蚱，放进瓶子。他掀翻一根原木，有几百只蚂蚱正处于它一边的庇护下。这是个蚂蚱公寓。尼克把约五十只中等大小的褐色蚂蚱放进瓶子。他捡蚂蚱时，另一些蚂蚱被阳光晒热了，纷纷跳开。它们边跳边飞。起初是飞了一段就落下来，一动不动，跟死了似的。

尼克知道，到他吃完早饭时，它们就会如常活跃。要是草上没有露水，他得花上整整一天，才能捉到一满瓶合意的蚂蚱，而且用帽子扣它们，不免会压死许多。他在河里洗了手。接近河水使他兴奋。随后他上坡来到帐篷前。蚂蚱已经在草丛里僵硬地跳跃了。瓶子里，蚂蚱被阳光晒热了，成团地蹦着。尼克塞上一截松树枝当瓶塞。它足以塞住瓶口，于是蚂蚱出不来，又留有足够的空气通路。

他已经把原木掀回原处，知道每天早晨都可以在那里捉到蚂蚱。

尼克把装满蹦跳蚂蚱的瓶子靠到一棵松树下。他用水和了些荞麦面搅匀，一杯面，一杯水。他往壶里放了一把咖啡，从罐头盒里舀出一团牛油，涂到滚烫的煎锅里，溅起油星。他把荞麦糊稳稳地倒进冒烟的煎锅。它像岩浆似的扩散开来，牛油清脆地噗噗响。荞麦饼的四周开始发硬，然后变黄，然后发脆。面上逐渐起泡乃至穿孔。尼克用一片新鲜的松木铲进变黄的饼子底下，横着抖了抖煎锅，饼子就脱离了锅面。我不想颠起它，他想。他把木片插在整个饼子下面，翻了个个儿。饼在锅里噼啪作响。

烤好了饼，尼克在煎锅里重新涂上牛油。他把剩下的面糊全用了，又做了一张大饼和一张小饼。

尼克涂好果酱，吃了一张大饼和一张小的。他把第三张饼也涂了苹果酱，对折两下，用油纸包好，塞进衬衣口袋。他把苹果酱瓶放回到包裹里，切了做两块三明治的面包。

他从包裹里找出一个大洋葱，切成两半，剥去光滑的外皮。然后把半个切碎，做成洋葱三明治。他把它们用油纸包好，放进卡其布衬衣的另一个口袋，系上纽扣。他把煎锅扣在烤架上，把加了炼乳而变甜的黄褐色咖啡喝了，然后整理好营地。这是个很好的营地。

尼克从皮制钓竿袋中取出飞蝇钓竿，连接起来，把钓竿袋塞回帐篷。他装上绕线轮，把钓线穿过导线环。穿的时候，他得两手轮流捏住钓线，否则它会由于自身重量而溜回去。这是根沉实的双股飞蝇钓线，从根至梢逐渐变细，是尼克很久前花八元钱买的。它做得沉实，以便在空中朝后甩，再利索地有分量地一直往前甩，从而把轻飘飘的蝇饵抛出。尼克打开放接钩绳的铝盒。接钩绳卷着放在潮湿的法兰绒衬垫间。尼克是在开往圣依格那斯的火车上，用冷水机里的水把衬垫弄湿的，湿衬垫间的羊肠绳于是变软。尼克拈出一根，在飞蝇钓线末梢绕个圈系到接钩绳上。又在接钩绳的另一头安了个钓钩。这是个小钓钩，很细，富于弹性。

钓钩是尼克把钓竿横在膝上坐着，从钓钩包里拿出来的。他抻紧钓线，试试钓线与接钩绳的结牢靠与否，试试钓竿的弹性。感觉很好。他加着小心，避免钓钩扎到手指。

他动身朝小河走去，拎着钓竿，脖子上挂着装蚂蚱的瓶子，一根皮绳打了个活结系在瓶颈上。抄网挂在腰带的钩子上。他肩上搭着一条长长的面粉袋，两个角上都挽了结。面粉袋的绳子搭在肩上，走起来袋子拍打着双腿。

身上挂着这一大堆装备，尼克既觉得行动之不便，又感到行家的自得。摆动的蚂蚱瓶碰撞着他的胸膛。衬衣口袋里塞着午餐和飞蝇包，鼓鼓囊囊的。

他跨进小河，浑身一激灵。裤子紧贴到腿上。他感到鞋底踏在沙砾上。河水使他阵阵发冷。

奔流的河水拉扯着他的双腿。他跨进去的地方水没过膝盖。他顺流涉水，沙砾在脚下滑动。他俯视在每条腿下打转的河水，倒过瓶子，以便取一只蚂蚱。

第一只蚂蚱从瓶口一跃而出，跳到水里。它被在尼克右腿边打转的水吸进去，在下游稍远处冒出水面。它蹬着腿，疾速漂去，急促地转了个圈，打破了平滑的水面，就消失了。一条鳟鱼吞噬了它。

另一只蚂蚱从瓶口探出头。它的触须摆动着。它正把前腿伸出瓶子，准备跳跃。尼克捏着它的头抓住它，把纤细的钓钩穿过它的下巴，刺透咽喉，直到它腹部最后的几个环节。蚂蚱用前足把住钓钩，朝它吐烟草色的汁液。尼克把蚂蚱扔进水里。

他右手握着钓竿，就着水流中蚂蚱的拉力放出钓线。他用左手从绕线轮上解开钓线，让它顺利溜出。他看得见水流细小波纹中的蚂蚱。后来就看不见了。

钓线抽动了一下。尼克把绷紧的钓线往回拉。这是他初次出手。他把此时弹动着的钓竿横在水流上，用左手回收钓线。钓竿一再抖动着拉弯,上钩的鳟鱼逆流拉扯着。尼克知道,这是条小鱼。他直着向空中抬起钓竿,它被拉得打弯。

他看见水中的鳟鱼头和身子急促扭转,对抗着钓线在激流中的摆动。

尼克用左手握住钓线,把疲乏地逆流冲撞的鳟鱼拉上水面。它的背部颜色或深或浅,一如沙砾为底的清澈的河水,它的侧面在阳光中闪闪发亮。尼克用右臂挟住钓竿,弯下腰,把右手伸进水流。他用浸湿了的右手抓住不停扭动的鳟鱼,从它嘴里解下倒钩,然后把它扔回河里。

它摇摇晃晃地停留在水流中,接着沉到河底一块石头边。尼克伸手下去摸它,小臂浸在水中。鳟鱼在流水中一动不动,待在沙砾上的一块石头边。尼克的手指刚碰到它,触摸到它在水下又滑又凉的身体,它就溜走了,溜到河底另一边的阴影里。

它不要紧,尼克想。它只是累了。

他刚才先浸湿了手才去抓鳟鱼,是避免破坏覆盖在鱼身上的一层薄薄的黏液。如果用干燥的手抓鳟鱼,失去黏液保护的地方就会感染一种白色的霉菌。多年前,尼克曾经在人很多的小河里钓鱼,前后都是用飞蝇钓竿钓鱼的人,他就多次见到长满白色霉菌的死鳟鱼,或被冲到石头边,或者仰天浮在水坑里。尼克不喜欢跟别人一起在河边钓鱼,除非志同道合。他们总是令人扫兴。

他在没膝的水流中往下游走去,蹚过拦在河上的那几根原木所在上游的五十码浅水。他没有给钓钩重新安上鱼饵,而是把钓钩捏在手里蹚着水。他明知道在浅水里可以钓到小鳟鱼,但不想要。每天这个时候，浅水里是不会有大鳟鱼的。

这时河水陡然加深转凉，没上他的大腿。前面就是被原木拦住又漫过去的平滑水流。水面平展，颜色发暗。左面是草地向河流倾斜的边缘，右面是湿地。

尼克身体向后靠着顶住水流，从瓶里取出一只蚂蚱。他把蚂蚱穿到钓钩上，为了求得好运还对它啐了一口。随后他从绕线轮上拉出几码钓线，把蚂蚱抛到前边湍急而发暗的水面上。蚂蚱朝原木漂去，钓线的分量随即把钓饵坠到水面之下。尼克右手握住钓竿，让钓线从手指间溜出。

钓线拉出了一大截。尼克抬一下钓竿，钓竿摆动起来，突现险象，弯到极度。钓线绷紧，露出水面，绷紧，承受着沉重、危险而持续的拉力。张力若再增加接钩绳就会断裂，尼克觉得这个时刻临近，就放松了钓线。

钓线迅速溜出，绕线轮发出机械的吱吱声。太快了。尼克制止不了，钓线疾速滑出。随着钓线蹦出，绕线轮的声音越发尖厉了。

随着绕线轮的轴心露出，尼克感到紧张得心跳都停止了。他在没上大腿的冰凉的水里向后靠着顶住水流，用左手拇指用力压制绕线轮。把拇指伸进飞蝇绕线轮架可是够笨的。

随着他把钓线一下子搂住，在原木的另一边，一条大鳟鱼高高地跃出水面。在它跃起同时，尼克也垂下了钓竿的末梢。可是在降低钓竿以缓解张力之际，他觉得张力过大的时刻还是到了。实在绷得太紧了。显然，接钩绳已经断了。在钓线完全失去弹性，变得干硬僵直时，这种感觉是不会错的。钓线随即松弛了。

尼克嘴里发干，心中沮丧，把钓线收回绕线轮。他从没见过这么大的鳟鱼。它的分量十足，力气大得拉不住，还有跳起时显现的个头。它看上去像鲑鱼一样宽大。

尼克的手发抖。他慢慢地收着钓线。刺激实在太大了。他依稀感到有点恶心，似乎坐下来会好点儿。

接钩绳在系钓钩的地方断了。尼克把它捏在手里。他心里想着鳟鱼。在河底某个地方，它在沙砾上稳住身体，在日光照不到的深处，那些原木的下面，下巴挂着钓钩。尼克知道，鳟鱼的牙齿会咬断钓钩上的接钩绳。钓钩本身会穿进它的下巴。他可以肯定，鳟鱼气坏了。如此之大的鱼都会气坏了。这是条鳟鱼呀。它被结结实实地钓住了。结实得像块石头。它逃走之前，拉着就像块石头。上帝啊，它是条大鱼。上帝啊，它是我听说过的最大的鱼了。

尼克登上岸，在草地上站定，水从裤子上淌下来、从鞋子里漫出来，鞋子咕叽咕叽地响。他走过去坐到原木上。他丝毫不打算催促自己的感觉。

他让脚趾在鞋中的水里扭动，从胸前口袋里掏出一支烟。他点上烟，把火柴扔在原木下湍急的水中。火柴在激流中打转时，一条小鳟鱼冒出来咬它。尼克笑起来。他想抽完这支烟。

他坐在原木上，抽着烟，晾晒着。阳光照在后背上暖洋洋的。前方的河流浅滩伸进树林，弯弯地漫入林间。一片片浅滩。闪烁的日光。被水冲刷得光滑的岩石。沿岸的雪松和茂密的白桦。被阳光晒暖的原木，没有树皮，坐上去觉得光滑，摸起来感到沧桑。失望的感觉渐渐离去。这种失望之感是随着使他肩膀发痛的刺激袭来的，现在慢慢消失了。现在完全没问题了。钓竿搁到原木上，尼克给接钩绳系上一个新钓钩，抽紧羊肠绳，直到它缩成一个硬实的结。

他装上钓饵，然后拾起钓竿，走到原木另一端跨入水中，这里水不太深。原木的下面和另一面是个深水坑。尼克绕过湿地边的浅水沙洲，一直走到浅水河床上。

左面，草地终结而树林起始的地方，有棵大榆树连根拔起。它被暴风雨掀翻，栽进树林，树根抓着泥土，根须间杂草丛生，在河边耸起一截坚实的岸。河水一直冲刷到倒树边。从所站立的地方，尼克看得见浅水河床上的一道道深槽，像车辙一样，那是水流冲刷而成的。他站着的地方布满卵石。再远些也布满卵石。到处是大石头。河流在大树根附近拐弯的地方，河床是泥灰岩的。而在深水下的一道道槽之间，绿色水草的叶子在水流中摇荡。

尼克把钓竿甩到肩后又朝前甩，钓线就向前画出曲线，把蚂蚱投进水草间，落在一道深槽上。一条鳟鱼咬饵，尼克钓住了它。

尼克遛着乱蹿的鳟鱼，钓竿伸出，遥指倒树方向，自身后退，在水流里溅起浪花。钓竿灵活地打弯，把鳟鱼从危险的水草丛拉出，带进开阔的河段。鳟鱼顶着水流乱蹿，尼克握住钓竿，把鳟鱼往回拉。他拉得急促，不过总是见效，钓竿的弹力顺从于一次次猛拉，有时在水里颤动，不过始终在把鱼往回拉。尼克一面猛拉，一面顺流朝下游走。他把钓竿举过头顶，使鳟鱼悬在抄网上面，随后抬起网。

鳟鱼沉甸甸地悬在网中，网眼间露出斑驳的背部和银色的侧面。尼克从它嘴上解下钓钩。沉重的鱼身，握着很是厚实。大大的下巴突出着。他捉住鱼顺进布袋，鱼重重地滑落袋中。长长的袋子从他肩上一直垂到水里。

尼克顶着水流张开袋口。袋子灌满水，很沉。他拎起袋子，只让底部留在河里，水从袋子两面涌出。袋子里，大鳟鱼在水中用力扭动着。

尼克朝下游蹚去。身前的布袋浸在河里，被激流带向前，沉甸甸的，拉扯着他的肩膀。

天气越来越热，太阳火辣辣地烤着他的脖颈。

尼克已经有了条中意的鳟鱼。他无心钓到许多鳟鱼。他现在所处的河道又浅又宽，两岸树木成林。在上午的太阳下，左岸的树木在水流上投下短短的阴影。尼克知道，在每片阴影下都有鳟鱼。下午，太阳移向群山之后，鳟鱼会待在河另一侧凉爽的树荫下。

极大的鱼会待在靠近河岸的地方。在黑河¹上总能钓到大鱼。日落时分，它们全都游出，进入水流。太阳下山前在水面映出耀眼的光芒。此时，你很容易在水流的任何一处钓上一条大鳟鱼。只是此刻简直无法钓鱼，水面刺目得就像日光下的镜子。当然，可以到上游去钓，可是在黑河或类似的河里，你不得不顶着水流操作，而在水深之处，涌流的水难以抵挡。水流如此湍急，在上游钓鱼并非有趣。

尼克蹚过浅滩一路前行，观察着两岸，寻找深水潭。有棵山毛榉紧挨河边长着，因而枝丫垂落水中。河水回流到枝叶下。这种地方总是有鳟鱼的。

尼克不怎么想在这个水潭钓鱼。他确信钓钩会被枝丫挂住。

不过水潭看来很深。他投下蚂蚱，于是水流把它带到水里，折回送到悬空的枝丫下面。钓线绷紧了，尼克往回拉。鳟鱼猛烈挣扎，在枝叶间的水面半隐半现。钓线挂住了。尼克用力地拉，结果鳟鱼脱钩了。他收回钓钩捏在手里，朝下游蹚去。

前面，靠着左岸，有一根大原木。尼克看出它是空心的。原木一端朝着上游，水流平滑地淌进去，只在两边漾出细微的波痕。水越来越深。空心原木顶上呈灰色，是干燥的。它有一部分处于树荫下。

尼克拔出蚂蚱瓶的塞子，有只蚂蚱附着在上面。他拈起它，穿到钓钩上，然后甩出去。他把钓竿远远伸出，以使水面的蚂蚱漂进流入空心原木的水流中。尼克把钓竿放低，蚂蚱漂了进去。钓钩被重重地咬住了。尼克顶着拉力甩动钓竿。他觉得犹如钩住了原木本身，除了有动的感觉。

他竭力把鱼拉出空心原木，使之进入水流。它过来了，沉甸甸的。

钓线松弛下来，尼克以为鳟鱼逃脱了。随后他看见了它，非常近，在水流中，摇着头，力图甩掉钓钩。它的嘴被扣住了，正在清澈的水流中挣扎着摆脱钓钩。

尼克以左手把钓线绕成圈回收，挥起钓竿使钓线绷紧，尽力把鳟鱼拉向抄网，可是它好像跑了，看不见，钓线伸缩着。尼克顶着水流拉鱼，任由它在水中抗拒着钓竿的弹力冲撞。他把钓竿换到左手，朝上游牵引鳟鱼，把在钓竿下挣扎着的鱼提起，使之落入抄网。他把鱼完全拎出水，它沉甸甸地待在网里，弯成半圆。他从鱼嘴上解下钓钩，把它顺进布袋。

他张开袋口，低头往里看，两条大鳟鱼在水中扑腾着。

尼克蹚过越来越深的河水，前往空心原木。他越过头顶卸下布袋。鳟鱼在口袋离水时扑腾着。他拎着布袋，让鳟鱼深深地浸在水里。随后他爬上原木坐下，水从裤子和靴子上淌到河里。他撂下钓竿，挪到原木阴凉的一端，从衣兜里拿出三明治。他在冷水里蘸了蘸三明治，水流把面包屑带走。他吃掉三明治，又拿帽子舀满了水喝，水在他正要喝时溢出来。

坐在树荫下的原木上很是凉快。他掏出一支香烟，划火柴点烟。火柴压进灰色的木头，划出一道细细的凹痕。尼克从原木的一边探过身，找到一块坚硬的地方，划着了火柴。他抽着烟安坐，观察着河流。

河道在前方收束，进入湿地。河水平展深邃。湿地长着雪松，显得很硬实。雪松的树干相互接近，枝丫衔接密实。步行穿过这样的湿地是不可能的。枝丫长得如此之低，不把身子弯到贴近地面根本就别想挪动，更别想硬闯过去。生活在湿地里的动物都长得矮小，原因就在于此吧，尼克想。

带些书报来就好了。他想读点什么。他不打算继续前行，进入湿地。他朝河的下游望去。一棵大雪松斜着跨过河面。再往远，河道进入了湿地。

尼克现在不想进入那里。他不愿涉入水越来越深，到深及腋窝的河道，到打了鱼也没法拿上岸的地方钓大鳟鱼。在湿地里，两岸无处落脚，高大的雪松密布，枝叶在头顶聚拢，阳光照不进来，只有斑驳的光点。在湍急的深水里，在晦暗的光线中，钓鱼会很悲惨。在湿地里钓鱼是悲惨的冒险。尼克不想这么干。他今天不想再往下游走了。

他掏出折刀，打开扎在原木上。然后拎起布袋，伸手进去，捉出一条鳟鱼。鱼在手里猛烈扭动，很难把握，他就抓住尾巴附近，把它抡向原木。鳟鱼身子一震就不动了。尼克把它搁到原木上的树荫里，又以同样方法摔折了另一条鱼的脖子。他把它们并排搁在原木上。它们是上等的鳟鱼。

尼克把它们开膛，从肛门一直割到下巴尖。内脏、鳃和舌头一并取出。两条都是雄的，灰白色的长条生殖腺光滑干净。所有内脏干净紧致，一次取出。尼克把鱼下水扔到岸上，留给水貂吃。

他在河水中洗鳟鱼。在水里把它们脊背朝上拿着时，看着很像活鱼。它们的颜色还没褪。他洗净手，在原木上抹干。然后把鳟鱼搁到铺在原木上的布袋上，卷起扎好，放进抄网。他的折刀还戳着，刀尖扎进原木。他把它在木头上蹭干净，放进衣袋。

尼克在原木上立起，攥着钓竿，沉甸甸的抄网挂在身上，然后跨进水里，溅着水花向岸边蹚。他登上河岸，穿进树林，朝高地走去。他在返回宿营地。回头望去，河流在树间时隐时现。以后在湿地钓鱼的日子还有的是。

注释：

1. 黑河位于密歇根州。

在 异 乡

秋天，战事依然不断，但我们再也不去打仗了。米兰的秋天很冷，暮色也早早降临。于是电灯纷纷点亮，沿街望望橱窗很是惬意。餐馆外悬着种种野味：狐狸的毛皮上撒落雪花，尾巴被风吹着；僵硬的鹿沉甸甸地吊起，内脏掏空；小鸟在风中晃动，羽毛翻飞。这是个寒秋，风从山中吹来。

我们每天下午都去医院。黄昏中穿过市区，有不同的路可走。两条沿着运河，可是绕远。所以人们总是经由运河上的桥到医院去。有三座桥任选。其中一座上面有个女人卖炒栗子。站在她的炭火炉前很暖和，栗子放进口袋之后热乎乎的。医院历史悠久，环境优美。走进大门，穿过庭院，再走过对面的大门。时常有葬礼在院子里开始。老医院后面有几幢新盖的砖房。每天下午我们聚在那里，坐在治疗机里，大家彬彬有礼，互相关心病情，这些机器会使我们的状况大为改观。

医生来到我坐着的治疗机前道："战前你最喜欢干什么？你参

加体育运动吗？"

"是，踢足球。"我说。

"很好。"他说，"你将能重新踢足球，比以前还踢得好。"

我的膝部不能弯曲，从膝盖到脚踝僵直，没有腿肚子。治疗机将使膝部打弯，使之像骑三轮车那样灵活。叮是目前还不能弯，反而是治疗机转到该打弯时动弹不得。医生说："这个阶段会彻底过去。你是个幸运的年轻人。你会重新踢足球的，跟冠军一样。"

旁边的治疗机里坐着位少校。他的一只手小得像婴儿的手。两条上下跳动的皮带牵引着他的手，摆动僵硬的手指。医生检查他的手时，少校朝我眨眨眼，对医生说："我也能踢足球吗，主任大夫？"他的剑术非常高超，战前是意大利最优秀的剑术家。

医生回到后面的房间，取来一张照片，上面显示一只手，接受机器治疗前萎缩得几乎跟少校的一样小，治疗后就大了些。少校用好手拿着照片，非常仔细地端详。"战伤？"他问。

"工伤。"医生答道。

"很有意思，很有意思。"少校说着，把照片递还医生。

"你有信心了吧？"

"没有。"少校答道。

还有三个小伙子，年龄同我相仿，每天到医院来。三个都是米兰人。一个想当律师，一个想当画家，还有一个立志当兵。做完机器治疗，有时我们一起走回去，到斯卡拉歌剧院隔壁的科瓦咖啡馆去。由于四人结伴，我们就抄捷径，穿过共产党人聚居区。那里的人恨我们，因为我们是军官。我们走过时，一家酒馆里有人会冲我们喊："打倒军官！[1]"另外有个小伙子，有时跟我们一起走，凑成五人一伙。当时他脸上蒙一块黑色丝手帕，因为鼻子没了，脸部有待整形。他是从军校直接参战的，头一次上前线，没到一个钟头就受了伤。医生再造了他的脸，然而由于他出身于一个非常古老的家族，他们怎么都没法把他的鼻子做得一仍其旧。他去了南美洲，在一家银行做事。不过这是很久以前的事了，当时我们谁都不知道战事往下会什么样。当时只知道仗一直在打，不过我们再也不会参战了。

　　我们都获得了同样的奖章，除了脸上包着黑色丝手帕的小伙子；他在前线待的时间不够长，所以没得到奖章。想当律师、脸色苍白的高个子担任过突击队中尉，得了三枚奖章，而同样的奖章我们每人只有一枚。他长期从军，九死一生，所以有点落落寡合。我们都有点落落寡合，除了每天下午在医院相遇便更无交情。然而，每当黄昏，酒馆亮起灯光，传出歌声之际，我们穿越城里难对付的区域走到科瓦咖啡馆去，有时男男女女挤在人行道上，我们只好拨开众人前行，挤到街上去，这时候，便由于某种遭遇而觉得抱团，这是那些讨厌我们的人所无法理解的。

　　我们自己都了解科瓦咖啡馆。这里华美而温暖，灯光不过分亮，一些时段人声鼎沸，烟雾弥漫。桌旁总是有女招待，壁架上放着带插图的报纸。科瓦的女招待们非常爱国。我发现，意大利最爱国的人是咖啡馆女招待——我相信她们至今依然爱国。

　　小伙子们起初对我的奖章满怀敬意，问我是由于什么功绩而获得它们的。我拿奖状给他们看。奖状以冠冕堂皇的词句写就，满纸"友爱""无私"[2]，然而去除这些辞令，奖状的真实意思为，授予我奖章的理由为我是美国人。从那以后，他们对我的态度有点变了，尽管跟外人相比我还是朋友。我是朋友，然而自从他们看过奖状，我就不真正是他们中的一员了，因为功绩不同，他们是由于做出大为不同的功绩才获得奖章的。诚然，我负了伤，可是我们都知道，负伤毕竟实在就是个意外。不过，我从不觉得受奖有愧。有时，在鸡尾酒会后，我会想象自己也做出过他们因之获得奖状的种种功绩。可是，当夜晚穿过冷风中空旷的街道往住地走，店铺都关了门，尽量走在路灯下，我就知道自己绝对做不出这样的功绩，自己非常怕死。我时常夜间独自躺在床上，想到死就害怕，不知道重返前线后自己会是什么表现。

三个获得奖章的小伙子就像三只猎鹰，而我不是鹰，尽管在从未打过猎的人眼中我也许像鹰。他们，三个小伙子，对此比我清楚，于是我们散伙了。不过，我跟上前线第一天就挂了彩的小伙子还是好朋友，因为他现在永远不会知道自己会变成何等样人，所以他也永远不会被接受。而我喜欢他，因为我觉得也许他也不会成为鹰。

少校，昔日的优秀剑术家，是不相信勇气的。我们坐在治疗机中时，他会花大量时间纠正我的意大利语法。他夸奖过我的意大利话说得好，我们也聊得很是轻松自如。有一天我说，意大利语对于我似乎是如此容易的语言，我对它都提不起太大兴趣了，表达任何想法都这么容易。"哦，是呀。"少校说，"那你为什么不研究一下语法的应用呢？"我们就研究起语法的应用来。于是很快，意大利语变成了如此难学的语言，以致我没在心里把语法理顺之前，都不敢对他说话了。

少校上医院非常准时。我认为他一天都没落过，尽管我肯定少校不相信机器治疗。有一段时间我们谁都不相信机器，有一天少校还说这完全是胡扯。当时治疗机是新东西，我们就成了证明它们的人。这是种白痴想法，他说："纸上谈兵，跟别的理论一样。"我没学好意大利语法，他就骂我是愚蠢的没指望的耻辱，还说自己费心教我也是傻瓜。少校身材矮小，直挺挺地坐在椅子中，右手伸进机器，在皮带牵引着手指上下摆动时，眼睛直盯着墙壁。

"要是战争结束了，结束时你打算干什么？"少校问我，"语法要正确！"

"我打算回美国。"

"你结婚了吗？"

"没有，不过我想结婚。"

"你实在是太蠢了。"他说，显得非常恼怒，"男人绝不能结婚。"

"为什么，少校先生³？"

"别叫我少校先生。"

"为什么男人绝不能结婚？"

"他不能结婚。他不能结婚。"他恼怒地说，"即使他将会丧失一切，他也不该把自己置于丧失那些的境地。他不该把自己置于丧失的境地。他应当发现不能丧失的东西。"

他非常恼怒而痛苦地说，说的时候眼睛向前直视着。

"可是他为什么一定要丧失？"

"他会丧失。"少校说。他盯着墙壁，然后低下头看着治疗机，猛然把小手从牵引带里抽出来，用力拍向大腿，"他会丧失。"他几乎喊起来，"别跟我争辩！"接着，他对看管治疗机的护理员叫道，"来把这该死的东西关掉！"

他回到另一个房间去做光疗和按摩。然后我听见他问医生可否借用电话，随即关上门。他回到这个房间时，我正坐在另一台治疗机中。他披着斗篷，戴着帽子，径直朝我的治疗机走来，一只手臂放到我的肩上。

"对不起，"他说，用好手拍着我的肩膀，"我不该失礼。我妻子刚去世了。你务必原谅我。"

"噢……"我说，为他感到难过，"我很遗憾。"

他站在那儿，咬着下唇。"非常困难，"他说，"我想不开。"

他的目光越过我，直视窗外。接着他哭起来。"我完全想不开。"他边说边哽咽。然后失声痛哭，抬头茫然直视着，努力挺直身体站稳，泪流满面，咬紧双唇。他从治疗机之间穿过，走出房门。

医生告诉我，少校的妻子非常年轻，少校直到确实残疾到不能参战后才同她结婚，她死于肺炎。她只病了几天。没人想到她会死。少校三天没上医院。然后他来了，时间照常，军服的袖子上戴了一块黑纱。在他回来时，周围墙上挂起了带大镜框的照片，拍的是机器治疗前后的种种病例。在少校使用的治疗机对面墙上有三幅手掌的照片，都类似他完全恢复的手。我不知道它们是医生从哪里弄来的。我一向认为，我们是这些机器的第一批使用者。照片对少校没起多大作用，因为他只是望向窗外。

注释：

1. 原文为意大利语。

2. 原文为意大利语。

3. 原文为意大利语。

白象似的群山

　　埃布罗河¹河谷的那一边，白色的山冈连绵不绝。这一边，一片旷野，全无树木，车站夹在两条铁道中间，暴露在阳光下。紧靠着车站的一侧，一幢房子投下热乎乎的阴影，竹珠子穿成的门帘挂在酒吧门口挡苍蝇。那个美国人和同行的姑娘坐在门外阴影中的桌旁。天气非常热，巴塞罗那来的快车还得四十分钟到站。列车在这个中途站停靠两分钟，然后继续前行，开往马德里。

　　"咱们喝点什么呢？"姑娘问。她已经摘掉帽子，放到桌子上。

　　"天真够热的。"男人说。

　　"咱们喝啤酒吧。"

　　"来两杯啤酒。²"男人朝帘内说。

　　"大杯的？"一个女人在门口问。

　　"对。两大杯。"

　　女人端来两大杯啤酒和两个毡杯垫。她把毡杯垫和啤酒杯放在桌子上，看了看男人和姑娘。姑娘正在眺望那一带远山。它们在阳光下是白色的。乡野则是褐色的和干燥的。

"它们看上去像一群白象。"她说。

"我从没见过象。"男人喝着啤酒。

"不会。你不会见过。"

"我也许见过。"男人说,"单凭你说我不会见过说明不了什么。"

姑娘看着珠子门帘。"他们在上面画了东西的。"她说,"那上面写的什么?"

"茴芹酒[3]。是一种酒。"

"咱们能尝尝吗?"

男人朝珠子门帘里喊了声"喂"。女人从酒吧走出来。

"一共四里亚尔[4]。"

"我们要两杯茴芹酒。"

"掺水吗?"

"你要掺水吗?"

"我不知道。"姑娘说,"掺了水好喝吗?"

"好喝。"

"你们要掺水吗?"女人问。

"要。掺水。"

"这酒尝起来像甘草糖。"姑娘说,放下酒杯。

"事事如此。"

"是的。"姑娘说,"事事尝起来都像甘草糖。尤其是所有等待已久的东西,就像艾酒。"

"哦，别说了。"

"是你先说的。"姑娘说，"我觉得挺有意思。我挺开心。"

"好吧，咱们就想办法开心吧。"

"行啊。我就在想呢。我说那些山看上去像一群白象。这不是很妙吗？"

"这是很妙。"

"我还提出尝尝这种没喝过的酒。咱们就做了这么点儿事——看看风景，尝尝没喝过的酒，不是吗？"

"我想是的。"

姑娘遥望着群山。

"那些山美极了。"她说，"看上去并不真像一群白象。我指的只是树木后面透出的山体颜色。"

"咱们再喝一杯好吗？"

"好。"

热风把珠子门帘吹得拂到桌子。

"这啤酒清凉爽口。"男人说。

"真好喝。"姑娘说。

"那实在是简单到家的手术，吉格。"男人说，"实在算不上什么手术。"

姑娘注视着桌腿旁的地面。

"我知道你不会在乎的，吉格。实在算不了什么。只是注入空气。"

姑娘没有作声。

"我陪你去，而且一直待在你身边。他们只是注入空气，然后就完全正常了。"

"那以后咱们怎么办？"

"以后咱们就好了，就跟咱们以前一样。"

"你怎么会这么想呢？"

"因为使咱们烦恼的只有这件事，使咱们不高兴的只有这件事。"

姑娘看着珠子门帘，伸手抓起两串珠子。

"你就认为以后咱们会一切顺利高高兴兴的了？"

"我知道咱们会的。你没必要害怕。我认识许多做过的人。"

"我也是。"姑娘说，"而且事后她们都是那么高高兴兴的。"

"好吧。"男人说，"你要是不想做就不必勉强。你要是不想做我不会勉强你。不过我知道它非常简单。"

"你真的想要我做吗？"

"我认为这是最好的办法。不过你要是真的不想做，我也不想要你做。"

"而要是我做了，你会高兴，我们又会跟以前一样，你会爱我，是吗？"

"我现在就爱你。你知道我爱你。"

"我知道。不过要是我做了，那要是我说东西像一群白象，我们就又会快乐，你会喜欢？"

"我会非常喜欢。我现在就非常喜欢，只是心思放不到上面。你知道我烦恼的时候是什么样子。"

"要是我做了你就再不会烦恼了？"

"我不会为这个烦恼，因为它非常简单。"

"那我就会做。因为我不在乎自己。"

"你什么意思？"

"我不在乎自己。"

"可是，我在乎你。"

"啊，是的。但我不在乎自己。所以我要做，然后就会事事如意了。"

"你要是这种感觉我就不想要你做。"

姑娘立起身来，走到车站的尽头。铁路对面，在那一边，是埃布罗河两岸的庄稼和树木。再远处，河的那一边，是绵延的山峦。一片云影掠过农田，透过树木她望见了河流。

"咱们本来可能拥有这一切。"她说，"咱们本来可能拥有万事万物，可是每天咱们都把事情弄得越发不可能。"

"你说什么？"

"我说咱们本来可能拥有万事万物。"

"咱们能够拥有万事万物。"

"不，咱们不能。"

"咱们能够拥有整个世界。"

"不，咱们不能。"

"咱们能够走遍天下。"

"不，咱们不能。它不再是咱们的了。"

"它是咱们的。"

"不，它不是。他们一旦把它拿走，你就永远拿不回来了。"

"但是他们还没把它拿走。"

"咱们等着瞧吧。"

"回阴凉地儿来吧。"他说，"你不该是这种感觉。"

"我什么感觉都不是。"姑娘说，"我只是知道。"

"我不想要你做任何你不想做的事——"

"或者对我不利的事。"她说，"我知道。咱们能再喝杯啤酒吗？"

"好吧。可是你得明白——"

"我明白。"姑娘说，"咱们别再说了好不好？"

他们在桌旁坐下。姑娘望着河谷干燥一侧的群山，男人看着她，看着桌子。

"你得明白，"他说，"你要是不想做我就不想要你做。我完全愿意就这样下去，如果这对你有意义的话。"

"这对你难道没有意义吗？咱们能过下去的。"

"对我当然也有意义。但除了你我什么人都不想要。我不想要别的任何人。而且我知道它非常简单。"

"是，你知道它非常简单。"

"你怎么说都行，但我确实知道。"

"你现在能为我做点儿事吗？"

"我会为你做任何事。"

"那就请你请你请你请你请你请你请你别再说了行吗？"

他没作声，只是看着放在车站墙边的旅行包。包上贴着他们曾经过夜的所有旅馆的标签。

"但我并不想要你做。"他说，"对此我并不在乎。"

"我要尖叫了。"姑娘说。

女人端着两杯啤酒从珠子门帘后走出来，把酒放在湿杯垫上。"火车五分钟内到站。"她说。

"她说什么？"姑娘问。

"她说火车五分钟内就要到站。"

姑娘对那女人灿烂一笑，表示感谢。

"我还是把旅行包放到车站那边去吧。"男人说。姑娘对他笑笑。

"去吧。放下了就回来，咱们把啤酒喝完。"

他拎起两只沉重的旅行包，绕过车站送到另一条铁道边。他顺着铁道朝来车方向望去，但不见火车踪影。他往回走，穿过酒吧间，候车的人在那里喝酒。他在吧台喝了一杯茴芹酒，打量着人们。他们都在安心等车。他穿过珠子门帘走出。她正坐在桌子旁边，对他笑了笑。

"你觉得好些没有？"他问。

"我觉得很好。"她说，"我什么问题都没有。我觉得很好。"

注释：

1.埃布罗河，西班牙第一大河。

2.原文为西班牙语。

3.原文为西班牙语。

4.里亚尔，旧时西班牙钱币。

杀 手

亨利餐馆的门开了，两个人走进来。他们在柜台前坐下。

"两位要什么？"乔治问道。

"我不知道。"其中一个说，"你想吃什么，阿尔？"

"我不知道。"阿尔说，"我不知道自己想吃什么。"

外面天色渐暗，窗外街灯亮起。柜台前的两个人看着菜谱。在柜台的另一端，尼克·亚当斯注视着他们。他们进来的时候，他正和乔治聊天。

"来一份烤猪里脊加苹果酱和土豆泥。"第一个人说。

"这菜还没做好。"

"那你们还写到菜单上！"

"那是晚饭，"乔治解释道，"六点钟可以吃上。"

乔治看了看柜台后面墙上的钟。

"现在是五点钟。"

"钟上是五点二十。"第二个人说。

“这钟快了二十分钟。”

“噢，该死的钟。”第一个人说，“你们有什么吃的？”

“我们有各种三明治。”乔治说，“你可以点火腿蛋、咸肉蛋、肝配咸肉，或者来份牛排。”

“我要炸鸡肉丸、青豆加奶油沙司和土豆泥。”

“那是晚餐。”

“我们要的都是晚餐，嗯？你们就这么做买卖？”

“我们有火腿蛋、咸肉蛋、肝……”

“我要火腿蛋。”叫阿尔的人说。他头戴圆礼帽，身穿黑色外套，胸前的纽扣系上了。脸庞窄小而苍白，嘴唇紧紧抿着。围着围巾，戴手套。

“给我咸肉蛋。”第二个人说。他身材和阿尔相仿。两人相貌不同，衣着像孪生兄弟，都穿着紧绷绷的外套。他们身体前倾，胳膊肘搁在柜台上。

“有什么喝的？”阿尔问。

“银标啤酒、比沃¹、姜汁汽水。”乔治回答。

“我是问有什么酒。”

“就是我说的这些。”

“这镇子真热。”另一个人说，“他们管它叫什么？”

“萨米特。”

“听说过吗？”阿尔问同伴。

“没有。”同伴回答。

“晚上他们在这儿都干什么？”阿尔问。

"他们吃晚饭。"同伴说，"他们都到这儿来大吃一顿。"

"是这样的。"乔治说。

"那么你认为是这样的？"阿尔问乔治。

"当然。"

"你是个机灵鬼，不是吗？"

"当然。"

"哼，你才不是。"另一个小个子说，"阿尔，他是吗？"

"他是个笨蛋。"阿尔说，然后转向尼克，"你叫什么名字？"

"亚当斯。"

"又是个机灵鬼。"阿尔说，"马克斯，他不是机灵鬼吗？"

"镇子里净是机灵鬼。"马克斯说。

乔治在柜台上放下两个浅盘，一盘是火腿蛋，另一盘是咸肉蛋。又撂下两碟煎土豆小菜，就关上了通往厨房的窗口。

"哪一份是你的来着？"他问阿尔。

"你不记得了吗？"

"火腿蛋。"

"真是个机灵鬼。"马克斯说，他探过身拿了火腿蛋。两人都没摘手套。乔治看着他们吃。

"你看什么呢？"马克斯盯着乔治。

"没什么。"

"见鬼。你在看我。"

"这小子也许是成心取笑，马克斯。"阿尔说。

乔治笑了起来。

"你不该笑。"马克斯对他说，"你根本不该笑。懂吗？"

"行吧。"乔治说。

"你看，他明白这样才行。"马克斯转向阿尔，"他明白这样才行。是个好家伙。"

"嗯，他是个明白人。"阿尔说。他们继续吃饭。

"柜台那头的机灵鬼叫什么？"阿尔问马克斯。

"嗨，机灵鬼，"马克斯对尼克说，"你过去，到柜台那边去，跟相好的一块儿待着。"

"什么意思？"尼克问。

"没什么意思。"

"你最好过去，机灵鬼。"阿尔说。尼克在柜台后走了过去。

"什么意思？"乔治问。

"不关你们他妈的事。"阿尔说，"那边厨房里有谁？"

"老黑。"

"老黑是什么意思？"

"做饭的老黑。"

"叫他进来。"

"什么意思？"

"叫他进来。"

"你们以为自己在什么地方？"

"我们他妈的当然知道自己在什么地方。"叫马克斯的人说，"我们像傻瓜吗？"

"说什么傻话。"阿尔对他说，"活见鬼，你跟这小崽子争什么？

听着，"他对乔治说，"把老黑叫出来。"

"你们要对他怎样？"

"没什么。动动脑子，机灵鬼。我们对老黑能怎样？"

乔治打开通往后厨的窗口。"萨姆，"他喊道，"过来一下。"

厨房门开了，老黑走出来。"什么事？"他问。柜台前的两个人扫了他一眼。

"行了，老黑。你就站那儿吧。"阿尔说。

系着围裙的老黑萨姆停住脚步，盯着柜台前的两个人说："是，先生。"阿尔从高脚凳上起身下来。

"我跟老黑和机灵鬼回厨房去。"他说，"老黑，转回厨房去。机灵鬼，你跟他一起走。"这小个子跟在尼克和厨师萨姆后面，走进厨房。门在他们身后关上了。名叫马克斯的人坐在柜台前，跟乔治相对。他没看乔治，而是看着柜台后面墙上宽大的镜子。亨利餐馆是翻建的，原来是家酒吧。

"喂，机灵鬼，"马克斯说，看着镜子，"怎么不说话？"

"这到底是怎么回事？"

"嗨，阿尔，"马克斯叫道，"机灵鬼想知道这到底是怎么回事。"

"你不会告诉他吗？"阿尔的声音从厨房里传出来。

"你想这到底是怎么回事？"

"我不知道。"

"你怎么想？"

马克斯说话的时候始终看着镜子。

"我不想说。"

"嗨，阿尔，机灵鬼说他不想说这到底是怎么回事。"

"我能听见，行啦。"阿尔在厨房里说。他已经打开通往厨房传递食物的窗口，并用番茄酱瓶支住。"听着，机灵鬼，"他从厨房里向乔治说，"沿着柜台往远点儿站。马克斯，你往左稍微挪挪。"他像个摄影师安排照集体相。

"告诉我，机灵鬼，"马克斯说，"你想会发生什么事？"

乔治不作声。

"我告诉你，"马克斯说，"我们要杀一个瑞典人。你认识一个叫奥利·安德烈森的大个子瑞典人吗？"

"认识。"

"他每天晚上到这儿吃饭，对不对？"

"有时候到这儿。"

"他六点到这儿，对不对？"

"要是他来的话。"

"这些我们都知道，机灵鬼。"马克斯说，"说点儿别的吧。看过电影吗？"

"偶尔。"

"你应该多看。电影对你这样的机灵鬼有好处。"

"你们为什么要杀奥利·安德烈森？他怎么得罪你们了？"

"他根本没机会得罪我们。他连见都没见过我们。"

"他将只能见到我们一次。"阿尔在厨房里说。

"那你们为什么要杀他？"乔治问。

"我们要替朋友杀他。只是受朋友之托，机灵鬼。"

"闭嘴。"阿尔在厨房里说,"你说得太他妈多了。"

"嘿,我就是让机灵鬼开开心。是不是,机灵鬼?"

"你说得太他妈多了。"阿尔说,"老黑和我这里的这个机灵鬼自己寻开心呢。我把他俩绑在一起了,就像女修道院里俩相好的似的。"

"看来你在女修道院里待过?"

"你根本不懂。"

"你就是在符合教规的女修道院里待过。那就是你待过的地方。"

乔治抬头看看钟。

"要是有人来,就说厨师不在;要是他们还不走,就说你自己到后边去做饭。懂了吗,机灵鬼?"

"懂了。"乔治说,"过后你们要拿我们怎样?"

"那得看情况了。"马克斯说,"那属于眼下永远没法知道的事。"

乔治抬头看钟。时间是六点一刻。临街的门开了,一个有轨电车司机走进来。

"嗨,乔治。"他说,"能给我弄点吃的吗?"

"萨姆出去了,"乔治说,"还得半个小时左右回来。"

"那我还是到街那头去吧。"司机说。乔治看看钟,六点二十。

"很好,机灵鬼。"马克斯说,"你是个十足的小绅士。"

"他知道我会把他脑袋拧下来。"阿尔在厨房里说。

"不,"马克斯说,"不是这样。机灵鬼很好。是个好小子。我喜欢他。"

六点五十五分的时候，乔治说，"他不会来了。"

餐馆里又来了两个人。乔治到厨房去做了一份外卖的火腿蛋三明治，给一个顾客拿走。在厨房里他看见阿尔，圆顶礼帽扣在后脑勺上，坐在窗口旁的凳子上。手边一支锯短了枪管的猎枪，枪口搁在壁架上。尼克和厨师背靠背坐在墙角，嘴里都塞了抹布。乔治做好三明治，用油纸包起来，放在纸袋里，拿进店堂。顾客付过钱走了。

"机灵鬼无所不能。"马克斯说，"他能做饭，什么都能干。你会把一个姑娘变成好老婆的，机灵鬼。"

"是吗？"乔治说，"你的朋友，奥利·安德烈森，不会来了。"

"咱们再等他十分钟。"

马克斯注视着镜子和钟。指针指向七点，然后是七点零五分。

"来吧，阿尔。"马克斯说，"咱们还是走吧，他不会来了。"

"最好再等他五分钟。"阿尔在厨房里说。

没到五分钟进来一个人，乔治解释说厨师病了。

"见鬼，你们怎么不再找个厨师？"那人说，"你们开的不是餐馆吗？"他走了出去。

"来吧，阿尔。"马克斯说。

"两个机灵鬼和老黑怎么办？"

"不用管他们。"

"你是这么想的？"

"当然。咱们的事已经办完了。"

"我不喜欢这么干，"阿尔说，"拖泥带水的。你说得太多了。"

"哦，见鬼。"马克斯说，"咱们得把事办得有点乐子，不是吗？"

"你说得太多了，不管怎样。"阿尔说。他从厨房走出来。紧绷绷的外套腰间，猎枪锯短的枪管有些凸起。他用戴着手套的手拉了拉外套。

"后会有期，机灵鬼。"他对乔治说，"你算是交了好运了。"

"这倒是真话，"马克斯说，"你该去赌赛马，机灵鬼。"

两人走出门。乔治隔着窗户看，见两人走过弧光灯下，然后横穿街道。紧绷绷的外套和圆顶礼帽，使他们看起来活像一对杂耍艺人。乔治走回来，穿过弹簧门进入厨房，解开了尼克和厨师。

"我真是受够了。"厨师萨姆说，"我真是受够了。"

尼克站起来。他的嘴还从来没被塞过抹布。

"嘿，"他说，"到底怎么回事？"他努力做出处变不惊的样子。

"他们要杀奥利·安德烈森。"乔治说，"他们想等他一进来吃饭就开枪打死他。"

"奥利·安德烈森？"

"没错。"

厨师用两根拇指摸着嘴角。

"他们都走了吗？"他问。

"走了。"乔治说，"刚走的。"

"我不喜欢这事。"厨师说，"我一丁点儿都不喜欢这事。"

"听着，"乔治对尼克说，"你最好去看看奥利·安德烈森。"

"好。"

"你们最好一点边都别沾。"厨师萨姆说,"你们最好躲远点。"

"你不想去就别去。"乔治说。

"插手这事对你们一点好处都没有。"厨师说,"你们躲远点。"

"我找他去。"尼克对乔治说,"他住在哪儿?"

厨师转身离开。

"毛孩子总是自以为是。"他说。

"他住在那边的赫希公寓。"乔治对尼克说。

"我去一趟。"

外面,弧光灯在光秃秃的树枝间照着。尼克沿着电车轨道走向街道另一头,在下一个街灯处拐进一条小街。经过三幢房屋就是赫希公寓。尼克迈上两级台阶摁了门铃。一个女人来应门。

"奥利·安德烈森住这儿吗?"

"你想见他?"

"是,要是他在的话。"

尼克跟着女人走上一段楼梯,又折回走廊尽头。她敲了敲门。

"谁呀?"

"有人找你,安德烈森先生。"女人说。

"是尼克·亚当斯。"

"进来吧。"

尼克推开门,走进房间。奥利·安德烈森和衣躺在床上。他过去是个重量级职业拳击手,床对于他不够长。他枕着两个枕头躺在那里。他没看尼克。

"什么事?"他问。

"我是亨利餐馆的。"尼克说,"来了两个家伙,把我和厨师捆起来,还说要杀你。"

他说这话的时候听起来没头没脑的。奥利·安德烈森不作声。

"他们把我们关在厨房里。"尼克继续说,"他们想等你进去吃饭时开枪打死你。"

奥利·安德烈森看着墙壁,什么都没说。

"乔治认为我最好是过来把这事告诉你。"

"对这事我也无可奈何。"奥利·安德烈森说。

"我可以告诉你他们的模样。"

"我不想知道他们的模样。"奥利·安德烈森说,看着墙壁,"谢谢过来把这事告诉我。"

"没什么。"

尼克看着躺在床上的大个子。

"你不想要我去找警察吗?"

"不。"奥利·安德烈森说,"那什么用都没有。"

"没什么我能做的?"

"没有。没什么要做的。"

"这也许仅仅是吓唬人。"

"不。这不仅仅是吓唬人。"

奥利·安德烈森翻身对着墙壁。

"唯一的问题是,"他说,对着墙壁,"我就是拿不定主意出门。我成天待在这里。"

"你离开镇子不行吗?"

"不。"奥利·安德烈森说，"我遇到什么事都扛着。"

他看着墙壁。

"现在没什么事要做了。"

"你就不能想想办法？"

"不。我没办法了。"他还是平平淡淡地说，"现在没什么事要做了。过一会儿我会拿定主意出门。"

"我该回去见乔治了。"尼克说。

"再见。"奥利·安德烈森说，没看尼克，"谢谢过来。"

尼克走出去。关门的时候，他看见奥利·安德烈森和衣躺在床上，看着墙壁。

"他一直成天待在房间里。"公寓女主人在楼下说，"我想他是身体不好。我对他说：'安德烈森先生，这么好的秋天光景，你应该出门散散步。'但他没兴趣。"

"他不想出门。"

"他身体不好，真让我遗憾。"女人说，"他是个大好人。他以前是拳击手，要知道。"

"我知道。"

"要是不看他的脸你就不会知道。"女人说，他们站在大门里聊着，"他真是个好好先生。"

"好吧，晚安，赫希夫人。"尼克说。

"我不是赫希夫人。"女人说，"她是房主。我只是为她照看房子。我是贝尔夫人。"

"好吧，晚安，贝尔夫人。"尼克说。

"晚安。"女人说。

尼克踏入黑暗的街道,走到弧光灯下的街角,然后沿电车轨道回到亨利餐馆。乔治在店里,柜台后边。

"见到奥利了?"

"见到了。"尼克说,"他待在房间里,不想出门。"

厨师在厨房里听到尼克的声音打开门。

"我连听都不想听。"说完关上了门。

"你把事告诉他了?"乔治问。

"当然。我告诉他了,不过他全都知道。"

"他什么打算?"

"没打算。"

"他们会杀了他。"

"我想会的。"

"他在芝加哥时必定卷入了什么事。"

"我想是的。"尼克说。

"是件大事。"

"非常大的事。"尼克说。

他们默不作声。乔治探身拿了条抹布,擦起柜台来。

"他究竟干了什么呢?"尼克说。

"欺骗了某个人。所以他们要杀他。"

"我要离开这个镇子。"尼克说。

"嗯。"乔治说,"这么做挺好。"

"想到他在房间里等着,明知将要领死,我就受不了。实在是

- 238 -

太可怕了。"

"喂，"乔治说，"你最好还是别想了。"

注释：

1.比沃，一种不含酒精的麦芽饮料。

风暴过后

　　其实本来没什么事，没什么值得动手的事，不过我们就是打了起来。我滑倒了。他把我摁住，跪在我胸膛上，双手扼住我，像是一心要扼死我。我一直极力从兜里掏出刀子来，好给他一下让他松手。众人都醉得可以，没人想到把他拉起来。他一边扼住我，一边把我的头往地板上撞。我掏出刀子打开，在他胳膊上划了一刀，他就放开了我。他想要抓住我也抓不成了。他滚到地上，握住胳膊，号哭起来。我说：

　　"你这个浑蛋干吗扼住我？"

　　真该宰了他。我一个星期都咽不下东西。喉咙被他严重扼伤了。

　　当时，我抽身离开了，那里有不少人跟他是一伙的，有些人还出来追我。我拐了个弯，顺着码头离去。我遇到一个家伙，他说有人在街上杀了个人。我说："谁杀了他？"他说："我不知道谁杀了他，不过他反正是死了。"此时天色已暗，街上积着水，黑灯瞎火，窗户破碎，小船被一直冲到镇上，树木也被刮倒，一切都刮得七零八落，我找到一只小艇划出码头，找到了我泊在曼戈礁里面的小船。船还是好好的，只是盛满了水。我就又是舀，又是用泵抽，把水排除了，天上有月亮，可是云很多，风暴依旧猛烈。我乘风行船，天亮时已出了东港。

老兄，这场风暴可是真够劲的。我这是出港的第一条船。这般汹涌的海面你绝对没见过。浪涛滚滚，白如碱水，翻卷着从东港涌向西南礁，令人辨不清海岸。海滩正中被风吹成一条大沟。树木等通通刮飞，一条沟豁然贯通。沟中的水通体雪白，水面诸物杂陈，树枝、整棵的树、死鸟，样样漂浮其上。礁石群里，所有的鹈鹕、各种各样的飞鸟翔集。它们必是知道风暴将临而躲进这里的。

我在西南礁停泊了一天，没人追来。我这是开出的第一条船。看见有根圆木漂着，我知道一定有船翻了，就驾船去找。我找到失事的船，是艘三桅斯库纳纵帆船，只看得见桅杆的残桩露出水面。船沉得太深了，我一无所获。我于是继续搜寻其他的东西。对于它们我占有全部先机，明白海面不管有什么东西我都应当获取。我离开三桅斯库纳纵帆船，接着在沙洲间巡视，什么都没找到，我继续行驶了很长距离。我向远处的流沙滩开去，什么都没找到，就继续行驶。随后，当丽贝卡灯塔在望时，我看见各式各样的海鸟盘旋在什么东西上空。我调整航向，前去看个究竟，那里确实聚集着一大群鸟。

我看见一根像是桅杆的东西冒出水面。船开近时，整个鸟群飞高，但绕着我打转而不走。水面全都露出来了，一根桅杆之类的圆木支出水面不高。我趋前一看,只见水中黑乎乎一片,像是有条长长的暗影。我开过水面,下面原来是一艘客轮,就躺在那里,完全沉在水底,大得超乎想象。我乘着船,在其上方缓缓漂过。客轮侧卧着,船尾深入水底。舷窗全都紧紧关闭,看得见窗玻璃在水中反光,在整个船身上反光。我此生所见最大的船就躺在这里。我先缘着客轮纵向开了一趟,然后离开,抛了锚。我把小艇朝前放在甲板上,把它推下水,划着它返回,鸟群依然环绕着我。

我有一个潜水镜,类似采海绵时戴的那种。我的手发抖,简直拿不稳了。缘着船身划过去,看得见所有的舷窗全部关闭。不过接近船底的下面一定有什么地方打开了,因为一直有零零星星的东西漂出。说不上它们是些什么,只是碎片。鸟群所追逐的就是它们。从来没见过这么多鸟。它们全都围着我,疯狂地鸣叫。

我可以清晰地看到各个部位。可以观察整个船体,它在水下就好像有一英里长。船躺在一道洁净的白沙堤上,按其侧卧状态看,倾斜地露出水面的圆木是一段前桅,或是船帆的什么索具。船头在水下不深。我可以站到船头标示的船名字母上,而脑袋刚好探出水面。不过最近的舷窗也在下面十二英尺深处,鱼叉杆只能勉强够到。我试着用鱼叉杆打破舷窗,可是办不到。玻璃太结实了。于是我划回小船,拿了一把扳手,绑到鱼叉杆末端,还是打不破。我站在那儿,透过潜水镜看着这艘里面无所不备的客轮。我是头一个到来的,可是进不去。船里的东西必定值五百万美元。

想到船里装有多少财物使我发抖。在距离最近的舷窗里,看得见有什么东西,只是隔着潜水镜看不清。鱼叉杆用不上,我就脱掉衣服，站着深深吸了几口气，拿着扳手跳离船头，向下潜游。我能够把住舷窗边，停留一会儿。我能够朝舷窗里看。里面有个女人，披散的头发漂浮着。我能够清楚地看见她漂浮着。我用扳手使劲砸了两下玻璃，听得见当当的响声，就是砸不开。我只好上浮。

我抓住小艇，缓过气来，随后爬上小艇，吸了几口气，再次潜下水去。我往下游，手指把住舷窗边抠紧，再用扳手竭尽全力地砸玻璃。透过玻璃，我能够看得见女人在水中漂浮。她的头发本来是扎上的，现在全都漂浮在水中。我能够看见她一只手上的戒指。她正好漂在舷窗边。我砸了两下玻璃，连砸裂都办不到。我上浮时想，不到憋不住气时决不浮上水面。

我又一次下水，砸裂了玻璃，但仅仅是砸裂而已。浮上水面时鼻子在流血。我站在客轮船头，赤脚踩在船名字母上，脑袋刚好探出。我在那儿歇了歇，就游向小艇，爬上去，坐等头痛消除。我低头看了看潜水镜，可是鼻血不断滴落，我只好把潜水镜漂洗了一下。于是我躺倒在小艇里，捏住鼻子止血。我仰面躺着，向上望去，但见上空周遭满目飞鸟，不可胜数。

止住鼻血后，我又隔着舷窗玻璃看了一回，便划往小船，试图找件比扳手沉重的家什。可是一件也找不到，连只捞海绵的铁钩都没有。我只好返回。海水越来越清澈，漂到白沙堤上方的东西都看得见。我寻找鲨鱼，不过毫无踪迹。有鲨鱼的话，老远就能看见。海水是如此清澈，沙堤又一片雪白。小艇上有个抓斗，是用来当锚使的。我把系着它的绳割断，提着下水。它拖着我一直下坠，经过舷窗。我伸手去抓舷窗，可是什么都没抓住，只是下坠，下坠，沿着弧形的船身滑下去。我只得松开抓斗。我听到它砰然撞了一下的声音，自己浮上水面时似乎已过了一年。小艇随着潮水漂开了。我向它游去，游动中鼻血流到水里。这里没有鲨鱼令人大为庆幸，不过我感到疲乏。

我头痛欲裂，就躺在小艇上歇了歇，随后划回小船。时间进入下午。我又拿着扳手下水，可是有劲使不上。扳手太轻了。除非有把大锤，或者沉重得能使得上劲的家什，否则潜下水去也没什么用。我随后又把扳手捆在鱼叉杆上，透过潜水镜看着，在舷窗玻璃上砸，直到敲得扳手震脱了。我在潜水镜里清楚见到，扳手顺着船身滑落，掉到流沙上陷了进去。这下子我什么都干不成了。扳手没了，抓斗也丢了，我只好划回小船。我太累了，没法把小艇弄上去。太阳落得很低。群鸟渐次四散，不再守着沉船。我也驾船拖着小艇前往西南礁。海鸟前后翻飞。我觉得非常疲乏。

那天夜里风暴到来，刮了一星期。没法出海到沉船那里去。从镇里出来的人们告诉我，我不得不给了一刀的那家伙不要紧，只是胳膊受了伤。我就回到镇上，他们迫使我立约赔偿五百美元。事情于是了结，因为他们中的几个人，我的朋友，肯定地说他带着斧子追杀我。而当我们出海重返沉船那里时，希腊人已经把船炸开，拿光了所有的财物。他们用炸药炸开保险箱。没一个人知道他们发了多大财。船上载有黄金，全被他们掠走了。他们把船洗劫一空。我发现了沉船，可我连一个子儿都没拿到。

风暴的确极其猛烈。人们说飓风袭来时，客轮就在哈瓦那港外，进不了港，要不就是船东们不愿让船长冒险进港。人们说船长想要试一试，船也就得冒着风暴开了。天黑时船正冒着风暴行驶，企图穿过丽贝卡和托尔图加斯之间的海湾，这时撞上了流沙。也许船舵被撞飞。也许他们连方向都没掉转。不过无论怎样，他们都没法知道撞上了流沙。撞上之后，船长必定下了令打开压载舱，以使船停稳。不料船撞上的是流沙，打开压载舱时，先是船尾陷下去，接着船向一侧倾斜。船上有四百五十名乘客及船员。我发现船时，他们必定都在船里。船一撞上流沙，他们必定打开了压载舱。而船一下沉，流沙就把船身拉下去了。后来，锅炉必定爆炸了，必定如此才使那些碎片漂出。只是说来也怪，现场居然没有鲨鱼。一条鱼都没有。要是有的话，在那片洁净的白沙上方我看得见。

现在倒是有许多鱼了，大海鲈，最大的一种。船现在绝大部分陷入沙中，而这些鱼就待在船里，最大的一种大海鲈，有的重三四百磅。哪天我们倒要出海去打几条。在沉船处可以看见丽贝卡灯塔。现在，人们在沉船上设置了一个浮标。流沙就在海湾边缘，而沉船正处于流沙末端。客轮只差大约一百码就闯过来了。在暗无天日的风暴中，他们没闯过来。雨那么大，他们看不见丽贝卡灯塔。当时他们不是经常遇到那种事。客轮船长不是经常开得那么急。他们有航线。别人告诉我，他们安装有一种罗盘，可以自动驾驶。他们在风暴中疾驶时，很可能不清楚自己的位置。可惜他们差一点儿就成功了。不过也许他们损失了舵。总之，他们一旦进入海湾，就再无任何东西可撞，可以直达墨西哥。然而，在那么猛烈的风雨中，必定是撞上了某种障碍，于是船长才下令打开压载舱的。在那么猛烈的风雨中，没人能够待在甲板上。所有人都必定躲入舱内。在甲板上就活不成了。不用说船舱里必定乱作一团，因为要知道船是迅速下沉的。我见过扳手没进沙子。船撞上去时，船长不可能知道是流沙，除非他熟悉这片海域。他只知道不是礁石。他在驾驶室里必定全看见了。船下沉时他必定知道了前景如何。我不知道船沉得有多快。不知道大副是否跟他在一起。他们是在驾驶室里还是在外边拼搏？人们没找到任何尸体。一具都没有。没有任何漂浮的尸体。戴上救生圈也可以漂浮很长距离呀。他们必定是在船里拼搏。结果是，希腊人拿到了一切。所有的东西。不用说，他们必定迅速赶到了，将船搜刮得一干二净。先到的是海鸟，然后是我，然后是希腊人，而连海鸟从船上得到的东西都比我多。

一个干净明亮的地方

　　夜深了，人们都离开了餐馆，只剩下一个老人，坐在电灯投下的树影里。白天的街道尘土飞扬，到夜里，露水压下了尘埃。老人喜欢晚坐，因为他耳聋，此时入夜，安静下来，他感觉得到不同。餐馆里的两个侍者知道，老人有几分醉了。他虽然是个好主顾，但他们知道，他要是喝得过醉了会还没付账就走，所以留着神儿。

　　"上星期他自杀来着。"一个侍者说。

　　"为什么？"

　　"他绝望了。"

　　"因为什么？"

　　"什么都不因为。"

　　"你怎么知道什么都不因为？"

　　"他有很多钱。"

　　两人坐在餐馆门边贴墙的桌旁，望着平台。平台上的桌边都空空的，只有老人坐在树影里，树影随风微微晃动着。一个女郎和一个大兵走过大街。街灯在他领章的铜号码上闪光。女郎没戴头巾，在他身旁快步走着。

"警卫队会把他抓起来。"一个侍者说。

"他要是如了愿那又有什么关系？"

"这个时候他还是离开大街为好。警卫队会抓到他，他们五分钟前才经过。"

树影里的老人用杯子磕了磕杯托。年轻的侍者走过去。

"你要什么？"

老人看了看他。"再来杯白兰地。"他说。

"你会喝醉的。"侍者说。老人看着他。侍者走开了。

"他会待上一夜。"他对同事说，"我现在真困啊。我从没在三点钟以前睡过觉。他上星期真该把自己弄死。"

侍者从餐馆里的柜台上拿过白兰地酒瓶和一个杯托，气冲冲地走出，直奔老人桌前。他放下杯托，把杯子倒满白兰地。

"你上星期真该把自己弄死。"他对聋人说。老人以手指示意。"再加点儿。"他说。侍者往杯子里倒白兰地，直到酒溢出来，顺着高脚杯淌下，流进一摞杯托的最上一只。"谢谢你。"老人说。侍者把酒瓶拿回餐馆。他又坐到同事的桌旁。

"他现在醉了。"他说。

"他天天晚上都醉。"

"他干吗想要弄死自己？"

"我怎么会知道。"

"他怎么干的？"

"他用绳子上吊。"

"谁把他放下来的？"

"他侄女。"

"为什么放他下来？"

"为他的灵魂担忧。"

"他有多少钱？"

"有很多。"

"他能有八十岁。"

"怎么看我都得说他有八十了。"

"但愿他能回家去。我从没在三点钟以前睡过觉。那叫什么睡觉时间呀？"

"他熬夜是因为喜欢这样。"

"他孤身一人。我不是孤身一人。我有个老婆在床上等着我呢。"

"他以前也有过老婆。"

"现在有个老婆对他可没好处。"

"这可难说。他有个老婆也许会好些。"

"他侄女照料他呀。你说是她把他放下来的。"

"我知道。"

"我可不想活得那么老。老人邋里邋遢的。"

"不总是这样。这个老人就干干净净的。他喝酒就不洒。就算现在喝醉了。你看看他。"

"我才不想看他。我但愿他能回家去。他不关心必须工作的人们。"

老人从酒杯上抬起眼来望望广场，又看向两个侍者。

"再来杯白兰地。"他说，指着杯子。着急的侍者走了过去。

"拉倒吧。"他没头没脑地说，这是蠢人在对醉汉或外国人讲话时的说法，"今晚没了。关门了。"

"再来一杯。"老人说。

"不。拉倒吧。"侍者用抹布擦拭桌沿，摇摇头。

老人站起来，慢慢地数杯托，从衣兜里拿出一只装硬币的钱袋付账，加了半个比塞塔小费。

侍者看着他沿街走去。一个很老的人，步履欠稳，然而不失尊严。

"你怎么不让他接着喝？"不着急的侍者问，两人着手闭店，"还不到两点半呢。"

"我想回家睡觉。"

"一个钟头算什么？"

"对我比对他要紧。"

"一个钟头没什么区别。"

"你说话就像自己是个老人。他可以买瓶酒回家喝。"

"这不一样。"

"是，是不一样。"有老婆的侍者同意了。他不愿意不公道，他只是着急。

"那你呢？你就不怕提前到家？"

"你是在拐弯儿骂我？"

"不是，老弟，只是开个玩笑。"

"不怕。"着急的侍者说，拉下铁窗板后立起身，"我有信心。我完全有信心。"

"你年轻，有信心，又有工作。"年长的侍者说，"你什么都有。"

"那你缺什么？"

"除了工作什么都缺。"

"我有什么你也有什么啊。"

"不对。我从来都没信心，我也不年轻。"

"来吧。别瞎说了，把门锁上吧。"

"我属于那些喜欢在餐馆待得很晚的人。"年长的侍者说，"属于那些不想睡觉的人。属于那些夜里要有亮光的人。"

"我要回家睡觉去了。"

"你我是两种不同的人。"年长的侍者说，现在他穿好衣服要回家了，"这不光是个年轻和信心的问题，虽然年轻和信心都非常美好。每天夜里我都不愿关门，因为也许有人要上餐馆。"

"老兄，有通宵营业的酒馆啊。"

"你不懂。这是个干净愉快的餐馆。这里灯光明亮。光线非常舒适，而且，现在，还有树影。"

"再见。"年轻的侍者说。

"再见。"年长的侍者说。他一面关电灯，一面接着自言自语。明亮自不待言，但也必须是个干净愉快的地方。你不想听音乐。你肯定不想听音乐。你也没法不失脸面地站在酒吧前，尽管这会儿酒吧所能提供的也只有脸面了。他担心什么？这不是担心，也不是害怕。这是他深有体会的虚无。这是完全的虚无，而人也是虚无。这只是虚无，所需要的只是亮光，以及一定的干净和条理。有些人生活于其中却感觉不到，但他知道一切都是虚无，因而是虚无，虚无，因而是虚无。我们在虚无的虚无，愿你的名被尊为虚无，愿你的国虚无，愿你的虚无承行于虚无，如在虚无一样。我们的日用虚无，求你今天赐给我们；虚无我们的虚无，犹如我们也虚无我们的虚无；不要虚无我们陷入虚无，但救我们免于虚无。[1] 故而虚无。向充满虚无的虚无致敬，虚无与汝同在。他微笑着站在一家酒吧前。酒吧里有一台亮闪闪的气压咖啡机。

"你要什么？"服务员问道。

"虚无。"

"又是个疯子。[2]"服务员说着转过脸。

"来一小杯吧。"侍者说。

服务员给他倒了杯酒。

"灯光很明亮舒适，只是店堂不够讲究。"侍者说。

服务员看着他，但没搭腔。夜深了，已经不是闲谈的时候。

"再来一小杯？"服务员问道。

"不了。谢谢。"侍者说完走了出去。他不喜欢酒吧和酒馆。干净明亮的餐馆则完全是另一回事。现在，不再思考了，他要回到自己房间去。他要躺在床上，最后，天亮了，他就要睡觉。到头来，他对自己说，八成也就是失眠。许多人必定失眠。

注释：

1.自"我们在虚无的虚无"到"但救我们免于虚无"，是老侍者对天主教《天主经》的随口改动。《天主经》原文为：我们在天的父，愿你的名被尊为圣，愿你的国来临，愿你的旨意承行于地，如在天上一样。我们的日用粮，求你今天赐给我们；宽免我们的罪债，犹如我们也宽免得罪我们的人；不要让我们陷入诱惑，但救我们免于凶恶。

2.原文为西班牙语。

世界的光 [1]

餐馆服务员看见我们进门，抬眼瞅了瞅，就伸出手，用玻璃罩盖上了两钵免费菜 [2]。

"给我来杯啤酒。"我说。他从龙头里放出一杯啤酒，用刮板刮去杯口的泡沫，握住杯子。我在木头柜台上放下五分钱，他才把啤酒杯推过来。

"你要什么？"他问汤姆。

"啤酒。"

他放出一杯啤酒，刮掉泡沫，看见了钱才把啤酒杯推给汤姆。

"怎么回事？"汤姆问。

服务员没回答。他径自从我们头顶望过去，对进门的一个人说："你要什么？"

"黑麦酒。"那人说。服务员拿出酒瓶和杯子，还有一杯水。

汤姆伸出手去，揭开一钵免费菜的玻璃罩。这是一钵腌猪蹄，钵里搁着一把木头夹子，样子像剪刀，用来夹猪蹄。

"不能吃。"服务员说，把玻璃罩盖回钵上。汤姆手里还拿着木夹。"放回去。"服务员说。

"你知道放哪儿。"汤姆说。

服务员从柜台台面下伸出一只手来，直盯着我们俩。我在木头柜台上放了五毛钱，他才挺起身。

"你要什么？"他说。

"啤酒。"我说。他在放酒之前先把两个钵的罩都揭开了。

"这破猪蹄是臭的。"汤姆说，把嘴里的东西吐到地上。服务员没作声。喝黑麦酒的人付了账走出去，头也没回。

"你们自己才臭呢，"服务员说，"你们这帮小流氓都臭。"

"他说咱们是小流氓。"汤米对我说。

"听我说，"我劝道，"咱们还是走吧。"

"你们这帮小流氓都给我滚蛋。"服务员说。

"是我说我们要走，可不是你叫我们走就走。"我说。

"我们还会回来。"汤米说。

"谅你们不会回来。"服务员对他说。

"教训教训他，让他知道好歹。"汤姆转向我。

"走吧。"我说。

外面漆黑一片。

"这是什么鬼地方啊？"汤米说。

"我也不知道。"我说，"咱们还是到车站去吧。"

我们从一头进镇子，从另一头走出。镇上弥漫着皮革和鞣料树皮的怪味，大堆大堆的木屑也散发出气息。我们进来时天色渐暗，现在已经黑了。天气很冷，路上的水坑边缘在结冰。

车站内有五个窑姐儿在等火车，还有六个白人和三个印第安人。屋子里人满为患，被炉火烤得很热，充斥着混浊的烟气。我们进去时没人说话，票房的窗口关着。

"关上门行不行？"有人说。

我透过烟气看是谁在说话。原来是其中的一个白人。他穿着改短了的裤子，脚蹬伐木工人的胶靴，上身跟另几个白人一样穿着格子呢衣服，不过没戴帽子，脸色苍白，手又白又瘦。

"你是不想关吗？"

"这就关。"我说着把门关上。

"谢了。"他说。另一个人窃笑着。

"逗弄过厨子吗？"他对我说。

"没有。"

"你可以逗逗这一个，"他看着那个厨子，"他喜欢。"

厨子不看他，嘴巴闭得紧紧的。

"他往手上抹柠檬汁。"这人说，"他无论如何都不会把手伸到洗碗水里。看它们多白。"

一个窑姐儿放声大笑。块头这么大的窑姐儿，块头这么大的女人，我长这么大还是头一回见到。她穿着一种会变色的绸裙。还有两个窑姐儿，块头也差不多，不过大块头准有三百五十磅重。看着她无法置信她是真人。三个都穿着会变色的绸裙。她们并肩坐在长凳上，体积庞大。其余两个就是平常窑姐儿的样子了，头发染成金色。

"看他的手。"这人说着，用脑袋指点厨子。大块头窑姐儿又笑了，笑得浑身颤动。

厨子转过身，嘴很溜地对她说 :"你这个一身臭肉的大肥婆。"

她兀自大笑乱颤。

"噢，我的天哪。"她说，声音悦耳，"噢，我的老天哪。"

另外两个窑姐儿，块头也不小的，举止非常平和稳重，仿佛没什么感觉，不过身量都很大，跟块头最大的一个差不多。两个都会足足超过二百五十磅。其余两个则不苟言笑。

除了厨子和说话的这个，男人中还有两个伐木工人，一个在听，既有兴趣又很腼腆，另一个看来也打算开腔。另有两个瑞典人。印第安人中，两个坐在长凳的一端，一个靠墙站着。

打算开腔的人声音极小地对我说 :"准定像爬到干草堆上。"

我笑起来，就学给汤米听。

"对天发誓，像那种地方我还从没去过呢。"他说，"看她们这三个。"这时厨子说话了。

"你们俩小伙儿多大了？"

"我九十六，他六十九。"汤米说。

"嗬！嗬！嗬！"大块头窑姐儿笑得直发颤。她的声音的确好听。其他窑姐儿没有笑。

"噢,你就不能正经点吗？"厨子说,"我问你话完全是友好的。"

"我们一个十七，一个十九。"我说。

"怎么了你？"汤米转向我。

"没事的。"

"你可以叫我艾丽斯。"大块头窑姐儿说着，身子又发起颤来。

"这是你的名字吗？"汤米问。

"当然。"她说，"艾丽斯。不对吗？"她转向坐在厨子身旁的男人。

"艾丽斯。正对。"

"这是你们取的那种名字。"厨子说。

"这是我的真名。"艾丽斯说。

"另几位姑娘叫什么？"汤姆问。

"黑兹尔和埃塞尔。"艾丽斯说。黑兹尔和埃塞尔微微一笑。她们不太活跃。

"你叫什么名字？"我对一个金发女人说。

"弗朗西丝。"她说。

"弗朗西丝什么？"

"弗朗西丝·威尔逊。你问这个干吗？"

"你叫什么？"我问另一个。

"噢，别放肆了！"她说。

"他也就是想跟咱们大家成为朋友。"先前说话的人说，"你不想成为朋友吗？"

"不想。不想跟你成为朋友。"金发女人说。

"她就是个泼妇。"这人说，"地道的小泼妇。"

一个金发女人看着另一个，摇摇头。

"讨厌的乡巴佬。"她说。

艾丽斯又笑了起来，笑得浑身乱颤。

"没什么可笑的。"厨子说,"你们都笑,可是没什么可笑的。你们两个小伙儿,上哪儿去啊?"

"你自己上哪儿去?"汤姆问他。

"我要去卡迪拉克³。"厨子说,"你们去过吗?我妹妹住在那儿。"

"他自己也是个妹妹。"穿改短裤子的人说。

"你就不能别说这种话吗?"厨子说,"咱们就不能正经说话吗?"

"卡迪拉克是史蒂夫·凯彻尔的家乡,也是阿德·沃尔加斯特⁴的家乡。"腼腆的人说。

"史蒂夫·凯彻尔!"一个金发女人尖叫道,就好像这名字在她心中扣动了扳机,"他的亲爹开枪杀死了他。是的,天哪,他的亲爹。再也没有像史蒂夫·凯彻尔这样的人了。"

"他不是叫斯坦利·凯彻尔⁵吗?"厨子问道。

"噢,闭嘴!"金发女人说,"你对史蒂夫知道什么?斯坦利,他才不叫斯坦利呢。史蒂夫·凯彻尔是最好最帅的男人,前所未有。我从来没见过像史蒂夫·凯彻尔那么清爽、那么白净、那么帅气的男人。天下从来没有过像他那样的男人。他动起来简直像头老虎,是最好的、花钱最大方的人,前所未有。"

"你认识他吗?"一个男人问道。

"我认识他吗?我认识他吗?我爱他吗?你问我这个吗?我认识他就像你谁都不认识一样,我爱他就像你爱上帝。他是最了不起的、最好的、最白净的、最帅气的男人,前所未有,史蒂夫·凯彻尔。可他的亲爹打死了他，像打死一条狗。"

"你陪他到东海岸去了？"

"没有。我是在那以前认识他的。他是我唯一爱过的人。"

金发女人如演戏般做作地讲着这一切，大家听得肃然起敬，不过艾丽斯又开始发颤了。我坐在她旁边感觉得到。

"你就应当嫁给他。"厨子说。

"我不愿影响他的前程。"金发女人说，"我不愿拖累他。老婆不是他所需要的。噢，我的天，他是怎样一条好汉哪。"

"这看起来倒也挺好。"厨子说，"不过杰克·约翰逊⁶不是把他打倒了吗？"

"那是耍赖。"金发女人说，"那大个子黑人是偷袭得手的。他本来已经把杰克·约翰逊打倒了的，那大个子黑杂种。那黑鬼侥幸赢的他。"

票房窗口开了，三个印第安人走过去。

"史蒂夫打倒了他，"金发女人说，"就转过身对我笑。"

"我以为你说过你没到东海岸去。"有人说。

"我就是为了那场比赛才去的。史蒂夫转过身对我笑，那个婊子养的该死黑人就跳起来偷袭了他。这号黑杂种史蒂夫能打败一百个。"

"他是个了不起的拳手。"伐木工人说。

"我在上帝面前认为他是。"金发女人说，"我在上帝面前认为如今没有他这样的拳手了。他就像一个神，真的。那么白净、清爽、帅气、流畅、迅速，像一头猛虎，或者像一道闪电。"

"我在拳击电影中看到过他。"汤姆说。我们全都非常感动。艾丽斯浑身颤抖，我一看，只见她在哭。印第安人已经离开屋子去站台了。

"任何做丈夫的都比不上他。"金发女人说，"我们在上帝的眼中结了婚，我当时就成了他的人啦，以后也永远都是，整个儿全是他的。我不在乎我的身子。他们可以占有我的身子。可我的灵魂是史蒂夫·凯彻尔的。天哪，他真是条好汉。"

人人都觉得不得劲。听得既伤感又别扭。这时，艾丽斯还在颤抖呢，开了口。"你这是在胡说八道，"她以一种低沉的声音说，"你这辈子都没跟史蒂夫·凯彻尔睡过，你自己清楚。"

"你怎么说这种话？"金发女人傲慢地说。

"我说这话就因为这是真的。"艾丽斯说，"这里只有我一个人认识史蒂夫·凯彻尔。我是曼斯洛纳镇人，就是在镇里认识的他。这是真的，你也知道这是真的。这要不是真的，我就让天打五雷轰。"

"我要是胡说也让天打五雷轰。"金发女人说。

"这是真的，真的，真的，你也知道是。根本不是瞎编，他对我说的话我记得一字不差。"

"他说什么了？"金发女人问，趾高气扬地。

艾丽斯还在哭，颤抖得几乎话都说不出。"他说：'你是个可爱的女人，艾丽斯。'这是他的原话。"

"这是假的。"金发女人说。

"这是真的。"艾丽斯说，"他真是这么说的。"

"这是假的。"金发女人傲慢地说。

"不对，这是真的，真的，真的，我对天发誓是真的。"

"史蒂夫不可能说这话。他从不这么说话。"金发女人快活地说。

"这是真的。"艾丽斯以悦耳的声音说，"你信不信我都不在乎。"她不再哭了，平静了下来。

"史蒂夫是不可能说这话的。"金发女人宣称。

"他说了。"艾丽斯说，微笑起来，"而且我记得当初他说这话时，我的确跟他说的一样，是个可爱的女人，就是现在我也比你强，你这个一滴水都没有了的旧热水袋。"

"你休想贬损我，"金发女人说，"你这个大脓包。我有我记得的事。"

"不对。"艾丽斯以温柔动人的声音说，"你记得的东西根本就没有真实的，除了解开裙子那点事儿，以及自己是什么时候吸上可卡因和大麻的，别的通通都是你刚从报上看来的。我为人清白，这个你知道。就算我个头大，男人们也喜欢我，这个你也知道。我从不说假话，这个你还是知道。"

"你管不着我记得的事。"金发女人说，"我记得的真事、美事。"

艾丽斯看着她，又看着我们，伤心的神情消失了。她微微一笑，脸蛋比我见过的任何一张脸都漂亮。她拥有漂亮的脸蛋、细嫩的皮肤、迷人的声音，她好得到了家，而且的确友善。可是天哪，她块头真大。她大得抵得上三个女人。汤姆见我盯着她看，就说："好啦，咱们走吧。"

"再见。"艾丽斯说。她的声音真是好听。

"再见。"我说。

"你们俩小伙儿去哪儿呀?"厨子问。

"跟你不是一路。"汤姆对他说。

注释:

1.世界的光,典出《圣经》:耶稣又向众人讲说:"我是世界的光;跟随我的,决不在黑暗中行走,必有生命的光。"(天主教《新约·若望福音》)

2.免费菜,餐馆招徕顾客的噱头。

3.卡迪拉克,美国密歇根州城市。

4.阿德·沃尔加斯特,拳击运动员,曾获世界轻量级冠军。

5.斯坦利·凯彻尔,拳击运动员,著名的中量级拳手。

6.杰克·约翰逊,拳击运动员,第一个黑人重量级冠军。

你们绝不会这样

　　进攻的部队曾穿越田野，遭受来自下陷公路和一片农舍的机枪火力阻击，进入镇子则没有遇到抵抗，一直冲到河堤。[1]尼古拉斯·亚当斯骑自行车沿路而行，路面太差时就下车推着走。由阵亡者的位置，他看得出战斗的经过。

　　阵亡者或是单个，或是聚堆，倒卧在田野的高草里和公路沿线。不管零星还是成群，尸身都是衣兜翻出，落满苍蝇，周围散落着纸片。

　　路旁的草地和农田里，以及有的路段，四散丢弃有许多物资：一个战地厨房，一定是战事顺利时运上来的。许多小牛皮背囊、手榴弹、钢盔、步枪，有的步枪枪托朝上，刺刀扎进地面。他们最后挖掘了不少工事；手榴弹、钢盔、步枪、挖掘工具、弹药箱、照明弹枪及旁边散落的照明弹、急救箱、防毒面具和装面具的空筒，一挺机枪支在三脚架上，下面一堆弹壳，排满子弹的弹带从子弹箱里伸出，加冷却水用的水罐空空如也，倒在地上，枪膛炸飞，阵亡的机枪手们东倒西歪，四周的草丛里，照例散落的纸片多于别处。

地上有弥撒经书。有集体照明信片，上面机枪组的成员站成一列，红光满面，就像为大学年刊拍的足球队照片，而现在他们倒卧草丛，浑身肿胀。有宣传画明信片，上面一个身着奥地利军服的大兵把一个女人摁到床上，人物形象予人以深刻印象，画得很是吸引人，只是跟真实的强奸全然不符。实际上女人的裙子是被拉上去蒙住她的头，使之透不过气，有时还有同伙坐到她头上。这些煽动性的明信片数量很多，显然是在进攻前夕下发的，现在跟淫秽明信片、照片一起扔了满地。此外还有乡间照相师所拍的村姑小照，偶尔还有些儿童相片，以及书信、书信、书信。死者身边总是有许多纸片的，这次攻击的遗迹也不例外。

这些人阵亡不久，除了衣兜便无人费心顾及。尼克注意到，己方的阵亡者，或曰他所认为的己方阵亡者，数量出奇的少。他们的外衣也被解开，口袋翻了出来。由他们的位置，看得出攻击的方式和战术。炎热的天气使阵亡者全都浑身肿胀，不管国籍如何。

显而易见，镇子最终就是沿着下陷公路设防死守的，退回镇里的奥地利兵绝无仅有。街上只有三具尸体，看来都是在逃跑时被击毙的。镇上的房屋尽毁于炮击，满街碎砖烂瓦，断壁残垣。弹坑遍布，有的边缘被芥子气熏得发黄。弹片俯拾即是，榴霰弹的弹丸散落在瓦砾堆里。整个镇子阒寂无人。

离开福尔纳奇后，尼克·亚当斯连个人影都没看到过。尽管一路行来，经过林木繁茂的乡野，曾瞥见公路左侧隐蔽在桑树枝叶下的炮群。树顶浮动的层层热浪引起了他的注意，那是阳光曝晒金属炮身而造成的。此时他继续前行，穿镇而过，讶异于四周空无一人。他出了镇，来到河堤下低处的公路上。镇子外有一片无树的开阔地，公路由此顺坡而下。从这里看得见平静的河面，对岸低矮曲折的河堤，以及奥军战壕外晒得发白的泥土。自打上次见到后，这里已变得满目青葱，蓊郁一片。化为历史并未使此地——这条河的下游——出现什么变化。

部队沿河的左岸展开。河堤顶上有一连串散兵坑，坑里有些士兵。尼克注意到一些阵地，支着机枪，架着信号火箭。河堤坡上散兵坑里的士兵都在睡大觉。没有哨兵盘查。他只管走。顺着土堤拐了个弯时，冒出一个年轻少尉，胡子拉碴，眼皮边缘发红、满眼血丝，用手枪逼住了他。

"你是什么人？"

尼克告诉了他。

"有什么证明？"

尼克出示了通行证。上面有照片，有身份证明，还有第三集团军的印信。少尉拿过通行证。

"我得留下它。"

"那可不行。"尼克说，"把证件还给我，把枪收起来。放那儿。放到枪套里。"

"我怎么知道你是什么人？"

"通行证上写着呢。"

"万一通行证是假的呢？把通行证给我。"

"别开玩笑啦。"尼克乐呵呵地说，"带我去见你们连长吧。"

"我得把你送到营部去。"

"行啊。"尼克说，"听着，你认识帕拉维奇尼上尉吗？一个留小胡子的大高个，当过建筑师，会说英语。"

"你认识他？"

"有点儿交情。"

"他指挥几连？"

"二连。"

"他现在指挥全营。"

"好哇。"尼克说。得知帕拉安然无恙，他放了心，"咱们到营部去吧。"

刚才尼克出镇子时，右边一所破房子上空爆炸过三颗榴霰弹，后来就一直没开炮。可是这个军官的表情就像正在遭受炮击一样。表情这般紧张，声音也显得不自然。他的手枪使尼克很不自在。

"把枪收起来。"他说，"敌人跟你还隔着这么大一条河呢。"

"我要认为你是奸细的话，现在就会把你毙了。"少尉说。

"好啦。"尼克说，"咱们到营部去吧。"这个军官使他非常不自在。

营部设在掩蔽部里。代行少校之职的帕拉维奇尼上尉坐在桌子后边，比原先更消瘦，也更像英国人了。尼克敬了个礼，他站了起来。

"你好。"他说，"我都认不出你了。你穿了这身军装是要干什么？"

"是他们让我穿的。"

"见到你真高兴，尼科洛。"

"我也是。你看起来很好。仗打得怎么样？"

"我们打了场非常漂亮的进攻战。一场非常漂亮的进攻战。我讲给你。你来看。"

他在地图上比画着，讲了进攻的过程。

"我从福尔纳奇来。"尼克说，"我能看得出战况进展。打得非常好。"

"出奇的好。实在是出奇的好。你现在归团里管？"

"不。我的任务就是到处走，让大伙看到这身军装。"

"这叫什么任务？"

"上面认为，大伙要是看到一个身着美军制服的人，就会相信美国军队要来了。"

"可是他们怎么会知道这是美军制服？"

"你会告诉他们哪。"

"哦。对呀，我明白了。那我就派一名下士陪着你，带你四处露面，你会巡游各个营地。"

"就像个讨厌的政客。"尼克说。

"你要是穿便服就显眼多了。那才真叫引人注目呢。"

"再戴一顶洪堡帽。"尼克说。

"或者是质地精良的呢子礼帽。"

"说起来，我衣兜里本应装满香烟和明信片之类东西，"尼克说，"还应当带上整整一背囊巧克力。应当一边分发这些东西一边说慰劳的话，还拍拍人家后背。可是我没有香烟和明信片，也没有巧克力。所以，他们说不管怎样就走一圈吧。”

“我确信你的出现会大大地提高士气。”

“你可别这么想。”尼克说，“实际上我对这种做法大不以为然。依着我，我宁愿给你带瓶白兰地来。”

“依着你，”帕拉说着，头一次微笑起来，露出发黄的牙齿，“说得太好了。你想不想喝点格拉巴酒？”

“免了，谢谢。”尼克说。

“这酒里可是一点乙醚都没有。”

“我到现在还记得那股味儿呢。”尼克一下子全想起来了。

“你要明白，那次坐卡车回来，要不是你开始胡说八道，我就根本都不知道你喝醉了。”

“我每次进攻前都喝得醉醺醺的。”尼克说。

“我不行。”帕拉说，“打第一仗时我是喝了，就是第一仗的时候，结果只是使我非常难受，然后又渴得要命。”

“你不需要靠酒壮胆。”

“进攻时你可比我勇敢多了。”

“哪里。”尼克说，“我知道自己什么样，宁愿把自己灌醉了。我不觉得这么做丢人。”

“我从来都没见过你喝醉。”

“没见过？”尼克说，“从来都没见过？你忘了吗，那天晚上，我们从梅斯特雷[2]乘卡车去格兰德港，我想要睡觉，就把自行车当成毯子盖，一直拉到下巴底下？”

"那又不是在火线上。"

"咱们就别议论我这个人怎么样了。"尼克说,"这个问题我心里最有数,都不愿意再想了。"

"那你还是先在这里待一会儿吧。"帕拉维奇尼说,"愿意打个盹也成。炮击也没法拿这个掩蔽部怎么样。这会儿天太热,要出去还早。"

"我看也没什么着忙的。"

"你的身体真的怎么样?"

"很好。我完全正常。"

"不,我的意思是真的怎样。"

"是完全正常。除了不点个灯什么的睡不着。现在,就落下这个毛病。"

"我说过,应当做个颅骨钻孔手术。我不是医生,可我明白这个。"

"不过,医生认为还是让它嵌着更好些,我也就听从了。怎么了?在你看来我没疯没傻,对吧?"

"你看起来非常健康。"

"医生一旦给你下了个精神失常的诊断,你就完蛋了。"尼克说,"从此就再也没人信任你了。"

"我情愿打个盹,尼科洛。"帕拉维奇尼说,"这个掩蔽部比不上我们见惯的那些营部。我们正等着撤离呢。这会儿天还热,你不该出去——那是犯傻。到那个铺上躺一躺。"

"那我就躺一会儿。"尼克说。

尼克躺在铺上。他自我感觉不好,心里很是沮丧,而这种状态在帕拉维奇尼上尉眼中如此明显，他便越发沮丧了。这个地下掩蔽部没有以前的那个大，那个装得下全排的人。他们都是1899年生人，刚上前线，在进攻前的炮击中吓得歇斯底里。帕拉不得不让他带领他们，每次两人出去走走，向他们显示不会出事。他用钢盔皮带紧紧地勒住下颌，以免嘴巴乱说乱动。他明白，新兵们一旦犯了这种毛病就制止不了。明白这种办法纯属扯淡——谁要是哭喊得停不下来，就朝他鼻子来一拳，让他换一件事发愁。我恨不得枪毙一个，可现在来不及了。他们会越折腾越厉害。还是朝他鼻子来一拳吧。上级已经把进攻时间提前到五点二十分。我们只有四分钟了。那里还有个蠢货，朝他鼻子来一拳，再给他的蠢屁股一脚，把他从这里踢出去。你认为他们会去了吗？要是还不去，就枪毙两个，再不管怎样，把其余的轰出去。军士，在他们后面押着。自己走在前边，结果后面没人跟上，这没有用啊。自己走，并把他们赶出去。真是扯淡。好了。这就对了。随后，他看了看表，以特有的平静口气，特有的非同寻常的平静口气说：“萨伏伊人。”他还没喝酒就去了，来不及弄酒喝了。掩蔽部坍塌，一端整个坍塌之后，他没法找到自己的酒。正是坍塌引起士兵的惊慌。他没喝酒就去了那个山坡，这是仅有的一次，他没等喝醉就上了阵。似乎是索道站在他们返回之后着了火，四天后有些伤员下了山，也有些没下山，而我们攻上去又退回来，退到山下——我们总是退到山下。加比·德莉斯 [3] 来了，说也奇怪，浑身羽毛。一年前你管我叫宝贝，天哪！你说认识我真好，天哪！有羽毛也好，没羽毛也好，非凡的加比，我也叫哈里·皮尔塞 [4]。我们乘出租汽车上山，到陡坡时，总是从右边下车。他每天夜里都能在梦中看见这座山，还会梦见圣心堂[5]，通体雪白，逐渐张大，如肥皂泡般。他的女友有时在他身边，有时却跟别人在一起，他也弄不清是怎么回事，不过她不在的那些夜晚，河面就变得异常宽阔，河水也流得异常平静。他又梦见福萨尔塔[6]镇外有一座低矮的房子，漆成黄色，柳树环绕，带着一间低矮的马棚，旁边还有一条运河。那个地方他到过无数次，从来也没见过它，可是每天夜里它都在那儿，清晰得如同当地的山，只是那房子使他害怕。它的意义之大，非任何事物可比，他每天夜里都梦到它。他需要梦见，只是它使他害怕，尤其是运河上柳树下静静地泊着一条船的时候。不过，运河的堤岸不像这条河的。它全是低低的，跟格兰德港的一样。他们就是在格兰德港看到那些人，高举步枪，挣扎着蹚过淹没的地段，直到连人带枪倒在水中。那是谁下的命令？要不是脑子乱到如此糟糕的程度，他本来完全想得起来。由于这个缘故，他事事留心，细致到一清二楚，以图明了自身处境。然而脑子会无端地突然糊涂起来，就像现在，他躺在营部的铺上，帕拉指挥一个营，而他身穿没来由的美军制服。他坐起来，环视四周，人们都瞧着他。帕拉出去了。他就又躺下了。

巴黎的经历更早一些。他对这一段并不害怕，除了她跟别人走了的时候，还有担心他们会再度遇见同一个车夫。所害怕的不过如此。对前线的事则毫无畏惧。如今他根本梦不到前线的事。使他如此害怕，乃至无法摆脱的，是那座长长的黄色房子，以及异常宽阔的河面。现在他重返旧地，来到河边，也穿过了那同一个镇子，并没有什么房子。河也不像梦中所见。那么他每天夜里所至何处，危险何在？为什么会悚然醒来，浑身冷汗，比以往经受炮击都害怕，为了一座屋子、一间长长的马棚和一条运河？

他坐起来，小心地垂下双腿。他的腿伸直的时间一长就发僵。注意到副官、几个信号兵和门口的两个传令兵都盯着他，他也瞪了瞪他们，把带布罩的钢盔扣到头上。

"很抱歉，我没有巧克力、明信片和香烟。"他说，"不过，我穿着这身军装。"

"少校马上就回来了。"副官说。在这支部队里，副官不是授衔军官。

"这身军装不是特别地道。"尼克对他们说，"但它给你们带来了消息。几百万美国大军很快就要到了。"

"你认为上面会派美国人到这儿来？"副官问。

"哦，绝对的。美国人个头有我两个大，身体健康，心地纯洁，晚上睡觉，从来没受过伤，从来没挨过炸，脑袋从来没被埋到炸塌的工事里，从来没被吓着，不酗酒，对留在家乡的姑娘忠心耿耿，许多人从来没长过虱子，全是棒小伙子。你们会看到的。"

"你是意大利人？"副官问。

"不，美国人。看这身军装。斯帕尼奥利尼公司做的，不过不是太地道。"

"北美洲人还是南美洲人？"

"北美洲的。"尼克说。这时他觉得气不顺了。他得平静下来。

"可是你说意大利话。"

"为什么不说？我说意大利话你有意见？我没权利说意大利话？"

"你得了意大利奖章呢。"

"只得了几份绶带和证书。奖章是补发的。要不就是让人保管而人走了，要不就是跟行李一起丢了。别的在米兰都买得到，重要的是证书。你们用不着为了它们不忿。在前线待久了，你们自己也会得几个的。"

"我是厄立特里亚战役的老兵。"副官口气生硬地说，"我在的黎波里打过仗。"[7]

"这可真是幸会。"尼克伸出手去，"那些日子一定很艰难。我注意到你的绶带了。也许，你去过卡尔索[8]？"

"我是最近才被征召入伍的。我已经超龄了。"

"我本来没过岁数，"尼克说，"如今也改编退役了。"

"那你现在干吗到这儿来？"

"我是来展示这身美军制服的。"尼克说，"你不觉得非常有意思吗？领口是有点紧了，不过你们很快就会看到穿这种军装的人涌来，不计其数，跟飞蝗似的。你知道，我们平日所说的蝗虫——我们在美国所说的蚂蚱，其实是一种飞蝗。真正的蚂蚱个头小，颜色绿，力气没有那么大。不管怎样，你们千万别把飞蝗跟蝉或知了弄混了。蝉会发出特有的持续声音，那声音我一时想不起来了。怎么想也想不起来。那声音几乎就在我耳边。对不起，你们容我歇口气好吗？"

"去把少校找来。"副官对一个传令兵说。"我看得出来，你受过伤。"他又对尼克说。

"在不同的部位。"尼克说，"你们要是对伤疤感兴趣，我可以给你们看几处很有意思的伤疤，不过我更愿意说说蚂蚱。就是我们所说的蚂蚱，而其实是飞蝗。在我的生活里，这些昆虫一度起过非常重要的作用。这大概会引起你们的兴趣，我讲的时候你们可以观看这身军装。"

副官对第二个传令兵做了个手势，传令兵出去了。

"仔细看看这身军装。要知道这是斯帕尼奥利尼公司做的。你们也看一看吧。"尼克对几个信号兵说，"我真的没有军衔。我们归美国领事管。你们尽管看，没关系，愿意的话就盯住了看。我要给你们讲讲美国飞蝗。我们一向偏爱一种称为'半大褐'的。它们最经得住水泡，鱼也喜欢吃。个头大些的一种，飞起来发出响声，有些像响尾蛇摆动尾环，发出干巴巴的噪声。它们的翅膀色彩艳丽，有的鲜红，有的黄地黑条纹，可是沾水就碎，做鱼饵非常差劲。而'半大褐'就瓷实了，肉厚汁多。要是真的可以向诸位推荐什么大约永远都遇不上的东西，我就能推荐这种昆虫。只是我必须说，这虫子你要是用手去捉，或者打算拿拍子打，那就永远都凑不到够当一天鱼饵。那纯粹是胡闹，是白白浪费时间。我再说一遍，诸位，那绝对是行不通的。要是我来讲，说不定我会讲的，正确的做法，每堂轻武器课都应当教给所有年轻军官的一种，是使用捕鱼的围网，或者普通蚊帐纱做的网。这么一张网，两个军官各拎一头，或者说一边一个人，哈下腰，一手揪住网的底端，一手揪住顶端，然后迎着风跑。虫子顺风飞，撞到网上，就被兜住逃不掉了。这样，简直不费吹灰之力就抓得到很多很多。所以依我看，每个军官都应当带一块蚊帐纱，以备做这种捕虫网之用。诸位，我希望自己讲清楚了。有什么问题吗？如果对这一课还有什么不明白的地方，但说无妨。没有？那么我愿意以如下忠告作为结束。借用那位非凡的军人兼绅士亨利·威尔逊[9]爵士的话说：诸位，或做人上人，或做人下人。我再说一遍。诸位，有一句话希望你们记住。一句话希望你们走出课堂时牢记于心。诸位，或做人上人，或做人下人。我讲完了，诸位。再见。"

他把带布罩的钢盔摘下，又戴上，弯下腰，从掩蔽部低矮的入口走了出去。帕拉由两个传令兵陪同，正沿着下陷公路走来。太阳底下非常热，尼克摘下了钢盔。

"真应该有套供水设备浇浇这些玩意儿。"他说，"我要到河里去泡一泡它。"他抬腿往河堤上走。

"尼科洛，"帕拉维奇尼喊道，"尼科洛，你上哪儿去？"

"我也不是真的非得去。"尼克从坡上走下来，捧着钢盔，"湿也好，干也罢，反正戴着难受死了。你总是戴着钢盔？"

"总是戴着。"帕拉说，"都把我磨得秃顶了。快进去吧。"进到掩蔽部里，帕拉让他坐下。

"你也知道，这东西根本就啥用不顶。"尼克说，"我记得当初，刚领到的时候，戴着也算心安，可后来它们沾满脑浆子的场面也见得多了。"

"尼科洛，"帕拉说，"依我看你应当回去。依我看，你要是没带那些慰问品就还不如不到前线来。这里没有要你干的事。你要是到处一走，甚至带些值得分发的东西，弟兄们就会扎堆，从而招来炮弹。这可不行。"

"我也知道这很蠢。"尼克说,"这原本就不是我的主意。我听说咱们部队在这儿,就想到不妨来看看你,或者别的熟人。不然我也就到曾宗或圣多纳[10]去了。我想到圣多纳去再看看那座桥。"

"我不能让你没意义地到处走。"帕拉维奇尼上尉说。

"好吧。"尼克说。他觉得气又不顺了。

"你理解吧?"

"当然。"尼克。他努力按捺着。

"这类行动应当在晚上进行。"

"不言而喻。"尼克说。他知道自己压不住火了。

"你看,我指挥着这个营。"帕拉说。

"你怎么就不该指挥?"尼克说,怒气一涌而出,"你能读能写,不是吗?"

"是。"帕拉温和地说。

"可惜你指挥的这个营人马少得可怜。兵员一旦补足,他们就会让你回你的连。他们怎么不把死人埋掉?我是看到了那些死人。我可不想再看到。他们什么时候埋都行,跟我没什么相干,可是赶紧埋了对你们大有好处。不然你们全都会病得要死要活。"

"你把自行车放哪儿了?"

"在最后一幢房子里。"

"你认为放那儿行吗?"

"别担心。"尼克说,"我一会儿就去。"

"还是躺一会儿吧,尼科洛。"

"好吧。"

他合上眼。脑海中浮现的，并不是那个大胡子用步枪瞄准了他，平心静气地扣动扳机，白光一闪，闷棍似的冲击，自己双膝一软跌倒，又热又甜的东西噎住嗓子，呛得直喷到石头上，同时人们在身边涌过。脑海中浮现的是一座长长的黄色屋子，带着一间低矮的马棚，那河异常宽阔，流得异常平静。"天哪，"他说，"我还是走吧。"

他站了起来。

"我要走了，帕拉。"他说，"我还是赶下午骑车回去。要是有什么慰问品到了，我会今晚给你们送来。要是没有，就等有东西的时候晚上再送来。"

"天还热呢，骑车不行。"帕拉维奇尼上尉说。

"你不用担心。"尼克说，"我现在挺好，有相当长时间了。刚才犯病了，不过很轻。病情在大为改善。一旦要发作我自己知道，因为话多得要命。"

"我派个传令兵送你。"

"你还是免了吧。我认识路。"

"你很快就回来？"

"一定。"

"让我派——"

"不。"尼克说，"就算是信任我的一种表示。"

"好吧。那就再见 [11]。"

"再见。[12]"尼克说。他动身往回走，沿着下陷公路前往自己放自行车的地方。下午，只要过了运河，公路上就是绿树成荫。在那一带，路两旁都是树，一点也没遭到炮火毁坏。就是在那段路上，他们有一次行军时，遇到第三萨伏伊骑兵团，长矛在手，冒雪奔驰而过。在寒冷的空气中，战马喷出的鼻息形成缕缕白烟，犹如一片片羽毛。不对，似乎是在别的地方遇到的。那是什么地方来着？

"还是抓紧去找那辆破自行车吧。"尼克自言自语，"我可不想迷失去福尔纳奇的路。"

注释：

1. 这篇小说的背景为第一次世界大战期间的意大利北部。

2. 梅斯特雷，在意大利北部，威尼斯郊区。

3. 加比·德莉斯，歌舞女星，20世纪初年红极一时。

4. 哈里·皮尔塞，与加比·德莉斯过从甚密的男演员。

5. 圣心堂，巴黎的一座著名教堂。

6. 福萨尔塔，意大利北部城镇。

7. 厄立特里亚，在非洲东北部，曾为意大利殖民地。的黎波里，利比亚城市，利比亚亦曾为意大利殖民地。

8. 卡尔索，意大利与斯洛文尼亚交界处的高原。

9. 亨利·威尔逊，第一次世界大战中的英军高级将领。

10. 圣多纳，意大利北部城市。

11. 原文为意大利语。

12. 原文为意大利语。

等了一整天

　　我们还睡在床上的时候，他进屋来关窗户，我就看出他病了。他打着寒战，脸发白，走得也慢，好像动一动都疼。

　　"怎么啦，宝贝儿¹？"

　　"我头痛。"

　　"你最好回到床上去。"

　　"不，没事儿。"

　　"你去躺下。我穿好衣服就去看你。"

　　可是我下楼时，他已经穿好衣服，坐在火炉边。这个九岁男孩看来病得不轻，可怜巴巴的。我用手摸了摸他的额头，知道他发烧了。

　　"你上楼躺下吧。"我说，"你病了。"

　　"我没事儿。"他说。

　　医生来了，给孩子量了量体温。

　　"多少度？"我问医生。

"一百〇二度。"

在楼下，医生留下三种药，是不同颜色的胶囊，并下了医嘱。一种是退热的，一种是泻药，第三种用于抑制身体中的酸。他解释说，流感病毒只能在酸性环境里生存。他看来完全了解流感，还说只要体温不高过一百〇四度，就没什么可担心的。这是轻度流感，不并发肺炎就没有危险。

回屋后我把孩子的体温记下来，还记下给他吃各种药的时间。

"你要我念书给你听吗？"

"好吧，你想念就念吧。"孩子说。他脸色煞白，眼睛下面有暗影。他躺在床上一动不动，看来对外界活动全无理会。

我朗读霍华德·派尔[2]的《海盗的故事》，但看得出他并没在听。

"你感觉怎么样，宝贝儿？"我问他。

"还是老样子，到目前为止。"他说。

我坐在他床脚边看书，等着到时间给他吃另一种药。本来他睡觉很容易，然而我抬眼看时，只见他在凝视着床脚，神情很是古怪。

"你怎么不试着睡一会儿？该吃药时我会叫醒你的。"

"我宁愿醒着。"

过了一会儿，他对我说："要是你心烦，就不用非得待在这儿陪我，爸爸。"

"我没心烦。"

"不，我是说要是会让你心烦的话，就不用非得待在这儿。"

我以为他也许有点头晕，十一点钟给他吃了医生开的药之后，就到户外去了一阵。

那天天气晴朗而寒冷。地面覆盖着已经结冻的雨夹雪。所有裸露的树木、灌木、修剪过的树丛，四处的草地和空地，也都仿佛刷上了一层冰。我带着爱尔兰长毛小猎犬在路上走了走，沿着结冰的小溪前行。然而路面光滑如镜，站立和行走都很困难。红毛狗走得一跛一滑，我也结结实实地跌了两跤，有一次猎枪都落了地，在冰上滑开去。

在灌木悬垂的高高的土堤下，一群鹌鹑被我们惊起。它们越过堤顶飞开，被我打下了两只。有些鹌鹑栖息在树上，但大多数都散落在灌木丛间，必须在灌木丛生的冰封土墩上蹦跳数次，它们才会惊飞。在结了冰的、带弹性的灌木丛中，人还在东倒西歪、维持重心时，它们四散而出，射击很不容易。我击落两只，有五只没打中。动身回来时，发现屋子附近也有一群鹌鹑，很是高兴，欣喜改日还有这么多可供搜寻。

到家后，家人说孩子不让任何人到他屋里去。

"你们不能进来。"他说，"你们绝不可以拿走我的东西。"

我上楼去看他，发现他全然保持着我离开他时的姿势，脸色苍白，只是脸蛋由于发烧而泛红，跟先前一样怔怔地瞪着床脚。

我给他量体温。

"多少度？"

"差不多一百度吧。"我说。准确的数值为一百〇二度四分。

"是一百〇二度。"他说。

"谁说的？"

"医生。"

"你的体温还可以，"我说，"没什么可担心的。"

"我不担心，"他说，"可是我没法不想。"

"别想了。"我说，"别着急。"

"我没着急。"他说着，眼睛直视。显然内心在极力隐忍着什么事情。

"喝点水把这药吃了。"

"你认为会有什么用吗？"

"当然会有哇。"

我坐下，打开《海盗的故事》念起来，然而我看得出他没在听，也就停下了。

"你认为我大概什么时候会死？"他问。

"什么？"

"我大概还能活多久？"

"你不会死的。你怎么啦？"

"哦，会的，我要死了。我听见他说一百〇二度。"

"发烧一百〇二度死不了人啊。这么说太傻了。"

"我知道会死人的。在法国上学时同学告诉我，到四十四度人就不行了。我都一百〇二度了。"

他整天都一直在等死，从早上九点钟就开始了。

"可怜的宝贝儿，"我说，"可怜的小宝贝儿。这好比英里和公里。你不会死的。这是不同的体温计。那种体温计正常体温是三十七度。这种是九十八度。"

"你肯定？"

"绝对肯定。"我说，"好比英里和公里。你知道我们开车时，车速七十英里相当于多少公里吗？"

"哦。"他说。

不过他盯着床脚的眼光逐渐松动了。终于，他绷紧的内心也松动了，第二天就非常懈怠了，为了无关紧要的小事说哭就哭。

注释：

1. 此处及后文的"宝贝儿"，原文均为德语。

2. 霍华德·派尔，美国青少年读物插图画家和作家。